Diogenes Taschenbuch 20537

de
te
be

Werkausgabe

Band 13

Eric Ambler

Schmutzige Geschichte

Roman
Aus dem Englischen
von
Günter Eichel

Diogenes

Titel der englischen Originalausgabe:
›Dirty Story‹

Die deutsche Erstausgabe erschien 1968
im Diogenes Verlag
Umschlagzeichnung von Tomi Ungerer

Veröffentlicht als Diogenes Taschenbuch, 1978

80/91/29/8
ISBN 3 257 20537 6

Inhalt

I
Abreise aus Athen

I

Schreibt's an alle Mauern.

H. Carter Gavin, Vizekonsul Ihrer Britischen Majestät in Athen, ist ein Scheißkerl.

In meinem Brief hatte ich ausdrücklich um eine Unterredung mit dem Generalkonsul gebeten. Aber nein! Er war wohl gerade zum Golfspielen unterwegs. Statt dessen schob man mich an diesen H. Carter Gavin ab.

Es fing damit an, daß er mich eine halbe Stunde warten ließ. Als ich schließlich in sein Büro geführt wurde, verbrachte er weitere fünf Minuten mit Telefonieren – irgendein juristischer Quatsch, eine Aufstellung über Schiffsbeschädigungen.

Er war noch ziemlich jung, kaum über Dreißig. Zuerst machte mir das Mut. Mit Beamten, die durch Erfahrungen noch nicht hart geworden sind, kann man leichter umgehen. Und damals, in meiner Kindheit in England, lehrte man uns, zu älteren Leuten aufzublicken und sie zu achten – oder jedenfalls so zu tun. Ich dachte, daß er einem Mann gegenüber, der dem Alter nach sein Vater sein konnte, zumindest höflich sein würde.

Er beendete das Telefongespräch, legte den Hörer auf, machte sich eine Notiz und wandte sich dann mir zu. Er gehörte zu diesem hypergescheiten, angeberischen und arroganten Typ: jeder Zoll ein Musterschüler, einer dieser blauäugigen Hunde.

»Verzeihen Sie, daß ich Sie warten ließ, Mr Simpson«, sagte er.

Aber das war auch das einzig Höfliche, das er aussprach. Von da an war er ausgesprochen gemein, höhnisch und sarkastisch, wie ein Schulmeister.

Ich lächelte ihn an. »Das macht nichts. Kein Porzellan zerbrochen.«

»Noch nicht, Mr Simpson.« Er holte einen Aktenordner aus dem Korb mit der Aufschrift ›Ein‹ und warf mir einen Blick zu. »Ich an Ihrer Stelle würde allerdings nicht damit rechnen, daß dieser glückliche Zustand weiter anhält.«

Richtig widerlich sah er mich an. Natürlich nahm ich nicht im Ernst an, daß mir im britischen Generalkonsulat irgend jemand unangenehm werden könnte; trotzdem war mir bei dem Gedanken einen Moment lang nicht ganz wohl. Ich lachte.

»Das ist kein Witz, Mr Simpson.« Ausgeprochen kalt sagte er das. »In unseren Büros sind Sie mittlerweile zu einem ziemlich berühmten Ärgernis geworden. Aber auch für die Zeit, die wir für Ärgernisse verschwenden können, gibt es eine Grenze. Was wollen Sie also?«

»Wie ich bereits in meinem Brief an den Generalkonsul erklärte, möchte ich meinen britischen Paß verlängern lassen.« Ich merkte, daß es an der Zeit war, ihn in seine Schranken zu weisen. »Soweit ich orientiert bin, besteht Ihre Aufgabe darin, britischen Staatsbürgern zu helfen. Wenn diese Aufgabe für Sie ein Ärgernis sein sollte, kann ich vielleicht mit jemandem reden, bei dem dies nicht der Fall ist.«

Er klappte den Aktendeckel auf. »Sie sind keineswegs britischer Staatsbürger, Mr Simpson.«

Da war sie wieder, diese verdammte Lüge. Ich zog meine Brieftasche mit den Papieren hervor. Dabei blieb ich ziemlich ruhig.

»Ich habe hier eine von der britischen Armee ausgestellte Geburtsurkunde, die meine Nationalität beweist«, sagte ich und wollte sie ihm zeigen.

Er hielt eine Photokopie hoch, die er der Akte entnommen hatte. »Ich besitze bereits eine Kopie.«

»Und?«

Er las von der Geburtsurkunde ab. »Hier steht, daß Sie Arthur Abdel Simpson heißen und am 16. Oktober 1910 in Kairo, Ägypten, geboren wurden.«

»Ich weiß, was in der Geburtsurkunde steht.«

»Außerdem heißt es hier, daß Sie der Sohn des Regimental Quartermaster Sergeant Arthur Thomas Simpson vom Army Service Corps und dessen Ehefrau, Mrs Rhita Simpson, sind, deren Mädchenname als Rhita Fahir angegeben ist.«

»Was ist dabei? Meine Mutter war Ägypterin.«

Er legte die Photokopie hin. »Sehr richtig. Aber sie war mit Ihrem Vater nicht verheiratet.«

»Das ist eine gemeine Lüge.« Immer noch blieb ich ruhig. »Die Urkunde ist vom Adjutanten des Regiments unterschrieben, in dem mein Vater diente.«

»Zweifellos. Möglicherweise hat er das, was er unterschrieb, nicht allzu sorgfältig gelesen.« Dauernd dieser Hohn. »Möglicherweise hat er es überhaupt nicht gelesen. Als Regimental Quartermaster Sergeant hat Ihr Vater ihm wahrscheinlich ziemlich oft etwas zur Unterschrift vorgelegt.«

»Mein Vater war Offizier und Gentleman«, widersprach ich ärgerlich.

»Fest steht, daß er Offizier war.« Wieder blickte er in den Aktenordner. »Im Jahre 1915 wurde er zum Lieutenant-Quartermaster befördert. Möglich ist auch, daß er ein Gentleman war. Aber verheiratet war er nicht.«

»Die britische Armee sagt, daß er es war.«

Er schüttelte den Kopf. »Nein. 1917, als Ihr Vater starb . . .«

»Er fiel im Einsatz.«

Wieder sah er auf die Akten hinunter. »Er starb, nachdem er vor der Offiziersmesse des Militärlagers bei Ismailia von einem Lastwagen überfahren worden war.«

»Zu diesem Zeitpunkt war er aktiver Soldat.«

»Wir wollen nicht spitzfindig werden, Mr Simpson. Wie er starb, ist unwichtig. Wichtig ist allein folgendes: Als Ihre Mutter die Pension einer Offizierswitwe beantragte, wurde eindeutig festgestellt, daß Ihre Eltern nicht verheiratet waren.«

»Und warum hat ihr die Armee die Pension bewilligt?« Ich glaubte wirklich, ihn da festgenagelt zu haben. Damit hatte ich schon andere vor ihm überrumpelt.

Er lächelte eisig. »Als ich Ihnen vorhin erklärte, daß Sie hier als Ärgernis betrachtet würden, hatte ich noch untertrieben«, sagte er. »Viele Protokollbeamte der Regierung haben Ihrem Fall sehr viel Zeit und Arbeit widmen müssen. Unter anderem die Protokollabteilung des Kriegsministeriums.«

»Das möchte ich annehmen.«

Er überhörte es. Inzwischen hatte er einen neuen Bogen zur Hand genommen und las ihn nachdenklich, fast so, als wäre er davon fasziniert.

»Die britische Armee ist in mancher Hinsicht eine merkwürdige Einrichtung.« Er zuckte die Achseln. »›Väterlich-fürsorglich‹ ist wohl der richtige Ausdruck. Sie regelt ihre Angelegenheiten gern selbst. Besonders tolerant und hilfsbereit ist sie, beispielsweise, in allen Angelegenheiten, bei denen es um Soldatenfrauen geht, die nicht legal verheiratet sind. Auch im Falle Ihrer Mutter und in Ihrem eigenen zeigte sie sich hilfsbereit. Ihre Mutter bekam die Pension, und Sie wurden nach England geschickt und erhielten dort eine Ausbildung an einer guten Schule. Den Schulbesuch bezahlte zwar eine Wohltätigkeitsorganisation für Offiziersfamilien, wie Sie wahrscheinlich wissen, aber ermöglicht hat ihn die Armee. Ich bezweifle allerdings, ob die Organisation jemals erfahren hat, daß Sie unehelich geboren wurden.«

»Sie hat es nicht erfahren, weil ich es nicht bin!«

»Wie Sie meinen.«

»Und wenn ich kein britischer Staatsbürger bin – können Sie mir dann vielleicht erklären, wie es dazu kam, daß ich mit einem britischen Paß nach England fuhr, um dort zur Schule zu gehen?«

Wieder warf er einen Blick in die Akte. »Meinen Sie den Ausweis, der 1919 in Kairo ausgestellt wurde? Das war kein Paß. Ein Armeegeistlicher brachte die erforderlichen Angaben bei und bekam den Ausweis allein zu dem Zweck ausgehändigt, daß Sie nach England reisen und dort eine Schule besuchen konnten.«

»In dem Ausweis wurde ich als britischer Staatsbürger bezeichnet.«

»Ja, das stimmt. Wahrscheinlich hat der Geistliche sich nicht allzu gründlich mit den Einzelheiten beschäftigt.« Er seufzte. »Und wenn Sie sich in den vergangenen Jahren gut aufgeführt und in England oder Ägypten, hier in Griechenland oder sonstwo ein normales Leben geführt hätten, bezweifle ich, daß die Frage Ihrer Nationalität jemals zur Sprache gekommen wäre. Man hätte Sie ohne weiteres als britischen Staatsbürger betrachtet.«

»Ich bin nach wie vor britischer Staatsangehöriger.« Ich beschloß, ihn endgültig festzunageln. »Und was ist mit dem Paß, den man mir 1928 ausgestellt hat?«

»Den verdanken Sie der Geburtsurkunde, die die Armee ausstellte. Das gleiche gilt für die konsularische Verlängerung, die Sie fünf Jahre später in Kairo erhielten, und für die späteren Pässe und Verlängerungen in London und Beirut. Erst nach Ihrer Verhaftung in London, 1955, fing man an, Fragen zu stellen. Alles in allem gesehen, würde ich sagen, daß Sie sehr viel Glück gehabt haben.«

»Glück!« Ich lachte.

Es sollte klingen, als amüsierte ich mich über eine Beleidigung, aber offensichtlich traf ich den Ton nicht ganz. Wahrscheinlich hatten sich Verbitterung, Blutgier und andere Dinge daruntergemischt, ohne daß ich es merkte. Er lief rot an, und für einen Augenblick wirkte er ziemlich bösartig. Dann allerdings hatte er sich wieder in der Hand.

»Um es kurz zu machen«, sagte er schließlich, »ich habe die Absicht, Sie aus meinem Büro hinauswerfen zu lassen. Aber vorher, Mr Simpson, möchte ich doch sichergehen, daß Sie nicht noch einmal wiederkommen. Ich möchte Ihnen deshalb erzählen, was mittlerweile mir und jedem britischen Konsularbeamten, der sich die Mühe macht, Ihre Akten durchzulesen, über Sie bekannt ist.«

»Das interessiert mich nicht.« Aber ich blieb. Es konnte wichtig sein, wieviel sie tatsächlich wußten.

»Fangen wir mit Ihrer Interpol-Akte an.«

Das gefiel mir gar nicht. Eine Interpol-Akte ist im Grunde natürlich nichts anderes als internationales Polizeigeschwätz, aber wenn jemand so etwas ernst nimmt, kann man Ärger bekommen. Ich wußte, daß die Athener Polizei keine Abschrift besaß, weil ich ihr bis dahin keinen Anlaß gegeben hatte, sich bei Interpol zu erkundigen, und weil ich immer noch meine griechische Aufenthaltsgenehmigung besaß. Aber wenn dieser diensteifrige kleine Saukerl auf die Idee kam, den Leuten seine Abschrift zu zeigen, konnte es für mich peinlich werden.

»Sie reicht ziemlich weit zurück.« Er blätterte sie durch. »Und Sie werden abwechselnd als Journalist, Dolmetscher, Chauffeur, Kellner, Verleger und Fremdenführer aufgeführt. Was sind Sie augenblicklich?«

»Ich arbeite als Chauffeur und Fremdenführer. Ich besitze einen lizenzierten Mietwagen und betreibe einen Touristen-Service.«

Er gab keinen Kommentar. »Wie ich sehe, waren Sie 1930 in Kairo im Gaststättengewerbe tätig.«

»Ich leitete ein Restaurant, das meiner Mutter gehörte.«

»An dem Ihre Mutter beteiligt war! Als sie starb, verkauften Sie es, ohne die anderen Geschäftspartner darüber zu informieren. Der Käufer verklagte Sie wegen Betruges.«

»Er zog die Klage zurück.«

»Das stimmt – nachdem die Polizei Ihnen gestattete, den Geschäftsabschluß rechtlich zu regeln. Im folgenden Jahr kauften Sie sich, ebenfalls in Kairo, in einen kleinen Verlag ein.«

»Richtig. Wir vertrieben ausländische Magazine und Zeitschriften. War das vielleicht strafbar?«

»Nein. Aber Sie druckten auch selbst Zeitschriften, nicht wahr? Hier steht, daß Ihr eigentliches Geschäft die Herstellung von Pornographie für den spanischen und den englischsprechenden Markt war.«

Auch diese Beschuldigung hatte ich früher schon gehört. »Das ist absolut unwahr.«

»Interpol erhielt die Information im Jahre 1954 von Scotland Yard. Damals lag schon eine ganze Menge gegen Sie vor, Mr Simpson. Das war alles unwahr?«

»Im Laufe der Jahre habe ich gelegentlich für eine Reihe von Zeitschriften literarischer Richtung geschrieben und auch selbst einige herausgegeben.« Dieses Sprüchlein konnte ich bereits auswendig. »Manchmal mochten sie in ihrer Einstellung etwas gewagt sein und wurden von der Zensur verboten. Aber Bücher wie *Ulysses, Lady Chatterley* und *Fanny Hill,* einst von derselben Zensur als Pornographie bezeichnet, gelten heute als literarische Kunstwerke und werden in aller Öffentlichkeit publiziert.«

Er sah auf. »War *Gents Only* auch ein literarisches Kunstwerk?« Er wartete meine Antwort nicht ab, dazu genoß er sich selbst allzu sehr. »Im Januar 55 wurden Sie in London verhaftet. In Ihrem Besitz befand sich eine Musterkollektion obszönen und pornographischen Materials, das Sie en gros zu verkaufen versucht hatten. Zu dieser Kollektion gehörten Exemplare eines Buches mit dem Titel *Gents Only* und das Magazin *Enchantment.* Das gesamte Material war von Ihrer ägyptischen Firma produziert worden. Sie wurden angeklagt, vor Gericht gestellt und bekamen zwölf Monate. Damals kam die Frage Ihrer wahren Staatsangehörigkeit zum ersten Mal zur Sprache. Als

Sie Ihre Strafe verbüßt hatten, beantragte das Innenministerium Ihre Ausweisung.«

»Den Ausweisungsbeschluß habe ich angefochten.«

»Das haben Sie, und zwar erfolgreich.« Er schüttelte den Kopf. »Wie Ihnen das gelang, ist mir schleierhaft. Der Richter muß gerade seinen freien Tag gehabt haben. Jedenfalls erhielten Sie einen neuen Paß . . .« – er nannte die Nummer – ». . . und kehrten nach Ägypten zurück.«

»Das stimmt.«

»Dort verlegten Sie sich darauf, bei den ägyptischen Behörden einen völlig unschuldigen britischen Geschäftsmann als Spion zu denunzieren.« Plötzlich war er wieder bösartig geworden.

»Nein.«

»Was, nein? Wollen Sie mir etwa erzählen, daß Sie Mr Colby Evans nicht denunziert hätten? Wenn Sie es selbst lesen möchten – hier habe ich den Bericht unseres Nachrichtendienstes.«

»Nein. Ich meine nur, daß das später war.«

»Bevor Sie sich um die ägyptische Staatsbürgerschaft bewarben oder nachher?«

»Ich habe mich nie um die ägyptische Staatsbürgerschaft beworben.«

»Immerhin besitzen Sie einen ägyptischen Paß. Ich kann Ihnen sogar die Nummer nennen.«

»Den bekam ich während der Suez-Krise. Damals war es in Kairo äußerst gefährlich, Brite zu sein. Der Paß ist inzwischen abgelaufen.«

»Dann sollten Sie lieber zum Konsul der Vereinigten Arabischen Republik gehen und ihn verlängern lassen. Oder spielt der auch nicht mehr mit?«

»Ich bin britischer Staatsbürger, und nach dem Gesetz von 1948 kann mir diese Staatsbürgerschaft nicht aberkannt werden – ungeachtet der Tatsache, wie viele andere Pässe ich inzwischen besessen habe.« Ich sah ihn herausfordernd an.

Einen Augenblick lang starrte er zurück. »Das gerade können und werden wir.« Er griff nach einem anderen Bogen im Aktenordner. Worum es ging, konnte ich nicht erkennen, weil er ihn sofort auf die übrigen legte. »Im Dezember 55 urteilte ein Londoner Richter nach dem Grundsatz, daß im Zweifelsfall zugunsten des Beschuldigten entschieden werden müsse, und erklärte, Sie seien Brite. Zum Dank denunzierten Sie anschließend einen unschuldigen Mann als Spion. Wahrscheinlich wollten Sie den Ägyptern damit zeigen, wie anti-britisch Sie wären, und uns für die paar Monate, die Sie im Gefängnis gesessen hatten, eins auswischen.«

»Ich dachte, er sei ein Spion.«

»Unsinn. Selbst die Ägypter konnten ihm nichts nachweisen, dabei haben sie es, weiß Gott, versucht. Schließlich mußten sie ihn wieder laufenlassen. Es war reine Gehässigkeit von Ihnen.« Sein Mund wurde schmal. »Sie sind ein widerliches Subjekt, Mr Simpson. Ihr Leben ist nichts anderes als eine lange schmutzige Geschichte.«

»Ich bin nicht hergekommen, um mich beleidigen zu lassen.«

»O nein. Sie sind hergekommen, weil die Polizei in Kairo letztes Jahr feststellte, daß Sie in Ihrem Antrag für die ägyptische Staatsbürgerschaft eine falsche Angabe gemacht hatten. Sie hatten erklärt, Sie wären nie im Gefängnis gewesen und nie wegen krimineller Vergehen verurteilt worden. Als man in Kairo feststellte, daß diese Angabe nicht stimmte, wurde Ihr Antrag gestrichen. Und wir werden Sie jetzt ebenfalls aus unseren Akten streichen.«

»Das können Sie nicht. Nach dem Gesetz . . .«

»Nach dem Gesetz kann ein britischer Bürger seine Staatsbürgerschaft nur dann verlieren, wenn er durch Ausfüllen von Formular R 6 des Innenministeriums darauf verzichtet. Und das taten Sie im Juni 57.«

»Auch das ist gelogen.« Mir war ziemlich übel.

»Wenn Sie Ihr Gedächtnis auffrischen wollen – hier habe ich eine Photokopie.« Er beugte sich vor und hielt sie mir unter die Nase. »Warum haben Sie das getan, Mr Simpson? Es würde mich sehr interessieren. Eine so gerissene Ratte wie Sie hätte doch Bescheid wissen müssen. War auch das nur ein Schlag gegen die gemeinen Briten, oder wollten Sie die ägyptischen Behörden überzeugen, daß Sie sie wirklich am meisten liebten?«

Ich sagte nichts. Dieses verdammte Formular hatte ich unterschrieben, weil der Anwalt in Kairo, der meinen Antrag vertrat, mir dazu geraten hatte. Die Briten waren damals aus Ägypten verjagt worden, und es schien völlig belanglos, was ich unterschrieb. Außerdem hatte ich angenommen, daß das Ding sowieso verlorengehen würde.

»Wollen Sie es mir nicht verraten?« Er lehnte sich zurück. »Vielleicht möchten Sie gern wissen, warum wir Ihren Paß 1960 verlängerten? Glauben Sie mir – das war nicht Schlamperei, nur Zufall. Solange wir in Ägypten nicht mehr vertreten waren, wurden unsere Interessen von den Schweizern wahrgenommen, die auch unsere gesamten Unterlagen aufbewahrten. Als wir im Frühjahr 59 zurückkehrten, dauerte es eine ganze Weile, bis wir alles wieder geordnet hatten. Und dann mußte das von Ihnen unterschriebene Formular R 6 zuerst an das britische Innenministerium geschickt werden, wo es zu den Akten kam. Erst Ende 1960 wurden die Konsulate darüber informiert. Wieder einmal hatten Sie Glück gehabt.« Er stand auf. »Aber jetzt ist das Glück auf unserer Seite. Ihr Name steht auf der schwarzen Liste. Es hat ziemlich lange gedauert, und ich bin überzeugt, daß Ihre schmutzige Geschichte *ad nauseam* weitergehen wird; aber zumindest wird es dann keine britische Geschichte mehr sein.«

Er klappte den Aktendeckel zu und legte ihn in den Korb mit der Aufschrift ›Aus‹.

Ich steckte meine Brieftasche ein und wollte gehen.

Er hielt mich zurück.

»Noch eines, Mr Simpson. In Ihrem Besitz befindet sich noch Ihr alter britischer Paß. Dieser Paß ist Eigentum der britischen Regierung.«

»Ich habe ihn verloren.«

Er nickte. »Ich dachte mir, daß Sie das sagen würden. Aber lassen Sie sich warnen: versuchen Sie nicht, diesen Paß an die Paßfälscher unten am Hafen zu verkaufen, und versuchen Sie auch nicht, ihn zu eigenen Zwecken ›auffrischen‹ zu lassen. Ihr Paß ist bei der Polizei als gestohlen gemeldet. Jetzt können Sie gehen.«

Reizend, bis zum letzten Moment, dieser selbstgefällige Besserwisser.

Sollte dieser verdammte Mr H. Carter Gavin diese Worte lesen, soll er ruhig erfahren, daß er mich damit fast in den Tod geschickt hätte.

Moralisch gesehen ist er mehr als ein Scheißkerl – moralisch gesehen ist er ein Mörder!

2

Ich ließ den Wagen vor dem Konsulat stehen und ging ins nächste Café, um einen Kognak zu trinken.

Ich habe einen Horror vor großen Höhen. Einmal, in der gräßlichen Nacht, als ich in Istanbul auf das Dach des Topkapi-Museums klettern mußte, war ich vor Schwindel so hilflos, daß ich die ganze Zeit das Gefühl hatte zu fallen, auch wenn es gar nicht stimmte.

Mehr oder weniger hatte ich dieses Gefühl auch jetzt, als ich mich im Café an den Tisch setzte: das Gefühl, zu fallen und durch nichts aufgehalten zu werden als durch die Felsen tief unter mir. So etwas wie ein Vertriebener war ich schon immer gewesen, aber jetzt war ich dazu auch noch staatenlos.

In zehn Tagen liefen meine griechische Aufenthaltsgenehmigung und die Arbeitserlaubnis ab, und dann mußte ich zur Fremdenpolizei, um beides verlängern zu lassen. Soweit war alles in Ordnung; seit ich in Griechenland war, hatte ich mir die Hände nirgends schmutzig gemacht, und zweimal waren beide Genehmigungen schon für jeweils sechs Monate verlängert worden. Nicht in Ordnung aber war bei dieser Angelegenheit, daß man, wenn man die Genehmigungen verlängern lassen wollte, seinen Paß vorlegen mußte, und dieser Paß mußte gültig sein. Beim letzten Mal hatte ich den alten ägyptischen Paß vorgelegt, der noch nicht abgelaufen war. Ich wußte, daß es nutzlos war, das Ding zu den ›Paßfälschern‹, wie dieser Hund sie genannt hatte, zu bringen. Die Leute von der Fremdenpolizei sehen sich Pässe sehr genau an; und mit irgendwelchen ›Verbesserungen‹ kommt man vielleicht an einem lebhaften Tag auf einem Flugplatz durch die Paßkontrolle, aber wenn man dasselbe bei denen von der Fremdenpolizei versucht, landet man im Gefängnis.

Natürlich wußte ich, wo ich einen neuen Paß herbekommen konnte – von Panlibhonco. Die Frage war nur, wie ich ihn bezahlen sollte.

Vielleicht ist es besser, wenn ich vorher die Sache mit Panlibhonco erkläre. Es ist ein zusammengesetztes Wort, das Seeleute gebrauchen, wenn sie von den Ländern mit ›billigen Flaggen‹ reden, und es bezieht sich auf die Republiken Panama, Liberia, Honduras und Costa Rica. Wenn einem großen Reeder zufällig die Steuergesetze oder die Bestimmungen der Seemannsgewerkschaften oder die Sicherheitsvorschriften des eigenen Landes nicht passen, läßt er seine Schiffe einfach in einem der Panlibhonco-Länder registrieren. Dann gibt es keine Probleme mit Steuern oder Gewerkschaften, und der Unterhalt der Schiffe wird auch billiger. Ganz einfach und völlig legal. Das alles funktioniert so gut, daß heute mehr Handelsschiffe unter liberianischer Flagge als unter britischer oder amerikanischer fahren. Andere kleine Länder steigen jetzt auch in das Geschäft ein. Aristoteles Onassis (ein in der Türkei geborener Grieche, der die argentinische Staatsbürgerschaft besitzt) gehören Schiffe, die unter nicht weniger als fünf verschiedenen ›billigen Flaggen‹ fahren.

Natürlich ist das Ganze für die Panlibhonco-Länder höchst angenehm. Sie bekommen fette Registrierungsgelder, und als Gegenleistung brauchen sie nur die Registrierungszertifikate auszustellen. Um die Schiffe brauchen sie sich nicht zu kümmern. Leicht verdientes Geld!

Damit komme ich zu dem Gentleman, den ich ›Mr Gomez‹ nennen werde, obwohl das natürlich nicht sein wahrer Name ist.

Das Registrierungszertifikat eines Schiffes ist eigentlich nichts anderes als der Paß des Schiffes, und das brachte Mr Gomez auf die Idee, daß es – wenn seine Regierung ›billige Flaggen‹ verkaufen konnte – für ihn genauso einträglich sein müßte, ›billige Pässe‹ zu verkaufen. Als zweiter Sekretär einer Panlibhonco-Botschaft in Athen war er außerdem in der glücklichen Lage, seine Idee in die Tat umzusetzen.

Das Ärgerliche dabei ist, daß seine Pässe fürchterlich teuer sind. Vierzigtausend Drachmen verlangt er dafür, in bar, ob es einem paßt oder nicht. Hat man amerikanisches Geld, geht er ein bißchen herunter; dann bezahlt man zwölfhundert Dollar. Aber noch weiter läßt er nicht nach. Natürlich muß man sich an einen Mittelsmann wenden; Mr Gomez sieht es nicht gern, wenn man ihn persönlich in der Botschaft aufsucht. Vermittler ist ein Mann namens Gennadiou, ein Jachtmakler mit einem Büro am Hafen von Tourcolimano. Er führt alle Verhandlungen. Mr Gomez verkauft seine Pässe allerdings nur unter zwei Bedingungen. Die erste ist noch annehmbar: Man darf den Paß nicht in seinem Herkunftsland benutzen. Aber wer hat denn schon die Absicht, dieses stinkende Land zu besuchen? Die zweite Bedingung dagegen ist hart: Man muß sich mit einem Paß begnügen, der nur zwei Jahre Gültigkeit besitzt und in dem eingestempelt ist, daß er nicht verlängert werden kann. Natürlich muß Mr Gomez sich irgendwie schützen. Wenn er einen Paß verkauft, registriert er diesen Paß selbstverständlich nicht offiziell. Würde man also, sagen wir einmal, im Konsulat seines Landes in Rom auftauchen, um den Paß verlängern zu lassen, so würden die Leute da die Nummer notieren und feststellen, daß alles Schwindel ist. Und dann säße Mr Gomez in der Klemme. Aber zwanzigtausend Drachmen pro Jahr nur für einen unechten Paß sind doch ein bißchen viel.

Dabei hatte ich im Moment nicht einmal tausend.

Es stimmt, ich hatte den Wagen; aber als ich sagte, daß er mir gehöre, stimmte das nicht hundertprozentig. Dem Gesetz nach gehört der Wagen nämlich einer Frau, einer Mrs Karadontis. Sie ist Witwe, besitzt einiges Geld, und außerdem gehören ihr vier Mietwagen für Touristen, alle mit Fahrern, die auf Kommissionsbasis arbeiten. Der Wagen, den ich fuhr, war ein acht Jahre alter Plymouth, der dringend neue Bremsbeläge brauchte. Bei Reparaturen war sie ausgesprochen geizig; genaugenommen war die alte Hexe bei allem geizig, einschließlich meiner Kommission. Wenn ich auch im Grunde keineswegs überzeugt war, daß sie mir das nötige Geld borgen würde, wußte ich doch sonst niemanden, den ich wegen eines derartigen Betrages fragen konnte. Ich mußte also einfach so tun, als würde sie es mir leihen.

Von Natur bin ich Optimist. Ich glaube, daß alle Schwierigkeiten von allein verschwinden, wenn man einfach so tut, als sei alles in Ordnung und als brauche man sich keine Gedanken zu machen. Meistens verschwinden die Schwierigkeiten dann zwar nicht, ich weiß, und dann steckt man in einer noch ärgeren Klemme als zuvor. Aber ich bin Klemmen gewöhnt, und was kann man schon anderes tun, wenn man verzweifelt ist, als sich irgend etwas vorzumachen?

Ich entschloß mich, gleich am Nachmittag zu Gennadiou zu gehen und den Paß zu bestellen, ehe ich mit Mrs Karadontis über das Geld redete.

Das Geschäft war flau. In der vergangenen Woche hatte ich deutsche Touristen gefahren, ein Ehepaar aus Hamburg, aber die beiden wollten am gleichen Tag abreisen, und ich sollte sie bloß noch zum Flugplatz bringen. Als Abschiedsgeschenk für sie kaufte ich einen halben Liter Kognak – die Leute werden dann immer großzügig, wenn es ums Trinkgeld geht – und fuhr zum King George Hotel, um sie abzuholen.

Die beiden hatten nicht viel Erfahrung, und ich konnte mich ihrer Rechnung noch ein bißchen annehmen. Auch das Abschiedsgeschenk tat seine Wirkung. Als ich vom Flugplatz zurückfuhr, hatte ich fast siebentausend Drachmen in der Tasche.

Ich wußte, daß es nutzlos war, vor halb fünf bei Gennadiou zu sein; er hielt Siesta, und das Büro war geschlossen. Also fuhr ich zu meiner Wohnung.

Nicki, meine Frau, war mit der Truppe auf einer dreiwöchigen Tournee irgendwo in Rumänien unterwegs. Sie ist exotische Tänzerin, und wenn jemand wissen will, wie es kommt, daß ein Mann in meinen Jahren – zwar immer noch kräftig, aber zugegebenermaßen doch leicht mitgenommen – eine griechische Frau hat, die zwanzig Jahre jünger ist als er, dann muß er sie schon selbst fragen. Ich sage nur soviel: Annette, meine erste Frau, war eine vom Sex besessene Neurotikerin, die mit einem ägyptischen Armeeoffizier durchbrannte und es heute bestimmt bitterlich bereut. Sie hatte gar nicht gemerkt, wie gut es ihr ging. Nicki ist anders – ruhiger, sehr praktisch veranlagt. Ein

Mann hat das Recht, Trost zu suchen, und eine attraktive Frau hat das Recht, Schutz zu erwarten.

Ich regelte immer ihre geschäftlichen Angelegenheiten, und wenn sie guter Stimmung war, nannte sie mich ›Papa‹. Vielleicht sollte ich noch hinzufügen, daß Nicki arbeitete, weil sie gern arbeitete, und nicht, weil ich sie dazu getrieben hatte. Ich nahm keine Kommission von ihr. Sie war vollkommen frei, zu kommen und zu gehen, wann es ihr paßte und mit wem es ihr paßte. Fragen stellte ich nie. Unsere gewaltsame Trennung habe ich zutiefst bedauert.

Ich durchsuchte ihre Sachen, um festzustellen, ob es darunter irgend etwas gab, das ich verkaufen konnte.

Viel war es nicht. Die Pelzstola aus Steinmarder hatte sie mitgenommen, dazu den größten Teil ihres Schmucks. Ich fand ein Armband mit einer oder zwei Goldmünzen, das ein bißchen etwas einbringen konnte, aber genügen tat es nicht, und so beschloß ich, noch zu warten, ehe ich es verkaufte. Ich trank ein Glas Wein, vielleicht auch zwei, und fuhr dann nach Tourcolimano.

Gehören tun die Jachten diesem Gennadiou nicht; in seinen Büchern tritt er nur als Agent für die verschiedenen Besitzer auf, regelt die Charterverträge und liefert als Krämer den notwendigen Proviant. Einmal bekam ich von ihm eine Kommission, weil ich ein paar Amerikaner angeschleppt hatte, die ein Boot für eine Fahrt um die Inseln gechartert hatten, und daher kannte ich ihn flüchtig.

Sein Büro liegt am Kai des Jachthafens. An den Wänden hängen Aufnahmen von Jachten, und wenn man die Tür aufmacht, bimmelt eine Schiffsglocke. Hinter seinem Büro sind die Lagerräume, bis zur Decke mit Konserven und gewaltigen Vorräten an Wein und Schnaps gefüllt. Es ist ein nettes kleines Geschäft. Man sollte es nicht glauben, daß es sich für jemanden wie Gennadiou lohnte, nebenher auch noch mit Pässen zu handeln, aber er ist dieser Typ: Fingierig. Er hat einen Bruder bei der Polizei und seine Finger fast überall – ein kleiner, blasser, scharfäugiger Mann, der Seidenhemden trägt und ausgesprochen selbstsicher ist.

Als er mich hereinkommen sah, glaubte er natürlich zuerst, ich hätte ein mögliches Geschäft für ihn im Schlepptau. Seine Art und Weise veränderte sich jedoch, als er merkte, daß das nicht der Fall war. Und sie veränderte sich noch einmal, als ich ihm sagte, was ich wollte. Gereizt furchte er die Stirn und fing an, mich mit Fragen zu bombardieren.

»Wer hat Ihnen gesagt, daß Sie zu mir kommen sollten?«

»Ein Freund.«

»Welcher Freund?«

»Ein Freund von Mr Gomez.« Genaugenommen hatte ich durch einen der ›Paßfälscher‹ von Gomez' Pässen erfahren. Damals war ich ein bißchen knapp bei Kasse, und da mein alter ägyptischer Paß für mich wertlos geworden war, hatte ich ihn diesem Mann verkauft, der ihn mit ein paar gefälschten Stempeln ›restaurieren‹ und ihn dann irgendeinem unwissenden Seemann andrehen wollte. Als wir uns damals über den Preis stritten, erwähnte er Gomez. Damit wollte er mir beweisen, mit welch unfairer Konkurrenz er zu tun hätte. Danach hatte ich ein oder zwei andere orientierte Leute gefragt und herausgefunden, daß Gennadiou der Mann war, an den man sich wenden mußte.

Allerdings hatte es wenig Sinn, Gennadiou zu erzählen, daß seine Beteiligung am Paßgeschäft langsam eine allgemein bekannte Sache geworden war. Das hätte alles nur noch schwieriger gemacht. Ich sagte also nichts weiter und versuchte, einen verschlossenen und diskreten Eindruck zu machen.

Er schien zufrieden und entspannte sich ein bißchen. Mit einer Handbewegung forderte er mich auf, ihm in einen der Lagerräume hinter dem Büro zu folgen, und schloß hinter sich die Tür.

»Ist der Paß für Sie selbst?«

»Ja.«

»Aber warum? Ich dachte, Sie sind Ägypter?«

»Ich bin Brite, aber man macht mir Schwierigkeiten – irgendwie hat es mit meinem Vater und seiner Registrierung bei der Armee zu tun. Bis alles geklärt ist, kann es Monate dauern. Den Paß brauche ich nur zur Überbrükkung.«

Ich merkte genau, daß er mir kein Wort glaubte; aber er sagte nichts. Wahrscheinlich war es ihm egal.

»Der Preis ist Ihnen bekannt?«

»Ja.«

»Und die Bedingungen?«

»Die auch.«

Trotzdem nannte er mir noch einmal Preis und Bedingungen, um sicherzugehen, daß ich auch alles verstanden hatte. Ich sagte, ich hätte verstanden.

»Also gut. Sie zahlen jetzt zehntausend Drachmen in bar, den Rest, ebenfalls in bar, bei Lieferung. Es dauert drei Tage.«

»Aber das ist eine Kaution von fünfundzwanzig Prozent! Man hat mir gesagt, es wären zehn Prozent, und darauf habe ich mich eingerichtet. Jetzt sagen Sie...«

Am Ende einigten wir uns auf zwölfeinhalb Prozent. Ich gab ihm fünftausend Drachmen.

Er zählte sie sorgfältig. »Ich brauche ein Paßbild und die Personalien für die Eintragung. Der Paß weist Sie als naturalisierten Bürger aus, wie Sie sicher verstehen, und Ihre übrigen Personalien müssen mit denen der Aufenthaltsgenehmigung übereinstimmen.«

»Wie viele Paßbilder?«

»Eins genügt.«

Ich hatte ein paar Paßbilder mitgebracht. Einen der Abzüge übergab ich ihm, dazu meine Aufenthaltsgenehmigung. Er fing an, die Personalien abzuschreiben, und hörte plötzlich auf.

»Hier steht aber, daß Sie ägyptischer Staatsbürger sind«, erklärte er.

»Ich hatte eine doppelte Staatsbürgerschaft. In Wirklichkeit bin ich Brite.«

Er zuckte mit den Schultern. »Hier steht, daß Sie Ägypter sind, und deswegen muß im Paß stehen, daß Sie früher Ägypter waren. So ist die Vorschrift.«

»Einverstanden.« Ich wußte, daß es ziemliche Schwierigkeiten geben konnte, wenn ich den neuen Paß irgendwann einmal in Ägypten vorweisen mußte, aber daran konnte ich nichts ändern. Außerdem hatte ich Probleme, die dringender waren, besonders das Problem, fünfunddreißigtausend Drachmen in die Hand zu bekommen.

Inzwischen war er mit dem Abschreiben meiner Personalien fertig, gab mir jedoch die Aufenthaltsgenehmigung nicht sofort zurück. Er mußte erst noch überlegen.

»Haben Sie die Absicht, ins Ausland zu gehen?« fragte er.

»Nein. Ich habe nur die Absicht, meine Aufenthaltsgenehmigung verlängern zu lassen. Dazu braucht man einen gültigen Paß.«

Ich glaubte, daß er als griechischer Staatsbürger mit den Vorschriften der Fremdenpolizei vielleicht nicht ganz vertraut war.

Aber er war es. »Im neuen Paß brauchen Sie dann ein griechisches Visum«, sagte er.

»Ich weiß.« Ich streckte meine Hand aus, um die Aufenthaltsgenehmigung an mich zu nehmen, aber er fingerte immer noch an ihr herum. Er war mit der Prüfung noch nicht zu Ende. Die Augen hinter der Brille wirkten äußerst gerissen.

»Das Geschäft muß gut gegangen sein«, bemerkte er.

»Die Saison war einigermaßen.«

»Gehört der Wagen, den Sie fahren, Ihnen?«

Möglicherweise wußte er die Antwort auf diese Frage bereits, ich log also nicht. »Nein, er gehört Mrs Karadontis.«

»Sie muß sehr großzügig sein.«

»Großzügig?« Ich lachte.

»Wenn Sie so viel Geld sparen können?«

Ich wußte, wonach er angelte. Er wollte wissen, ob es sicher war, mit mir ein Geschäft abzuschließen, ob es sicher war, daß ich das Geld nicht gestohlen hatte. Schwierigkeiten konnte er sich nicht leisten. Ich mir auch nicht.

»Alles habe ich nicht gespart«, sagte ich. »Die Hälfte mußte ich mir von Mrs Karadontis borgen.« Ich grinste ihn an. »Deshalb mußte ich lachen, als Sie von ihrer Großzügigkeit redeten. Pro Monat berechnet sie mir acht Prozent Zinsen.«

Damit hatte ich einen schweren Fehler gemacht, wenn ich es auch damals noch nicht merkte – er übrigens auch nicht. Er glaubte mir. Für den Bruchteil einer Sekunde lächelte er sogar. Dann wurde es wieder geschäftlich.

Mit einem Kopfnicken gab er mir meine Aufenthaltsgenehmigung zurück.

»In drei Tagen«, sagte er, »also Freitag um dieselbe Zeit. Und den Rest in bar«, erinnerte er mich noch einmal nachdrücklich. »Genau fünfunddreißigtausend.«

Als hätte ich es nicht schon gewußt.

3

Mrs Karadontis hat eine große Wohnung in der Nähe der Technischen Hochschule von Athen.

Normalerweise ging ich jede Woche zweimal hin, um ihr mein Fahrtenbuch und die Abrechnungen vorzulegen und ihren Anteil an den Einnahmen abzuliefern. Ich haßte es, zu ihr zu gehen, selbst wenn es keinen Streit über die Abrechnungen gab. Üble Gerüche regen mich gewöhnlich nicht sehr auf – Geruch ist Geruch –, aber in der Wohnung von Mrs K. stank es. Wonach, weiß ich nicht genau; manchmal überlegte ich, ob es ihr toter Mann sein könnte. Der Geruch ähnelte dem Gestank von Wasser, in dem Schnittblumen zu lange gestanden waren, nur war er noch schlimmer, säuerlich und widerwärtig.

Mrs K. selbst stank nach Parfüm, und diese beiden Gerüche vereinigten sich zu etwas, das einen wie ein Alptraum verfolgte. Sie war eine dürre, dunkle Frau in den Sechzigern. Auf der Oberlippe hatte sie Haare, und dazu eine Stimme wie eine Kreissäge. Sie trank ziemlich viel. Im allgemeinen versuchte ich, abends möglichst früh hinzukommen, damit sie die Abrechnungen durchsehen konnte, bevor sie zu blau war. Später dauerte es immer doppelt oder dreimal so lange. Sie war eine fanatische Royalistin, und wenn sie ein paar Gläser intus hatte, las sie laut aus den Zeitungen vor und beschimpfte die Regierung; anschließend erzählte sie, wie wunderbar ihr toter Mann gewesen war, weinte dann ein bißchen und zog schließlich wieder über die Regierung her. So konnte sie stundenlang weitermachen. Ich gebe zu, daß man selbst auch immer ein paar Gläser kriegte, um ihr Gesellschaft zu leisten, aber sie genügten bei weitem nicht, um den Geruchssinn abzutöten.

An besagtem Abend wartete ich allerdings bis halb zehn. Die Abrechnungen brauchte ich erst am Donnerstag vorzulegen, und ich wollte warten, bis sie so benebelt wie möglich war, ehe ich sie wegen des Geldes in die Zange nahm.

Und wie benebelt sie war! Genaugenommen dachte ich zuerst sogar, daß ich zu spät gekommen sei und daß die Pausen in ihrem Redeschwall nicht ausreichen würden, um meinen Spruch aufzusagen. Im Augenblick, als ich zur Tür hereinkam, fing sie an, mit einem Exemplar der Abendzeitung *Apogevmatini* herumzuwedeln und über eine Rede von Markezinis zu schimpfen, die ihrer Ansicht nach reiner Verrat war. Sie fragte mich nicht, warum ich gekommen war. Jeder Zuhörer war besser als keiner. Sie freute sich, mich zu sehen. Zweimal las sie laut die ganze Rede vor. Ich nippte am Metaxa und gab die entsprechenden Laute von mir.

Was ich sagen wollte, hatte ich mir sehr sorgfältig überlegt. In vieler Hinsicht war sie eine alte Idiotin – nicht aber, wenn es um Geld ging. In diesem Punkt war sie ein Teufel. Und ebenso war sie das, wenn es um Recht und Gesetz ging. Sie selbst durfte natürlich Steuern hinterziehen; schließlich ging es dabei um ihr eigenes Geld! Aber wenn andere Leute die Steuerbehörden oder sonstwen betrogen, konnte sie richtig wütend werden. Wenn ich ihr erzählt hätte, daß ich Geld brauchte, um einen falschen Paß zu kaufen, hätte sie bestimmt zetermordio geschrien und wahrscheinlich die Polizei geholt. Deshalb hatte ich mir einen anderen Grund ausdenken müssen, weshalb ich das Geld brauchte.

Obwohl ich erst sieben Jahre alt war, als mein Vater ums Leben kam, kann ich mich noch sehr gut an ihn erinnern – und an einige Dinge, die er zu sagen pflegte. Natürlich war er Offizier und Gentleman, aber auch aktiver Soldat mit viel Erfahrung mit einfachen Soldaten, da er Portepee-Unteroffizier gewesen war. Er war ein ›alter Soldat‹ und wußte, was man tun mußte, um immer wieder auf die Füße zu fallen, wie es heißt. Zu den ersten Dingen, die er mich lehrte, gehörte: »Lüge nie, wenn du dich durchmogeln kannst.« Und noch eine zweite Redensart von ihm, die ich nie vergessen habe: »Wenn du dir die Nase nicht sauberhalten kannst, laß dir wenigstens nicht zusehen, wenn du in ihr bohrst.« Natürlich waren das alles Scherze, denn er hatte einen ausgeprägten Sinn für Humor, aber in allem, was er sagte, steckte doch immer ein Quentchen gesunder Menschenverstand. Wenn ich einmal nicht weiterkomme, versuche ich immer, mich an eine seiner Redensarten zu halten, die speziell auf die Situation paßt, und in neun von zehn Fällen fällt mir auf diese Weise auch ein Ausweg ein.

In diesem Fall hatte ich mich an folgenden Spruch erinnert: »Warum sich die Fäuste an der Kinnlade eines Mannes aufschlagen, wenn es leichter ist, ihm das Knie in die Eier zu rammen?«

Auf den ersten Blick mag man das lediglich für die umgangssprachliche Ausdrucksweise einer abgedroschenen militärischen Maxime halten – nämlich dort anzugreifen, wo man dem Gegner die größten Verluste bei einem Minimum an eigenem Kraftaufwand zufügen kann. Sieht man aber näher hin, ist die Art und Weise, wie mein Vater es ausdrückte, viel tiefgehender und subtiler. Die Wahl einer schwachen Stelle, an der anzugreifen ist, ist gegeben; aber sie läßt auch die Notwendigkeit zuverlässiger Informationen durchblicken, auf denen diese Wahl basieren muß. Immerhin handelt es sich hier um einen Mann! Hätten unsere Spione uns mitgeteilt, daß es sich beim Gegner um eine als Mann verkleidete Frau handle, kommt die Wahl der schwachen Stelle zu anderen Ergebnissen. Auch die freie Wahl der Waffen ist zwar festgelegt, zeigt aber eine Einschränkung. Normalerweise würde man kaum versuchen, seinem Gegner mit dem Knie einen Kinnhaken zu versetzen. Dank meinem Vater habe auch ich eine ganze Menge vom ›alten Soldaten‹ und instinktive Kenntnisse der Taktik in mir. Das Dumme dabei ist nur, daß die Taktik nicht immer funktioniert.

Zuerst mußte ich entscheiden, wo Mrs Karadontis' schwache Stelle war, und dann eine Möglichkeit finden, an diese schwache Stelle heranzukommen. Ihre wirklich schwache Stelle war natürlich ihr toter Mann, aber es war mir völlig unklar, wie ich ihn verwenden sollte, um von ihr Geld zu bekommen. Die nächstschwächste Stelle war meiner Ansicht nach die Tatsache, daß sie immer jemanden brauchte, mit dem sie reden konnte, und das hatte mich schließlich auf die Idee gebracht.

Die Idee an sich war gar nicht schlecht. Eigentlich war sie sogar ziemlich clever. Ich brauchte mir nur eine Frau auszudenken, die mit mir verwandt war, deren Mann gestorben war und sie mittellos in Australien oder Südamerika zurückgelassen hatte, so daß ich mir das erforderliche Geld leihen mußte, um ihr die Rückkehr nach Athen zu bezahlen.

Diese Verwandte mußte etwa im selben Alter wie Mrs Karadontis sein, so hatte ich mir ausgedacht, und im übrigen ein genaues Ebenbild von Mrs Karadontis – mit einer einzigen Ausnahme: kein Geld. Ich hatte mir ziemlich viel Mühe gegeben, diese Geschichte genau auszuarbeiten. Ich nannte sie Tante Errina und schrieb in ihrem Namen einen langen flehenden Brief an mich. Ich gab ihr eine Adresse in Australien. Auf Australien war ich gekommen, weil der Flug von Australien hierher mindestens fünfunddreißigtausend Drachmen kostete, was die Geschichte sehr vereinfachte. Mrs Karadontis wußte, daß meine Mutter Ägypterin gewesen war, wußte jedoch nicht, welche Art von Ägypterin. Deshalb machte ich Mama zu einer in Ägypten geborenen Griechin, die eine jüngere Schwester, eben Tante Errina, hatte, welche kurz vor dem Zweiten Weltkrieg einen australischen Geschäftsmann geheiratet hatte. Wie Mrs Karadontis hatte auch Tante Errina keine Kinder. Ich war ihr einziger lebender Verwandter. Ich hatte alles getan, daß ihr Brief an mich auch wirklich ergreifend klang. Mrs Karadontis sollte beim Lesen das Gefühl haben, daß Tante Errina ihr ewig dankbar sein würde, weil sie mir das Geld geborgt hatte, um den Flug zu bezahlen. So wie ich Mrs K. kannte, mußte ihr die Vorstellung, eine dankbare, griechisch sprechende Tante Errina um sich und praktisch in ihrer Gewalt zu haben, glatt hinuntergehen.

Und sie ging ihr auch glatt hinunter, als es mir schließlich gelang, meine Geschichte anzubringen und ihr den Brief zu zeigen. Sie fing an, sich so dafür zu interessieren, und wollte so viel über Tante Errina wissen, daß ich fast schon zu glauben anfing, das alte Mädchen existiere tatsächlich. Als wir dann zu der Geschichte mit der Flugkarte kamen und dazu, daß ich mir das Geld borgen mußte, stellte sich allerdings heraus, daß ich Mrs K. vielleicht ganz gut kannte, aber doch nicht gut genug.

Das Wort ›Flug‹ war es, bei dem sie hochging.

»Ein Flug von Melbourne bis hierher? Warum muß sie denn unbedingt fliegen?«

Die ehrliche Antwort wäre gewesen, daß die Flugkarte ungefähr fünfunddreißigtausend Drachmen kostete; aber Ehrlichkeit konnte ich mir nicht leisten.

»Sie ist völlig hilflos, Mrs Karadontis. Vielleicht ist sie am Verhungern. Eigentlich bin ich davon sogar überzeugt, wenn man zwischen den Zeilen ihres Briefes liest. Je eher sie hier und in meiner Obhut ist, desto besser. Als ihr einziger lebender Verwandter fühle ich mich für sie verantwortlich.«

»Unsinn, Mann! Auf einem Schiff würde sie auch nicht

verhungern, und es kostet weniger als die Hälfte. Fünfzehntausend Drachmen, vielleicht auch nur vierzehn.«

»Bestimmt nicht.« Ich hatte völlig vergessen, daß ihr toter Mann Schiffsmakler in Piräus gewesen war.

»Warum fahren wohl heute so viele Touristen mit Frachtdampfern?« fragte sie. »Weil es billig und gemütlich ist. Und geruhsam. Nach allem, was diese arme Frau erlebt hat, würden fünf Wochen auf See ein Geschenk des Himmels sein. Warum wollen Sie ihr diese Freude nehmen?«

Es bedurfte meinerseits keiner Anstrengung, eine Armesündermiene aufzusetzen.

»Im Moment, Mrs Karadontis, bin ich nicht in der Lage, sonst etwas zu tun«, sagte ich ruhig. »Außer Ihnen habe ich niemanden, an den ich mich wenden könnte. Wenn ich das Geld nicht zusammenbekomme, mag ich gar nicht daran denken, was mit Tante Errina passiert. Ich kenne sie. Sie ist wie Sie, stolz und empfindsam. Als ich den Brief heute bekam, war mein einziger Gedanke, wie ich sie so schnell wie möglich hierher bekommen könnte, wie ich ihr beweisen könnte, daß sie nicht vergessen ist.«

»Dazu genügt auch ein Telegramm«, erwiderte sie blitzartig.

»Wenn ich ihr nicht wenigstens eine Hoffnung machen kann, Mrs Karadontis, wäre es vielleicht menschenfreundlicher, gar nichts zu tun, damit sie glaubt, ich sei tot.«

»Wer hat gesagt, daß Sie nichts tun sollen? Ich verlange lediglich, daß Sie zur Abwechslung einmal etwas Gescheites tun. Ich verleihe nicht gern Geld. Mein toter Mann hat mich immer gewarnt. Als er wußte, daß er sterben mußte ...« Eine ergreifende Geschichte von ihrem toten Mann folgte, ehe sie wieder zum springenden Punkt zurückkam, und der war, daß sie mir zwar kein Geld leihen, mir aber die Kosten der Seereise gegen fünfundsiebzig Prozent meiner Kommission vorschießen wollte, bis ich alles zurückgezahlt hatte.

»Aber zuerst«, fuhr sie fort, »gehen Sie zu Sakkopoulos und Co. und lassen sich alles über Abfahrten und Preise sagen. Ich kenne Mr Sakkopoulos persönlich und werde selbst noch mit ihm reden. Ich werde ihm sagen, daß er die Rechnung an mich schicken soll.«

Ich weiß genau, wenn ich geschlagen bin. Schließlich durfte ich wieder verschwinden. Mein Magen revoltierte, als ich nach Hause fuhr. Es war klar, daß ich der Form halber mit diesem Mr Sakkopoulos alles besprechen mußte; ein paar Wochen später würde ich mir dann wieder einen Brief von Tante Errina schreiben, in dem es hieße, daß sie nun doch nicht kommen wolle. Dieser Teil der Angelegenheit machte mir keinen Kummer. Was mir Kummer machte, war, daß es in einigen Wochen wahrscheinlich völlig egal sein würde, was ich tat oder sagte. Wenn ich nicht bald fünfunddreißigtausend Drachmen in die Finger bekam, würde ich nur noch ein Problem für die Fremdenpolizei sein.

4

Die nächsten drei Tage waren gräßlich. Ich dachte sogar daran, den Plymouth zu verkaufen und mir für die Arbeit einen Mietwagen zu beschaffen; aber dann merkte ich, daß es nicht ging, weil Mrs K. die Zulassungspapiere des Plymouth hatte.

Dann war Freitag, der Tag, an dem ich den Paß in Gennadious Büro abholen sollte. Natürlich ging ich nicht hin. Ich wußte, daß ich ihm den Paß nicht abschwatzen konnte. Die Vorstellung, daß er fix und fertig irgendwo auf seinem Schreibtisch herumlag, machte mich fast wahnsinnig. Am Freitagabend war ich so verzweifelt, daß ich mit dem Gedanken spielte, im Büro einzubrechen und den Paß zu stehlen. Aber ich tat es nicht, weil ich noch genügend Verstand hatte, um zu merken, daß Gennadiou – selbst wenn mir der Einbruch gelang – sofort wissen würde, daß ich dahinter steckte; und er gehört nicht zu den Menschen, die leicht verzeihen. Er kann sogar recht gewalttätig werden.

Am Samstag fuhr ich ein amerikanisches Ehepaar nach Delphi. Als ich zurückkam, war es acht Uhr abends. Ich ging auf einen Drink in die *Taverna,* dicht bei meiner Wohnung. Die Leute nahmen auch Anrufe für mich entgegen – ihre Telefonnummer stand deshalb auf meinen Geschäftskarten. Gennadiou hatte angerufen: ich solle bitte zurückrufen, falls ich vor neun zurückkäme, sonst am nächsten Vormittag. Er hatte eine Telefonnummer angegeben, unter der er zu erreichen war. Die Angelegenheit sei geschäftlich und dringend.

Dringend oder nicht – ich trank erst einmal einen Kognak, während ich mir die Sache überlegte.

Der Grund seines Anrufs war im ersten Moment völlig klar. Er wollte wissen, warum ich nicht gekommen war, und außerdem fünfunddreißigtausend Drachmen in bar von mir haben.

Andererseits standen da die Wörter ›bitte‹ und ›dringend‹. Wenn er nur mit der Peitsche knallen wollte, hätte eine knappe Erinnerung an seine Existenz genügt – oder der Befehl, am Montagmorgen in seinem Büro zu sein. Mir kam das alles etwas merkwürdig vor.

Ich beschloß, ihn anzurufen. Wegen Freitag hatte ich eine Entschuldigung parat. So schnell würde es also keinen Ärger geben.

Am Telefon meldete sich eine Frau, und im Hintergrund hörte ich Geräusche, die nach einem Restaurant klangen. Ich nannte meinen Namen und wartete.

Kaum war er am Apparat, erzählte ich ihm, daß ich für zwei Tage in Delphi gewesen wäre, und entschuldigte mich, die Verabredung am Freitag nicht eingehalten zu haben.

Er ließ mich nicht ausreden: »Darüber können wir uns später unterhalten«, sagte er knapp. »Sind Sie verfügbar?«

»Verfügbar wofür?«

»Für eine geschäftliche Besprechung. Einige Geschäftsfreunde von Mr Gomez suchen jemanden mit besonderen Ortskenntnissen, der über die Möglichkeiten, hier einen Kulturfilm zu drehen, Bescheid weiß. Ich erwähnte, daß Sie vielleicht geeignet wären. Sind Sie interessiert?«

»Sehr.«

»Das hatte ich mir gedacht.« Er machte fast einen jovialen Eindruck. »Natürlich kann ich nichts versprechen. Die Leute müssen selbst entscheiden, ob Sie ihnen *sympathique* sind.«

Er gebrauchte das französische Wort. Komisch – aber ich sagte nichts dazu.

»Was soll ich tun?«

»Um halb zehn in meinem Büro sein.«

»Morgen früh?«

»Nein, heute abend.« Damit hängte er ein.

Eines war sicher: wenn Gennadiou mir irgendeinen Gefallen tat, tat er sich selbst einen noch viel größeren. Also mußte ich mir jeden meiner Schritte genau überlegen. Aber aufgeregt war ich natürlich. Ich hatte schon früher mit Filmleuten zu tun gehabt. Im vergangenen Jahr hatte eine amerikanische Gesellschaft, die in Epidauros Aufnahmen machte, mich als Fahrer für das Kamerateam angestellt, und dieser Job hatte für mich sechs Wochen lang feste Arbeit bedeutet. Hätte der Produktionsassistent sich nicht so angestellt und die Arbeitszeit und die Strecken nicht so genau überprüft, hätte ich eine ganze Menge daraus machen können.

Ich trank noch einen Kognak, ging dann in meine Wohnung, rasierte mich und zog ein frisches Hemd an. Wie mein Vater zu sagen pflegte: »Ein frisches Hemd, ein anständiger Schluck und eine Rasur machen einen neuen Menschen aus dir.« Wenn ich auch nicht gerade einen neuen Menschen aus mir machte, so möbelte ich doch den vorhandenen etwas auf. Außerdem zog ich meinen anderen Anzug an, den amerikanischen, bügelfreien, den ich einem Zimmerkellner im Hilton abgekauft hatte. Das Jakkett war in der Taille zwar etwas eng, aber wenn ich es nicht zuknöpfte, ging es. In Nickis hohem Spiegel sah ich einigermaßen *sympathique* aus. Wenn ich nicht vergaß, das Kinn hochzustrecken, sah ich zudem auch noch verläßlich aus.

Das Büro von Gennadiou war verschlossen und dunkel, als ich hinkam. Ich wartete auf ihn. Nach ein paar Minuten entdeckte ich, daß er in einem der Fischrestaurants an der Uferterrasse an einem Tisch saß. Neben ihm saß ein untersetzter und kräftig aussehender Mann mit kurzgeschnittenem, borstigem blondem Haar. Er trug ein blaues Sporthemd, und selbst von weitem konnte ich die goldenen Haare auf seinen gebräunten Unterarmen schimmern sehen. Das Reden besorgte Gennadiou. Der blonde Mann hörte zu, aber irgendwie gelangweilt. Gennadiou warf einen Blick auf seine Uhr und beendete das, was er gerade sagte. Der blonde Mann nickte und griff nach der Weinflasche, die vor ihm stand. Gennadiou stand auf.

Ich wich langsam zum Büroeingang zurück, damit niemand merkte, daß ich zugesehen hatte. Im nächsten Augenblick tauchte Gennadiou auf der Straße auf und kam näher.

Ich rechnete damit, daß er die Schlüssel aus der Tasche holen und das Büro aufschließen würde; aber er traf keinerlei Anstalten dazu. Als er herankam, nickte er mir zu.

»Sie sind pünktlich«, sagte er. »Haben Sie das Geld mitgebracht?«

Diese Frage traf mich so überraschend, so daß ich anfing zu stottern.

»Aber ich dachte ... nein, das heißt nicht jetzt ... ich dachte, es wäre bloß eine geschäftliche Besprechung ... mit anderen ... ich hatte geglaubt, Sie wollten ...«

Weil ich genau wußte, daß ich das Geld nicht hatte, hatte ich wahrscheinlich unbewußt angenommen, daß er es ebenfalls wissen müßte. In gewissem Sinne hatte ich recht.

Mit einer ungeduldigen Handbewegung unterbrach er mich. »Schon gut – schon gut. Sie haben das Geld nicht bei sich. Bedeutet das, daß Sie es nicht haben, oder nur, daß Sie es nicht mitgebracht haben?«

Ich zögerte. Wenn ich jetzt gelogen hätte, hätte ich den gräßlichen Augenblick sicher aufschieben können, aber da er sich darüber nicht aufzuregen schien, hielt ich es für sicherer, ihn – solange unsere Beziehungen noch geschäftlich waren – wissen zu lassen, daß die ganze Geschichte einen Haken hatte. Erwartungsvoll sah er mich an, fast so, als wollte er mir noch einen Ausweg lassen.

»Also gut«, sagte ich, »genaugenommen habe ich das Geld noch nicht ganz beisammen. Wie ich schon sagte, mußte ich nach Delphi, und Mrs Karadontis ...«

Er nickte. »Mrs Karadontis hat es Ihnen also doch nicht geliehen.«

»Nicht den Betrag, von dem die Rede war, als ich zu Ihnen kam.«

Kalt sah er mich an. »Meiner Ansicht nach ist der Ruf von Mrs Karadontis hinlänglich bekannt. Wie ich informiert bin, ist es höchst unwahrscheinlich, daß sie auch nur daran denkt, Geld zu verleihen.«

»Sie trinkt zuviel. Man weiß nie genau, wie man mit ihr dran ist.«

»Dafür wissen wir, wie wir mit Ihnen dran sind«, sagte er giftig. »Sie kannten die Bedingungen und haben sich mit ihnen einverstanden erklärt. Ich bin bereit, meinen Teil des Geschäfts einzuhalten. Als derjenige, der Mr Gomez gegenüber verantwortlich ist, werde ich dafür sorgen, daß Sie Ihren Teil ebenfalls einhalten. Sollten Sie das nicht tun, kann ich Ihnen heute schon versichern, daß die Konsequenzen für Sie höchst unerfreulich sein werden.«

Diese Zusicherung brauchte ich nicht erst. So oder so wußte ich, daß die Konsequenzen mit Sicherheit höchst unerfreulich sein würden. Trotzdem reagierte mein Magen auf diesen Hinweis mit einem nicht zu überhörenden Knurren. Um es zu übertönen, räusperte ich mich.

»Ich bin bereit, alles zu tun, was Sie vorschlagen«, sagte ich.

»Gut. Da Sie sich das Geld nicht borgen können, schlage ich vor, daß Sie es verdienen.«

»Bei dieser Filmgesellschaft, meinen Sie?«

»Genau.« Um es zu verdeutlichen, bohrte er mir einen spitzen, knochigen Finger in die Brust. »Gegenüber der Cine-Taranto S.A. habe ich mich für die Dauer ihres Aufenthaltes zu verschiedenen Dienstleistungen verpflichtet. Wenn die Cine-Taranto Sie akzeptabel findet, werden Sie zu diesen Dienstleistungen gehören. Aber angestellt sind Sie von mir. Habe ich mich klar ausgedrückt?«

»Ja. Ich erledige die Arbeit, und die Gesellschaft zahlt Ihnen das Geld. Wieviel wird es sein?«

»Genau der Betrag, den Sie mir schulden. Man wird Sie schätzungsweise drei Wochen benötigen.«

»Und was ist mit dem Paß? Ich kann nicht drei Wochen warten. Man wird Ihnen meine Dienste nicht bezahlen, wenn die Polizei mich ins Gefängnis steckt.«

»Darüber können wir uns später unterhalten.« Wieder bohrte er mir seinen Finger in die Brust. »Vor allem müssen wir erst einmal feststellen, ob Sie für die Leute akzeptabel sind. Um Ihretwillen hoffe ich sehr, daß dies der Fall ist.« Er ließ seine Hand sinken und schnalzte mit den Fingern. »Also – wenn Sie bereit sind.«

Er drehte sich um und ging langsam zum Restaurant zurück. Ich folgte ihm.

»Sprechen Sie gut französisch?« fragte er über die Schulter.

»Ziemlich.«

»Das kommt Ihnen wahrscheinlich zugute. Die Cine-Taranto ist eine internationale Gesellschaft. Monsieur Goutard, der persönliche Assistent des Produzenten, ist Franzose. Andere Sprachen scheint er nicht allzu gut zu sprechen. Mr Emil Hayek, der Produzent und Direktor, spricht zwar mehrere Sprachen, aber kein Griechisch. Welche Nationalität er hat, weiß ich nicht genau. Vielleicht ist er Schweizer. Wenigstens wohnt er in der Schweiz. Kameramann und Kameraassistent sind Italiener. Aber zu tun haben Sie vor allem mit Monsieur Goutard. Ihn werden Sie auch zuerst kennenlernen.«

Monsieur Goutard war der blonde Mann mit den kräftigen Armen.

Er blickte auf, als wir uns seinem Tisch näherten, blieb jedoch sitzen, als ich ihm vorgestellt wurde. Zu meiner Erleichterung war sein Händedruck nur flüchtig; seine Hände waren die reinsten Schraubstöcke, auf dem Handrücken mit kurzem rotbraunem Haar bedeckt. Mit einer Kopfbewegung forderte er mich auf, Platz zu nehmen.

Er hatte blaßblaue Augen, einen kurzen Hals und flache lederige Backen, die genauso muskulös wie seine Arme zu sein schienen. Es war ein Gesicht, das gewohnt war zu befehlen; der Mund war gewohnt, Strafen auszusprechen, und die Augen waren es gewohnt, genau darauf zu achten, daß die Strafen auch vollstreckt wurden. Das nur angedeutete Grinsen des schmallippigen Mundes war, wie ich bald merkte, reine Gewohnheit; aber es war das Grinsen einer Falle. Das einzige, was ihn amüsierte, war, wenn irgend jemand in Schwierigkeiten geriet. Die Art, wie er mich abschätzend musterte, verursachte mir ein unbehagliches Gefühl, und ich versuchte, darauf mit einem schwachen unterwürfigen Grinsen zu reagieren. Ich muß zugeben, daß Goutard mir seit dem Augenblick, da ich ihn zum ersten Mal sah, Angst einflößte.

Zuerst war es nur Gennadiou, der redete. Zu meiner Überraschung – und damit in diesem Punkt Klarheit besteht: wirklich zu meiner Überraschung! – erwähnte er fast sofort die Tatsache, daß ich Nickis Mann war. Natürlich bezeichnete er sie als Bauchtänzerin. Also gut, sie ist tatsächlich Bauchtänzerin, aber die meisten Leute kapieren nicht, daß der Bauchtanz in arabischen Ländern nicht ein Nachtclub-Nepp, sondern eine hochgeachtete Kunst ist. Nicki verwendet die Bezeichnung ›exotische Tänzerin‹, um diesen Unterschied deutlich zu machen.

Genau das sagte ich jetzt auch.

Gennadiou grinste lüstern und gehässig. »Wie ich bereits erwähnte, Monsieur Goutard – auf diesem Gebiet ist er Fachmann.«

Goutards Augen nahmen mich immer noch auseinander. »Spielt es denn eine Rolle, wie man es nennt?« fragte er. »Wenn es genauso aussieht und dieselbe Wirkung auf die Zuschauer hat, sind Wörter unwichtig.«

Offenbar war er selbst ein Mann der Tat; aber welcher Art von Tat? Schon damals sagte mir mein Instinkt, daß diese Leute in der Vergangenheit nichts oder nur sehr wenig mit dem Filmgeschäft zu tun gehabt hatten.

Er goß den Rest Wein hinunter, wandte seinen Blick zu meiner Erleichterung von mir ab und redete mit Gennadiou. »Weiß er, was von ihm erwartet wird?«

»Nur ganz allgemein. Ich hielt es für besser, wenn Sie persönlich ihn instruieren würden.«

»Das wird der Chef machen. Er weiß, was er will. Mein Job besteht nur darin, dafür zu sorgen, daß er es bekommt.« Er stand auf. »Dann gehen wir jetzt zu ihm.«

Wir verließen das Restaurant.

»Wollen wir meinen Wagen nehmen?« fragte ich Gennadiou.

»Das ist nicht nötig.«

Er führte uns am Kai entlang und einige Stufen zu dem Motorboot hinunter, das er immer benutzte, wenn er Proviant zu Schiffen brachte, die im Hafen lagen. Offenbar gehörte zu den Dienstleistungen für die Cine-Taranto und ihren Produktionschef auch eine Jacht. Sie lag am anderen Ende des Hafens, gegenüber dem Jachtklub, auf der Reede: eine alte ziemlich große Motorjacht mit einer gedrungenen Schornsteinattrappe. An der Bordwand hing eine kleine Gangway, und an Deck stand ein Matrose mit einem Bootshaken, der das Motorboot festhielt, als wir an Bord kletterten. Goutard ging uns voraus zum Achterdeck, über das ein Sonnensegel gespannt war; dort standen einige Tische und einige Deckstühle. In den Stühlen saßen drei Männer und eine Brünette.

Zwei der Männer spielten an einem Tisch Karten. Sie blickten nur kurz auf, als wir näher kamen, und spielten dann weiter. Es waren die Italiener, der Kameramann und sein Assistent. Hinter ihnen, in Liegestühlen ausgestreckt und mit Gläsern in der Hand, lagen Emil Hayek und das Mädchen. Später fand ich heraus, daß sie seine Geliebte war. Ihrem Aussehen nach war sie etwa sechzehn und sehr unschuldig – sogar in den Pucci-Hosen, die sie trug. Wie sich herausstellte, war dieser Eindruck trügerisch.

Hayek war etwa in meinem Alter und ähnelte mir auch

körperlich: Er war dunkel, sein Haar lichtete sich, außerdem hatte er einen kleinen Bauch, eine klassische Nase und einen vollen energischen Mund. Aber damit war die Ähnlichkeit auch schon zu Ende. Mein Haar ist graubraun, seines war völlig schwarz; meine Bewegungen sind immer ruhig und harmonisch, seine waren schnell und ruckartig. Meine Stimme ist die eines gebildeten Engländers, seine war barsch und kehlig, ganz gleich, welche Sprache er benutzte. Und er trug Schmuck: ein goldenes Armband, zwei Ringe und eine goldene Halskette mit einer Christophorus-Medaille. In Gold waren seine Initialen auf die Brusttasche seines Hemdes und auf die Spitzen seiner schwarzen Slipper gestickt. Außerdem hatte er zwei Goldzähne.

Er richtete sich auf, erhob sich jedoch nicht, als ich ihm vorgestellt wurde; und er gab mir auch nicht die Hand. Dann winkte er in Richtung des Mädchens.

»Meine Produktionsassistentin und technische Beraterin, Mademoiselle Kaufmann.«

Ich machte eine Verbeugung. Über das Glas hinweg betrachtete sie mich.

Mit einer Handbewegung forderte Hayek uns auf, Platz zu nehmen. Ein Matrose in weißem Jackett erschien, und neue Getränke wurden bestellt.

»Wie man mir erzählt hat, Monsieur Simpson, ist Ihre Frau eine bekannte Bauchtänzerin«, sagte Hayek.

»Eine exotische Tänzerin, Chef«, sagte Goutard. »In diesem Punkt ist er empfindlich.«

»Das zu hören freut mich«, sagte Hayek. Seine Goldzähne funkelten. »Im Unterhaltungsgeschäft sind Zartgefühl und guter Geschmack von größter Wichtigkeit. Ich hoffe, das Vergnügen zu haben, Madame kennenzulernen.«

»Im Augenblick ist sie mit der Truppe auf Tournee in Rumänien.«

»Wie schade. Aber soviel ich weiß, haben Sie Erfahrung bei der Arbeit für Filmgesellschaften.«

»Das stimmt, Monsieur Hayek.« Für mich hatte er genug geredet, um ihn einordnen zu können. Mag sein, daß er seinen Wohnsitz in der Schweiz hatte, aber sein französischer Akzent stammte aus Syrien oder dem Libanon. Überrascht war ich nur, daß Gennadiou es nicht gemerkt hatte.

»Welcher Art sind Ihre Erfahrungen?«

Offenbar hatte es keinen Sinn, ihm die Wahrheit zu sagen. Aber das war auch nicht nötig; als ich damals die Kameraleute in Epidauros herumgefahren hatte, hatte ich beim Zuhören eine ganze Menge aufgeschnappt.

»Hauptsächlich Außenaufnahmen«, sagte ich, »Assistent des Aufnahmeleiters, Verbindungsmann zu den Behörden, Organisation von Massenszenen, Dolmetscher für den Produzenten, soweit notwendig, und auch ganz allgemein.«

»Was waren das für Massen?«

»Leute aus der Gegend, Fischer und Dorfbewohner.« Genaugenommen hatte ein Grieche diese Sachen organisiert. Aber ich hatte den Eindruck gehabt, daß ich den Job mindestens genauso gut, wenn nicht besser hätte erledigen können.

»An Fischern oder Dorfbewohnern sind wir nicht interessiert«, sagte Hayek. »Hier handelt es sich um einen Reisefilm. Aber ...« Um seine Worte zu unterstreichen, streckte er eine Hand hoch in die Luft. »... ein Reisefilm ganz neuer Art. Wir werden die Vergangenheit in der Gegenwart zeigen«, sagte er feierlich mit singender Stimme, »und die Gegenwart in der Vergangenheit.«

Das begriff ich nicht ganz, machte also nur ein respektvoll intelligentes Gesicht und wartete ab.

Er trank einen großen Schluck Whisky. »Die ruhmreiche Vergangenheit Griechenlands wird wiederaufleben«, sagte er. »Ich werde sie wiedererschaffen. Und nicht nur mit Steinen und alten Ruinen, sondern mit Fleisch und Blut.«

Anscheinend erwartete er von mir irgendeine Bemerkung. »Das klingt sehr interessant, Monsieur Hayek«, sagte ich. Dann fiel mir etwas Besseres ein. »Arbeiten Sie nach einem Drehbuch?«

Er lächelte, griff dann nach unten und hob ein dickes, in Leder gebundenes Buch hoch, das neben ihm auf dem Deck gelegen hatte. »Das hier ist das einzige Drehbuch, das ich brauche«, sagte er, »das und meine Phantasie. Den Rest überlasse ich der Natur.«

»Und dem Fleisch und Blut«, sagte Mademoiselle Kaufmann mit einem sonderbaren Lächeln. Es waren die ersten Worte, die sie seit meiner Ankunft von sich gab.

Spielerisch klopfte Hayek ihr auf den Schenkel. »Im Anfang war das Wort«, meinte er. »Soviel ich weiß, sprechen Sie Englisch, Monsieur Simpson?«

»Ja – ich wurde in England erzogen.«

»Dann kennen Sie auch sicher die *Bibliotheca Classica* von Lemprière.«

»Das kann ich nicht unbedingt sagen.« Langsam wurde ich verwirrt.

»Aber von den dionysischen Orgien haben Sie hoffentlich schon gehört?«

»O ja, natürlich.« Der mondänere Touristentyp interessiert sich immer für Orgien. Die lizenzierten Fremdenführer tun nichts anderes, als Archäologie vorzuführen; ich dagegen bin es gewohnt, fürs Geld etwas zu liefern. Bei einigen Tempelriten können einem tatsächlich die Augen übergehen.

»Lemprière schildert sie im einzelnen«, sagte Hayek. »Und nicht nur die dionysischen oder bacchanalischen. Orgien scheinen ihn fasziniert zu haben. Natürlich schreibt er immer in einem Ton schockierter Mißbilligung, aber er geht ins Detail. Und was er nicht beschreibt, können wir uns sehr gut vorstellen. Ich bin überzeugt, daß wir keine Schwierigkeiten haben werden, die verschiedenen Szenen originalgetreu vor natürlichem, authentischem Hintergrund zu rekonstruieren. Können Sie mir folgen?«

»Ja.« Genaugenommen war ich ihm mittlerweile bereits ein Stück voraus.

»Wichtig dabei ist«, fuhr er nachdrücklich fort, »die richtige Truppe zusammenzustellen, sowohl Tänzer und Tänzerinnen als auch andere Typen. Ich bestehe natürlich auf absolutem Realismus, mit einer Menge Großaufnahmen. Das bedeutet, daß auch technische Probleme gelöst werden müssen. Wenn ein Mann und eine Frau, wie Lemprière es ausdrückt, ›Handlungen von unglaublicher Verderbtheit vornehmen‹, ist es kaum möglich, zwei oder drei Wiederholungen zu machen. Die Kameras müssen die Aufnahmen bereits beim ersten Mal im Kasten haben. Ich sage Kameras, weil wir mehr als nur eine einsetzen werden, um die Aufnahmen zu machen. Aber sehr viel hängt auch von einem jungen, erfahrenen und zur Zusammenarbeit bereiten Ensemble ab. Das ist der Punkt, an dem Ihre Arbeit beginnt.«

»Ich verstehe.«

»Beigreifen Sie, was erforderlich ist?«

»Ich glaube schon.«

»Können Sie uns dabei behilflich sein?«

»Dazu muß ich etwas mehr wissen. Leicht wird es jedenfalls nicht sein.«

»Wenn es leicht wäre«, unterbrach Goutard mich grob, »würde Monsieur Hayek Sie nicht dafür bezahlen.«

Hayek überhörte die Unterbrechung. Er blickte mich unentwegt an.

»Ich muß wissen, was Sie sich ungefähr vorstellen«, sagte ich. »Zum Beispiel: wie viele Tänzer und wie viele andere Darsteller und für wie lange? Vor welchem Hintergrund? Außerdem erhebt sich die Frage der Gagen.«

Das alles überging er mit einer Bewegung seines armbänderbehängten Handgelenks.

»Über die Einzelheiten können wir später sprechen«, sagte er. »Wichtig ist, daß Sie die absolute Notwendigkeit für Qualität erkennen. Wir müssen Erregung schaffen – nicht ein Gefühl des Schmutzes. Ihre Aufgabe besteht darin, attraktive Paare zu finden. Natürlich müssen sie Begabung und Erfahrung haben, aber daneben müssen sie jung und frisch sein. Nichts Altes, nichts von der Straße. Haben Sie verstanden?«

»Ja.«

Deutlicher hätte er es nicht sagen können. Und damit war ich beim pornographischen Film gelandet.

5

Noch am gleichen Abend suchte ich Madame Irma auf.

Sie besitzt ein sehr hübsches Haus auf eigenem Grund und Boden unmittelbar an der Straße, die nach Kifissia führt. Mehr als sechs oder sieben Mädchen hat sie nie zu gleicher Zeit, und alle paar Monate wechseln sie. Ihre Preise sind hoch, aber dafür ist auch alles bestens arrangiert. Die Kunden betreten und verlassen das Haus durch verschiedene Türen, um peinliche Begegnungen zu vermeiden. Die einzigen Personen, die die Klienten sehen, sind Irma, dann die alte Kira, die Verwalterin, die sich der finanziellen Seite annimmt, und natürlich die Auserwählte. Wenn Hayek ›Qualität‹ haben wollte, war meiner Ansicht nach Irma am ehesten in der Lage, sie zu liefern.

Irma zahlte mir eine Kommission für jeden Kunden, den ich ihr brachte, und unsere Beziehungen waren einigermaßen gut. Natürlich hatte ich nicht die Absicht, gleich mit der Tür ins Haus zu fallen; aber wenn ich es ihr langsam beibrachte und sie im Glauben ließ, daß ich mehr gesagt hatte, als ich ursprünglich sagen wollte, würde sie vielleicht auf den Gedanken kommen, daß für sie dabei mehr herausspringen konnte als für mich, wenn sie mitmachte. Das sollte auch stimmen.

Obgleich bereits in den mittleren Jahren, ist sie immer noch ziemlich attraktiv, wenn man gegen Üppigkeit nichts hat. Ich habe sogar gehört, daß der eine oder andere ihrer regelmäßigen Kunden in Erinnerung an alte Zeiten sein *cinq-à-sept* mit ihr verbringt. Vielleicht stimmt es; aber gegen ein Uhr morgens ist es auch bei ihr ruhig, und gewöhnlich sitzt sie in einen eleganten Hausmantel gehüllt in ihrem Büro, das zugleich ihr Wohnzimmer ist, trinkt unzählige Gläser Tee und liest ihr Schicksal aus einem Spiel Tarock-Karten.

Sie war nicht überwältigend erfreut, als ich ohne Kunden im Schlepptau erschien; erst als ich sagte, daß ich ihren Rat brauchte, taute sie etwas auf und bot mir sogar ein Glas Tee an.

Ein Kognak hätte mir besser getan, aber ich begnügte mich mit dem Tee.

»Wußten Sie schon, daß eine neue Filmgesellschaft eingetroffen ist, Madame?« fragte ich.

»Heutzutage treffen dauernd Filmgesellschaften ein.« Ich merkte jedoch, daß sie neugierig war. »Amerikaner?«

»Italiener.«

»Wie heißen die Stars?« Sie liest nämlich sämtliche amerikanischen Filmzeitschriften und kennt den ganzen Klatsch, der da gedruckt wird.

»Es sind keine Stars im gewöhnlichen Sinn. Es handelt sich um einen Reisefilm, aber höchst originell und künstlerisch, die Schauspieler und Schauspielerinnen übernehmen dekorative Rollen – Tempeltänzer und -tänzerinnen, Nymphen, Faune, antike Götter und Göttinnen.«

Sie zuckte die Schultern. Sie hatte jegliches Interesse verloren. »Und wozu brauchen Sie meinen Rat?«

»Man hat mich gebeten, geeignete junge Tänzer und Tänzerinnen und ähnliche Leute zu suchen, die Rollen übernehmen können. Ich hoffte, daß Sie mir vielleicht einen Rat geben könnten, wo man sie findet und wie man an sie herankommt.«

»Fragen Sie doch Ihre Frau. Sie dürfte es wissen.«

»Meine Frau ist mit der Truppe in Rumänien.«

»Dann den Manager des Klubs, wo sie auftritt, wenn sie hier ist. Der ist gleichzeitig Theateragent. Wie heißt doch das Schwein gleich? Argyris – richtig.«

»In geschäftlichen Dingen, Madame, ist Mr Argyris sehr schwierig, wie Sie wahrscheinlich selbst wissen. Außerdem bezweifle ich, ob er den Künstlertyp kennt, der in diesem besonderen Fall benötigt wird.«

Ich hatte meine Worte sorgfältig gewählt. Sie sah mich scharf an.

»Um welchen Typ handelt es sich?«

Wieder wählte ich meine Worte sorgfältig. »Sie müssen in der Lage sein, äußerst realistisch zu agieren, Madame.«

»Mit oder ohne Kleider?« Jetzt hatte sie kapiert.

»Sowohl mit als ohne.«

»Natürlich oder unnatürlich?«

»Meistens natürlich.«

»Also ein *tsirkoilo*!«

»Möglicherweise etwas in dieser Art, Madame.«

»Widerlich!«

Ihr Unwille war automatisch. Private ›Schaustellungen‹ waren auch *chez* Madame Irma nichts Neues, und sie wußte genau, daß ich darüber Bescheid wußte.

»Soweit ich informiert bin, hält sich alles in den Grenzen des guten Geschmacks.«

»Nicht mit meinen Mädchen – das kommt nicht in Frage.«

Ich verkniff mir das Vergnügen, sie auf den Doppelsinn dieser Bemerkung hinzuweisen.

»Selbstverständlich nicht, Madame.«

Aber sie überlegte bereits wieder.

»Warum wollen Sie meinen Rat?« fragte sie. »Warum gehen Sie nicht zu der Waschfrau?«

Das war Irmas Art, von ihrer Hauptkonkurrentin zu reden, einer Madame, die angeblich eine persönliche Schwäche für Unterwäsche-Fetischisten hatte. Meine Beziehungen zu der Waschfrau waren damals dank einem Streit über eine Kommission, die sie mir schuldete, nicht gerade herzlich.

»Aus einem ganz einfachen Grund, Madame«, antwortete ich. »Diese Filmgesellschaft ist eine fähige Organisation mit hohen künstlerischen Ansprüchen und in der Lage, beträchtliche Beträge auszugeben, um dieses Ziel zu erreichen. Die Gesellschaft begnügt sich nur mit Spitzenkräften. Das ist der Grund, warum ich mich an Sie um Rat gewandt habe.«

Sie überlegte noch eine Weile und begann dann, die Karten auf den vor ihr stehenden Kaffeetisch auszulegen. »Beträchtliche Beträge, sagen Sie? Wie beträchtlich?«

»Dreitausend Drachmen täglich für jede Schauspielerin der oberen Kategorie. Insgesamt werden sechs für verschieden lange Zeitspannen benötigt. Im Durchschnitt jeweils fünf Tage.«

»Das ist ein Hungerlohn. Ich muß an meine Mädchen denken. Sie sparen sich ihre Aussteuer zusammen. Das Minimum sind fünftausend. Was aber nicht heißt, daß ich diesen infamen Vorschlag überhaupt in Betracht zöge.«

»Bedingungen kann man immer aushandeln.«

Mit einigen Karten legte sie einen Kreis aus. »Sagten Sie, daß die Mädchen nur tagsüber benötigt werden? Und nicht nachts?«

»Nein, nur tagsüber.«

»Aha – und in einem Studio.«

»Nein, bei Außenaufnahmen. In alten Tempeln. Wie ich bereits sagte, handelt es sich um einen künstlerischen Film.«

»Also im Freien!«

»Ja.«

»Das finde ich wirklich verderbt.« Sie wirkte beeindruckt. Weitere Karten, weitere Überlegungen. »Und was passiert mit dem Film?«

»Die Kopien werden im Ausland hergestellt und in anderen Ländern vorgeführt.«

»Hier nicht? Sie wissen, ich habe freundschaftliche Beziehungen zu der Polizei, aber . . .«

»Nein, hier nicht. Die Firma ist besonders bemüht, irgendwelche Komplikationen mit der Polizei zu vermeiden. Sie ist äußerst vorsichtig und diskret.«

»Das sollte sie wohl auch.«

Sie fächerte die Karten, die sie noch in der Hand hatte, auseinander und hielt sie mir hin. »Ziehen Sie eine Karte.«

Ich zog eine, und ohne hinzusehen legte sie sie, mit dem Bild nach unten, in den Mittelpunkt des Kreises.

»Auch die Sache mit den männlichen Partnern muß überlegt werden«, bemerkte sie.

»In diesem Punkt wollte ich Sie ebenfalls um Rat bitten, Madame. Es ist Bedingung, daß sie blond sein müssen.«

»Einige der besten sind dunkel.«

»Vielleicht könnten sie Perücken tragen.« Das war eine dumme Bemerkung, aber der Tag war lang gewesen und ich war müde.

Ungeduldig, mit gerunzelter Stirn, sah sie mich an. »Entweder machen Sie jetzt einen Scherz, und in solchen Angelegenheiten mag ich keine Scherze, oder Sie haben keine Phantasie.«

»Verzeihung, Madame. Ich habe nicht überlegt.«

»Und geschäftlich habe ich auch nicht gern mit Leuten zu tun, die nicht überlegen.«

Ich kam zu dem Schluß, daß es besser war, nichts zu sagen. Sie begann, die Karten, die sie bereits ausgelegt hatte, umzudrehen und durch andere zu ersetzen; schnell und entschlossen bewegten sich ihre Finger, während sie den zweiten Kreis legte. Schließlich drehte sie die Karte um, die ich gezogen hatte. Bedeutungsvoll klopfte sie mit dem Finger darauf.

Die Karte zeigte einen Mann – er hing mit einem Fuß an einem Galgenbalken, der auf zwei hohen Baumstümpfen ruhte. Darunter stand *Le Pendu.*

»Der Gehenkte«, sagte sie, »geschützt vom Drudenritter, aber innerhalb des kleineren Übels. Sollten Sie gegenüber einem Menschen, der Ihnen vertraut, an irgendeine Art von Verrat denken, nehmen Sie sich in acht. Die Karte neben dem Rutenritter ist diejenige, die wir nicht nennen.«

Sie schob die namenlose Karte über den Tisch, damit ich sie mir selbst ansehen konnte.

Sie zeigte ein männliches Skelett mit einem Totenkopf, das ein Steuerruder in den Händen hielt und mit seinem Boot irgend etwas über einen Fluß setzte, das wie eine Bootsladung Särge aussah. »Das sage ich Ihnen nur zu Ihrem eigenen Besten«, erklärte Madame Irma lächelnd. »Ich lenke die Karten nicht; sie haben ihre eigene Art, das menschliche Herz zu finden.«

Ich nickte. Ich hatte begriffen.

Meine Sympathien waren bei dem Gehenkten, der mit dem Kopf nach unten an seinem Galgen hing. Ich wußte genau, wie ihm zumute war.

6

Nicht Madame Irma wurde von mir betrogen, sondern sie war es, die mich betrog!

Also gut – ich will versuchen, fair zu sein. Für das Mißverständnis, das auftauchte, kann ich der alten Hexe nicht die ganze Schuld zuschieben. Schuld hatte vielmehr Hayek. Einen so gefährlichen Rowdy wie Goutard hätte er nie beschäftigen dürfen.

Von Filmproduktion hatte Goutard absolut keine Ahnung; das wurde nur zu bald deutlich. Eigentlich war er nur Hayeks Leibwächter, Laufjunge und Spezialist für die Dreckarbeit. Verständlich, daß ein Mann wie Hayek glaubt, unbedingt einen Handlanger dieser Art zu brauchen, aber warum er sich ausgerechnet Goutard ausgesucht hatte, ist mir heute noch schleierhaft. Wahrscheinlich hatte die Tatsache, daß Goutard einmal Unteroffizier bei den französischen Fallschirmjägern war, irgend etwas damit zu tun; Männer, die aus Hayeks Welt kommen, lassen sich von solchen Dingen imponieren. Vielleicht war es auch so, daß er Goutard völlig heruntergekommen in Damaskus oder Beirut aufgelesen hatte und ihn billig bekam. Wenn das zutrifft, war es für alle Betroffenen ein teueres Geschäft – besonders für mich.

Ich hatte natürlich von Anfang an gemerkt, daß das ganze Gerede Hayeks über Aufnahmen in alten Ruinen reiner Schwindel war. Er hatte sich eine offizielle Erlaubnis besorgt, um die üblichen Sachen wie Akropolis und Zeus-Tempel zu filmen, aber das war nur Tarnung. Selbst wenn das Arbeitsministerium ihm erlaubt hätte, die kostbaren archäologischen Denkmäler als Hintergrund für die Art von Umtrieben zu verwenden, an die er dachte, wäre die Geschichte unmöglich gewesen. Ich meine, daß man herumhurende Nymphen und Faune nicht photographieren kann, wenn Touristen mit aufgerissenen Augen zusehen. Dazu braucht man eine intime Atmosphäre und Abgeschiedenheit.

Hayeks Produktionsplan war einfach. Drei Tage lang drehte er in auffälliger Weise das übliche Zeug für Touristen, aber ohne Filme in den Kameras. Danach fuhren wir auf der Jacht mit den Darstellern, dem Kamerateam und einigen Kulissen zu Außenaufnahmen in eine hübsche kleine Bucht an der Küste, die von der Straße her nicht zu erreichen war.

Die Kulissen bestanden in der Hauptsache aus drei ›zerbrochenen‹ Säulen, die Gennadiou in Athen aus Latten und Gips hatte anfertigen lassen. Sie waren zwischen einem und zwei Meter lang und ziemlich leicht, aber wenn man sie auf ein Felsenriff oberhalb des Strandes stellte, sah es gleich nach einem alten Tempel aus. Außerdem hatten wir ein paar Urnen aus Pappmaché dabei, die als Ausstattungsstücke dienten.

Was nicht heißen soll, daß der Schauplatz auf Ausstattung angewiesen war, wenn Nymphen und Faune anfingen zu agieren.

Das war der Zeitpunkt, an dem Mademoiselle Kaufmann sich einschaltete. Hayek hatte gesagt, sie sei seine technische Beraterin. Ich hatte seine Bemerkung nicht ernst genommen – bis zu dem Tag, an dem die Orgienszenen drankamen und La Kaufmann so eiskalt, als könnte nicht einmal ein Stück Butter in ihrem Munde schmelzen, den Mädchen Dinge vorschlug, die sie gemeinsam anstellen sollten. Einige ihrer Vorschläge ließen sogar mich erröten. Wie mir auffiel, schien sie sich für das, was die Männer taten, nicht allzu sehr zu interessieren. Dafür war Hayek zuständig.

Persönlich fand ich die ganze Geschichte nach einiger Zeit ziemlich langweilig. Ich finde, genug ist genug.

Deshalb war ich auch nicht dabei, als der Krach anfing.

Nachdem ich die Mitwirkenden besorgt und mich darum gekümmert hatte, daß auch die finanzielle Seite täglich bereinigt wurde, schien es mir nicht mehr nötig, die ganze Zeit dabei zu sein. Und da Gennadiou sich seit Beginn der eigentlichen Aufnahmen nicht mehr gezeigt hatte, sah ich keinen Grund, warum ich nicht meine berufliche Tätigkeit mit dem Wagen wie üblich fortsetzen sollte. Schließlich mußte ich genug Geld verdienen, um leben zu können, und Nicki wollte erst in einem Monat zurück sein. Und außerdem trug ich auch gegenüber Mrs Karadontis eine gewisse Verantwortung.

Offen gesagt glaube ich nicht, daß es anders gekommen wäre, wenn ich gewußt hätte, was sich entwickelte. Ich jedenfalls hätte Goutard nicht bremsen können. Ich glaube nicht einmal, daß ich es auch nur versucht hätte.

Am Nachmittag des Tages, der mein letzter in Athen sein sollte, fuhr ich einige Amerikaner auf den Parnaß. Etwa eine Stunde blieben sie oben und tranken in der

Bar des Hotels, und es war bereits dunkel, als ich sie wieder vor dem Hotel Grande-Bretagne absetzte. Ich überlegte, ob ich warten sollte, falls noch jemand zum Flugplatz wollte. Schließlich entschloß ich mich anders und fuhr zu meiner Wohnung. Glücklicherweise faßte ich unterwegs noch einen weiteren Entschluß: in der *Taverna* ein Glas zu trinken, ehe ich nach Hause ginge.

In der *Taverna* lag eine Mitteilung von Gennadiou: ›Sofort anrufen, äußerst dringend‹ – und dazu die Telefonnummer seines Büros.

Er meldete sich schon nach dem ersten Läuten und verschwendete keine Zeit mit Höflichkeiten.

»Wo sind Sie? In der *Taverna*?«

»Ja.«

»Dann kommen Sie sofort in mein Büro.«

»Ich . . .«

»Reden Sie nicht. Dazu ist keine Zeit mehr. Sofort in mein Büro. Aber lassen Sie den Wagen vor dem Klub stehen. Er darf nicht in der Nähe meines Büros gesehen werden. Verstanden?«

»Aber . . .«

»Sofort, haben Sie kapiert? In Ihrem eigenen Interesse – beeilen Sie sich!«

Dann legte er auf.

Angst war in seiner Stimme zu hören gewesen. Das allein erschreckte mich. Ich trank mein Glas mit einem Schluck aus und verschwand, ohne mich noch einmal hinzusetzen.

Was mir am wenigsten gefiel, war seine Anweisung, den Wagen nicht in der Nähe seines Büros abzustellen. Das hieß, daß die Verbindung zu mir für ihn irgendein

Risiko oder eine Unannehmlichkeit bedeutete. Und trotzdem wollte er mich unbedingt sprechen – in meinem eigenen Interesse, oder wie er es genannt hatte. Einen Augenblick lang hätte ich in meinem eigenen Interesse gern gewußt, ob es vielleicht besser war, seiner Aufforderung nicht zu folgen. Dann aber saß ich schon im Wagen und fuhr nach Tourcolimano.

Der vordere Teil seines Büros lag zwar im Dunkeln, aber im Moment, wo ich klopfte, öffnete er auch schon die Tür. Hinten, im Lager, brannte Licht.

»Wo haben Sie den Wagen gelassen?« fragte er. Er sprach flüsternd.

»Da, wo Sie gesagt haben.«

»Gut. Kommen Sie ’rein.« Er zog die Tür zu, schloß ab und ging zum Lager voraus. Als er ins Licht trat, sah ich, daß er schwitzte.

»Wo sind Sie die letzten beiden Tage gewesen?« fragte er.

»Ich habe gearbeitet.«

»Sie sollten doch für mich arbeiten.«

»Bei denen gibt’s für mich nichts mehr zu tun. Hayek ist zufrieden. Alles ist in Ordnung.«

»Nichts ist in Ordnung.«

»Goutard hat es aber gesagt.«

»Goutard!« Er sprach den Namen aus, als wäre es ein Fluch. »Wären Sie dabeigewesen, hätten Sie ihn zurückhalten können.«

»Wieso? Was hat er denn gemacht?«

»Er hat versucht, die Mädchen zu verführen.«

»Zu verführen?« Diese Vorstellung war so lächerlich, daß ich anfing zu lachen.

Mit dem Handrücken schlug Gennadiou mir wütend ins Gesicht. Der Schlag riß mir fast die Brille herunter, und mein Kopf dröhnte. Ich hielt mir die Hand vor den Mund und starrte ihn an.

»Vielleicht«, knurrte er, »wird Ihnen das Lachen vergehen, wenn ich Ihnen erzähle, daß die Polizei heute abend mit einem Haftbefehl für Sie unterwegs ist.« Er hatte aufgehört zu flüstern.

»Für mich?«

»Für Sie und Goutard. Sie beide sind von einer Frau namens Irma Zygouris angezeigt worden.«

»Von Madame Irma? Das glaube ich nicht.«

»Es wäre besser, wenn Sie es glaubten. Sie können versichert sein, daß meine Information zuverlässig ist.«

Jetzt fiel mir wieder ein, daß er einen Bruder bei der Polizei hatte; trotzdem konnte ich es nicht begreifen.

»Madame Irma würde nie... Ich meine, das kann sie doch nicht.«

»Sie täuschen sich. Sie hat gute Freunde im Kommissariat, und zwei der Mädchen sind als Zeuginnen genannt. Die Anklage lautet, daß Sie versucht hätten, diese Mädchen als Prostituierte anzuwerben.«

»Aber das ist doch albern. Das sind doch bereits Prostituierte.«

»Versuchen Sie, es zu beweisen. Und wenn Sie es beweisen können – was dann? Dann sind Sie immer noch ein Kuppler, ein Zuhälter. Seien Sie realistisch. Tatsache ist, daß Goutard sich an die Mädchen herangemacht hat; die haben dann Ihrer Madame Irma Bescheid gesagt.«

»Wieso herangemacht?«

Ungeduldig zuckte er die Schultern. »Anscheinend hat

er den Vorschlag gemacht, ihnen ein eigenes Haus einzurichten. Von einem Gemeinschaftsunternehmen hat er geredet – oder ähnlichen Unsinn. Ist das jetzt so wichtig?«

Für mich war es wichtig. So etwas würde Madame Irma nie vergeben oder vergessen.

»Wichtig ist vielmehr«, sagte Gennadiou, »daß Mr Hayek durch die Verzögerung und die Unannehmlichkeiten, die ihm daraus entstehen, zwar ernsthaft verärgert ist, aber andererseits auch weiß, daß jetzt nichts mehr zu ändern ist. Wir müssen schnell handeln, um den Schaden auszubügeln.«

»Was ist mit Goutard?«

»Er ist auf der Jacht versteckt. Aber nicht für lange. Es ist zu gefährlich. Mr Hayek hat beschlossen, daß Sie beide hier hinausgeschmuggelt werden müssen.«

»Mr Hayek hat also beschlossen! Das ist aber nett von ihm.« Inzwischen hatte ich den ersten Schock überwunden und fing an, mich zu ärgern.

»Würden Sie lieber ins Gefängnis gehen und später offiziell abgeschoben werden? Seien Sie kein Idiot. Mr Hayek und ich sind Ihre einzige Hoffnung.«

Jetzt versuchte er, nüchtern und geschäftsmäßig zu wirken, aber er schwitzte immer noch, und ich wußte genau, was in ihm vorging. Madame Irma hatte zwar mich und Goutard angezeigt, aber bei der Polizei noch kein Wort über Hayek und dessen Filmgesellschaft gesagt. Wenn man mich verhaftete, würde man mich verhören, und dann würde alles herauskommen, einschließlich der Rolle, die Gennadiou dabei spielte. Und dann würde er genauso in der Tinte sitzen. Kein Wunder, daß er mich loswerden wollte.

Er war nach vorne ins Büro gegangen, und ich stand da und starrte auf einen Karton mit Dosenfleisch und wünschte, ich könnte mich irgendwo hinsetzen. Jetzt kam er zurück. In der Hand hatte er ein Kuvert. Er hielt es in die Höhe.

»Ihr neuer Paß mit britischem Einreise- und Ausreisevisum plus zweihundert amerikanischen Dollar und der Passage auf einem Schiff, das morgen früh nach Port Said ausläuft. Sie beide werden heute nacht noch an Bord gebracht.« Er versuchte, streng auszusehen. »Wenn man bedenkt, wieviel Ärger Sie ihm verursacht haben, ist Mr Hayek sehr großzügig.«

»Goutard hat den Ärger verursacht, nicht ich.«

»Darüber können Sie sich mit ihm auf der Reise streiten.«

»Aber ich kann nicht einfach so weg.« Ich konnte nicht mehr richtig überlegen, und obwohl ich versuchte, meine Stimme zu beherrschen, wurde sie langsam schrill. »Denken Sie an meine Wohnung und den Wagen – und an meine Frau und meine Sachen. Ich kann nicht einfach weg.«

»Wollen Sie sich lieber von der Polizei erwischen lassen? Vor Ihrer Wohnung stehen bereits zwei Mann und warten auf Sie. Und was Ihre Frau angeht, so sagten Sie doch, sie sei in Rumänien. Schicken Sie ihr aus Port Said eine Postkarte.« Er hielt mir das Kuvert hin. »Hier – nehmen Sie.«

Ich nahm es.

»Machen Sie es auf – los.« Er schnalzte mit den Fingern. »Überzeugen Sie sich selbst, daß alles in Ordnung ist. Zählen Sie das Geld, prüfen Sie den Paß. Ich möchte nicht, daß Sie uns noch mehr Ärger machen.« Alles war in Ordnung, wie er gesagt hatte. Ich machte nicht noch mehr Ärger.

7

Um elf brachte Gennadiou mich mit seinem Motorboot zu Hayeks Jacht. Weder Hayek noch sonst jemand von den Filmleuten zeigte sich. Gennadiou befahl mir, im Boot zu warten. Er selbst kletterte an Bord der Jacht, redete kurz mit dem Matrosen und verschwand dann nach unten. Nach ein oder zwei Minuten tauchte er wieder auf mit Goutard, der einen Hut und in der Hand einen Koffer trug. Goutard grinste mich an, als er in das Motorboot herunterstieg, sagte jedoch nichts. Der Matrose folgte ihm und übernahm das Steuer. Gennadiou blieb auf der Jacht. Er wollte mit uns nichts mehr zu tun haben.

Der Matrose schob den Gashebel bis zum Anschlag nach vorn und nahm Kurs auf die Hafeneinfahrt. Tourcolimano ist in Wirklichkeit der alte Fischerhafen von Piräus und vom großen Hafenbecken und den Hafenanlagen nur durch eine Mole getrennt. Nach wenigen Minuten hatten wir die Mole umfahren und nahmen mit der schwarzen, öligen Dünung Kurs auf die Lichter von Piräus.

Die *S. S. Wolvertem*, Heimathafen Monrovia, lag rund hundert Meter von einem der Ölpiers entfernt vor Anker. Sie war ein verrosteter alter Frachter mit einem hohen Schornstein und Aufbauten in der Mitte. Ein Gewirr von Ladebäumen und Ladepfosten ragte vom vorderen und vom achteren Deck in den Himmel. An der einen Bordwand war eine Gangway hinuntergelassen, über der eine

Lampe brannte, aber anscheinend glaubte man, daß wir hier gesehen werden könnten. Das Motorboot beschrieb einen Bogen um das Heck, verringerte das Tempo und ging dann unter einer Luke des Zwischendecks längsseits. Ein Wasserstrahl ergoß sich aus einem Speigatt in der Bordwand, ein paar Fuß vor uns, und der Matrose im Motorboot fluchte, während er zu verhindern suchte, daß sein Boot unter den Strahl trieb. Von oben kam ein schwacher Lichtschein und das Brummen von Maschinen. Ein Gesicht sah zu uns herunter.

Goutard stand auf und griff nach seinem Koffer. Als er mit dem Oberkörper in Höhe der Luke war, warf er seinen Koffer an Bord und hechtete hinterher. Ich versuchte, es ihm nachzutun, aber das Boot schaukelte so stark, daß ich es beim ersten Mal nicht schaffte. Bei meinem dritten Versuch griffen zwei Hände herunter und packten meine Arme. Ich wurde an Bord gezogen.

Der Besitzer der Hände trug die verdreckte Montur eines Heizers und machte sich nicht die Mühe, mir auf die Beine zu helfen. Kaum hatte er mich an Bord, begann er, die beiden schweren Türen der Luke zu schließen und die Sicherungsbolzen einrasten zu lassen. Das Motorboot war bereits verschwunden.

Goutard zündete sich eine Zigarette an. Bisher war kein Wort gefallen. Als der Mann in der Heizermontur die beiden Türen geschlossen hatte, bedeutete er uns mit einer Kopfbewegung, ihm zu folgen. Es war ein breitschultriger Mann, mit einer Halbglatze; über den Ohren standen kleine Büsche grauer lockiger Haare von seinem Schädel ab. Er brachte uns zu einem Gang und führte uns über drei eiserne Leitern hinauf in einen zweiten. Wir befanden uns nun im Aufbau; der Boden war mit abgetretenem Linoleum bedeckt. Wir kamen an einer Tür vorbei, hinter der ein Radio spielte; von der Besatzung war niemand zu sehen. Der Heizer blieb vor der nächsten Tür stehen, deutete auf sie und redete zum ersten Mal.

»Lavabo«, sagte er.

Wir nickten. Er ging weiter, hielt vor einer dritten Tür und öffnete sie.

»Cabine«, sagte er.

Wir drängten uns hinein. Die Kabine enthielt zwei Kojen, eine oben und eine unten, sowie ein winziges Waschbecken, und an der Wand, den Kojen gegenüber, waren zwei Regale, ein Klappstuhl und einige Kleiderhaken angebracht. Die Kabine hatte zwar Lüftung, aber kein Bullauge. Sie war kleiner als die kleinste Gefängniszelle, in der ich je gesessen hatte. Sofortige Platzangst war hier garantiert.

In der Türöffnung stehend, sprach die Heizermontur ihre Abschiedsworte.

»Il faut absolument que vous resterez ici jusqu'au départ. Entendu?« Er sprach Französisch wie ein Deutscher.

Goutard nickte. *»D'accord.«* Die Tür schloß sich. Goutard griff an mir vorbei und verriegelte sie.

Einen Moment starrten wir uns blöde an. Mit einem Achselzucken griff Goutard dann nach seinem Koffer, warf ihn auf die obere Koje, ließ die Schlösser aufspringen und klappte den Deckel hoch.

Er holte eine Flasche Kognak hervor.

8

Um fünf Uhr früh wachte ich auf. Wir fuhren, und durch die Vibration der Maschinen hatte die ganze Kabineneinrichtung zu klappern angefangen. In meiner Koje fühlte und hörte es sich an, als würde das ganze Schiff nicht von Nieten, sondern von Schrauben und Muttern zusammengehalten, die von Hand angezogen waren.

Ich hatte rasende Kopfschmerzen, entweder die Folge des Kognaks, den ich getrunken hatte, oder des Sauerstoffmangels oder von beidem. Goutard schnarchte in der oberen Koje. Ich versuchte, wieder einzuschlafen, aber es hatte keinen Sinn. Ich hatte begonnen, mir die Zukunft auszumalen.

Was ich, abgesehen von meinen Strümpfen und Schuhen, auf dieser Welt noch besaß, hing vor meinen Augen und schaukelte leicht am Haken hin und her. Genauso erging es mir, wenn man so sagen will: ich schaukelte an einem Haken hin und her.

Aus verschiedenen technischen Gründen – sie sind zu absurd, um an dieser Stelle auf sie einzugehen – ist Ägypten ein Land, in dem ich keine *persona grata* mehr bin. Völlig unsinnig natürlich, weil ich doch da geboren bin. Trotzdem muß ich mich damit abfinden. Wenn ich auch in Port Said ungefährdet lange genug an Land bleiben konnte, um mir eine Zahnbürste und frische Unterwäsche zu kaufen, oder mit etwas Glück lange genug, um einen anderen Dampfer zu finden und auf ihn überzusteigen, so war doch jeder längere Aufenthalt auf ägyptischem Boden höchst unratsam. Die ägyptische Polizei hat ihre Nase überall. Sich beispielsweise in einem Hotel anzumelden, auch nur für eine Nacht, war viel zu gefährlich. In Port Said konnte ich nur als durchreisender Tourist auftreten.

Aber Durchreise wohin? Das war es, was mir Kummer machte.

Es mußte irgendein günstiger Ort sein. Mein erster Gedanke war Beirut, aber da hatte ich vor meiner Abreise nach Athen einigen Ärger gehabt, und die Libanesen machen sich direkt einen Spaß daraus, immer in der Vergangenheit herumzuwühlen. Vielleicht die Türkei? Aber dort war ich auch nicht allzu beliebt – trotz der Art und Weise, wie ich in Istanbul immer mit der Polizei zusammengearbeitet hatte. Nach Israel konnte ich nur als Tourist. Mit Italien und Frankreich war es dasselbe. Syrien gehörte zu der Vereinigten Arabischen Republik, also zu Ägypten, und kam daher ebenfalls nicht in Frage. Damit blieben noch Zypern, Libyen, Albanien und Jugoslawien. Nein – vielen Dank.

Es ist wirklich wahr, die einzigen Ausländer, die man in den meisten zivilisierten Ländern heutzutage noch freundlich empfängt, sind Touristen, Geschäftsleute, die kaufen oder investieren wollen, oder Techniker, deren Gehirne man ausquetschen kann, oder Amerikaner, die irgendwelche Hilfsprogramme überwachen. Glücksritter, die auf meine Art Bescheid wissen, sind einfach unerwünscht. Das gute alte liberale Prinzip des ›Leben und Lebenlassen‹ ist ausrangiert worden. Erwünscht sind nur Leute, die man ausnutzen kann. Und wenn man nicht zu dieser Sorte gehört, lassen sie einen nicht hinein.

Im Maschinenraum klingelte der Maschinentelegraph, und für kurze Zeit hörte die Einrichtung auf zu klappern.

Wahrscheinlich wurde der Lotse abgesetzt. Dann fing der Lärm wieder an.

Ich versuchte, weiter an die Zukunft zu denken, aber dabei kam nichts heraus. Ich überlegte, ob ich überhaupt noch eine Zukunft hatte, ob es vielleicht nicht besser war, bis zum Einbruch der Nacht zu warten, dann geräuschlos über Bord zu gehen und sich der See hinzugeben.

»Alte Soldaten sterben nie – sie verschwinden einfach.«

So ein Mist! Natürlich sterben sie. Dasselbe gilt für alte Glücksritter. Warum sollte ich warten, bis man mich den Fischen zum Fraß vorwarf? Warum sollte ich es nicht selbst tun, zu einem Zeitpunkt, der mir paßte, und auf meine eigene Art und Weise? Für die See braucht man kein Einreisevisum.

Sagt da jemand etwas von Selbstmitleid? Oder moralischer Feigheit? Oder gar ›Sünde‹?

Alles Mist! Wenn man, wie ich, bis zum Hals in der Tinte gesteckt hat, bedeuten diese Worte nichts mehr.

Während ich also an jenem Morgen in meiner Koje lag und die *Wolvertem* in das Mittelmeer hinausstampfte, hatte ich die feste Absicht, mich umzubringen, bevor wir Port Said erreichten. Warum ich es nicht tat? Ich weiß, was Leute, die päpstlicher als der Papst sind, was diese Schulmeister darauf antworten: »Ein Triumph der physischen Feigheit, mein lieber Simpson, über die moralische Differenziertheit.« Mit diesen trüben Tassen soll man nicht streiten; ich tue es auch schon lange nicht mehr. Persönlich glaube ich, daß etwas ganz anderes mich veranlaßte, meinen Entschluß zu ändern. Meiner Ansicht nach hatte der Glücksritter, bevor wir Port Said erreichten, bereits gespürt, daß es wieder aufwärts ging.

II
Reise nach Dschibuti

I

Bis zehn warteten wir, ehe wir die Kabine verließen.

Ich hatte erhebliche Schwierigkeiten gehabt, Goutard zu überreden, mir seinen Rasierapparat zu borgen. Erst als er merkte, daß es auch für ihn Folgen haben würde, wenn ich allzu verkommen aussah, falls wir den Schiffsoffizieren begegneten, gab er nach. Aber widerwillig. Und als ich den Rasierapparat, nachdem ich ihn gründlich abgespült hatte, zurückgab, spülte er ihn noch einmal ab. Man hätte glauben können, daß ich irgendeine ansteckende Krankheit hatte. Aber es war ihm offenbar klargeworden, daß wir einen möglichst guten Eindruck machen mußten, denn er gab mir sogar ein kurzärmeliges Hemd, das ich statt meines eigenen anzog, denn das war gestern, als wir an Bord kletterten, völlig verdreckt worden.

Auf dem Deck über uns fanden wir einen kleinen Speisesaal und einen farbigen Steward, der uns Kaffee und Toast brachte. Der Steward sprach französisch. Goutard meinte, er wäre Senegalese. Als wir noch aßen, erschien ein Offizier. Es war ein junger Mann, mager und mit teigigem Gesicht, aber zäh aussehend. Er nickte uns zu und setzte sich an das andere Ende des Tisches. Der Steward brachte ihm Kaffee und Obst. Als der Steward verschwunden war, blickte der Offizier uns wieder an.

»Sie sind also die neuen Passagiere«, meinte er auf französisch.

Goutard nickte. »Haben Sie häufig Passagiere an Bord?«

»Nicht oft. Das liegt allein beim Kapitän.« Er gebrauchte das Wort *patron* und grinste dabei. »Wenn er das Gefühl hat, jemandem einen Gefallen tun zu müssen. Auf dieser Reise sind Sie bisher die einzigen.«

»Bisher?«

»In Aden nehmen wir manchmal ein paar Deckpassagiere an Bord. Araber. Von Aden nach Sansibar. Sie verpesten das ganze Schiff.«

»Das tun wir nicht.«

»Sicher nicht.« Wieder grinste er. »Aber wenn Sie nichts dagegen haben – Sie sitzen an dem Tischende, das dem Kapitän vorbehalten ist!«

»Danke«, sagte Goutard knapp. Ihm gefiel es nicht, wenn man ihm Vorschriften machte. Ich wollte aufstehen.

Der junge Offizier machte eine Handbewegung. »Machen Sie sich jetzt nicht die Mühe. Außerdem ist das die einzige Förmlichkeit, die wir auf der *Wolvertem* befolgen. Im übrigen geht es hier, einschließlich des Kapitäns, sehr ungezwungen zu. Und das ist auch nötig.«

Klar, daß er sich gern unterhalten wollte.

Allem Anschein nach gehörte die *Wolvertem,* wenn sie auch in Liberia registriert war, einer belgischen Reederei. Die Offiziere waren Belgier und Deutsche, die Besatzung bestand aus Senegalesen und einigen Algeriern. Die *Wolvertem* war augenblicklich auf der Reise von Antwerpen nach Lourenço Marques in Portugiesisch-Ostafrika, und ihre Ladung bestand aus Stahlbauteilen und Stahlträgern. Zumindest hoffte man, daß sie auf der Reise war, denn Schwierigkeiten mit dem Kondensator hatten sie gezwungen, zur Reparatur nach Piräus einzulaufen, und ihr bereits eine zweiwöchige Verspätung eingebracht. Dasselbe konnte jederzeit wieder passieren. Nach allem, was der

Dritte Offizier, Bergier, sagte, waren Verzögerungen für die Männer der *Wolvertem* nicht ungewöhnlich.

Beim Mittagessen sahen wir auch den Kapitän. Er war ein grauhaariger, vierschrötiger Mann mit schmalem Schädel, verbittertem Mund und schweren Lidern über den Augen. Sein Name war Van Bunnen, und er war Flame. Ich schätzte ihn auf Mitte Fünfzig. Wenn das Kommando über die *Wolvertem,* wie es den Anschein hatte, den Höhepunkt seiner seemännischen Laufbahn bildete, hatte er allerdings Grund genug, verbittert auszusehen.

Zuerst übersah er uns völlig. Da er von Gennadiou oder einem Beauftragten Gennadious erhebliche Bestechungsgelder bekommen hatte, um wegzusehen, wenn wir wie blinde Passagiere an Bord kamen, war es verständlich. Offenbar wollte er den Beweis seiner eigenen Bestechlichkeit lieber nicht ansehen. Die anderen Offiziere am Tisch, einschließlich des deutschen Chefingenieurs, der uns an Bord in Empfang genommen hatte, und des jungen Deckoffiziers, der vormittags offen mit uns gesprochen hatte, nahmen den Wink ihres Kapitäns auf. Vermutlich erhielten sie ebenfalls ihren Anteil an den Nebeneinnahmen.

Wenn Goutard eine Abneigung gegen Vorschriften hatte, so mißfiel es ihm noch mehr, übersehen zu werden. Sein bösartiges Lächeln wurde im Verlauf der Mahlzeit immer verkniffener. Als der Kaffee serviert wurde, konnte er sich nicht mehr beherrschen. Er erhob sich und ging zum Kapitän hinüber.

»Kapitän, mein Name ist Yves Goutard«, sagte er. »Ich freue mich, Ihre Bekanntschaft zu machen.«

Der Kapitän machte einen Augenblick ein sprachloses

Gesicht, ergriff dann aber ziemlich flüchtig die ihm entgegengestreckte Hand.

»Van Bunnen«, sagte er.

Goutard zeigte auf mich. »Und das ist mein Freund, Monsieur Simpson.«

Der Kapitän und ich murmelten irgend etwas.

»Wir hoffen sehr«, fuhr Goutard entschlossen fort, »daß die unkonventionelle Art unseres Eintreffens an Bord nicht mißverstanden wird. Sie wissen sicherlich, daß wir Journalisten manchmal Informationen aufdecken, sagen wir zum Beispiel über kleine Skandale, die die Politiker gern unterdrücken würden. Unter diesen Umständen waren wir gezwungen, in unkonventioneller Weise zu verschwinden.«

»Ja, ja – natürlich«, sagte der Kapitän. Ob er diesen Unsinn wirklich glaubte oder nicht, ist schwer zu sagen; aber im Augenblick paßte es ihm deutlich, so zu tun, als glaubte er alles. Auf diese Weise wirkten wir auf ihn weniger wie ein wandelnder Vorwurf. Er begann, seine Offiziere vorzustellen.

Das war am Mittwoch. Gegen Freitagabend sollten wir Port Said anlaufen. Am Donnerstagabend waren Goutard und der Kapitän bereits dicke Freunde. Mir war es egal. Mir paßte es sogar, allein gelassen zu werden. Ich versuchte, mich selbst davon zu überzeugen, daß das Morgen niemals kommen würde und ich deshalb nicht an die Zukunft zu denken brauchte.

Es war eine warme Nacht, und ich hatte keine Lust, in unserer stickigen Kabine zu schlafen. Ich döste gerade in einem Liegestuhl an Deck, als Goutard erschien. Er zog sich einen Stuhl neben meinen.

Wieder einmal war er mit dem Kapitän zusammen gewesen und roch kräftig nach holländischem Gin. Er war betrunken, wenn auch nur leicht. Seine Sprache war völlig klar; er war nur etwas leutseliger als üblich.

»Wissen Sie eigentlich, was mit unserem Kapitän los ist?« fing er an.

»Trinkt er zuviel Gin?«

»Ja, aber das ist noch nicht das Schlimmste. Viel wichtiger ist, daß er ihn nicht verträgt. Als ich wegging, war er sternhagelvoll.« Seine Zähne funkelten in der Dunkelheit.

»Ich hätte nichts dagegen, sternhagelvoll zu sein.«

»In der Kabine ist noch eine Flasche mit einem Rest Kognak. Wollen Sie sie holen?«

»Okay.«

»Und vergessen Sie nicht die Zahnputzgläser.«

Er gehörte nun einmal zu diesem Typ, der immer jemanden als Bedienung um sich haben muß. Als ich zurückkam, lehnte er an der Reling und starrte in das Kielwasser des Schiffes. Dann nahm er mir die Flasche ab, goß ihren Inhalt in die Gläser und warf die leere Flasche über Bord.

»Auf Ihr Wohl«, sagte er.

»Auf Ihres.« Ich setzte mich wieder hin und hatte nur den Wunsch, er möge verschwinden. Ich hatte keine Lust, zu reden oder zu denken, sondern wollte nur möglichst lange von meinem Kognak etwas haben. Statt dessen kam er zu dem Stuhl, der neben mir stand, streckte sich aus und legte die Füße auf die untere Stange der Reling.

»Haben Sie die Absicht, in Port Said zu bleiben?« fragte er schließlich.

»Nicht länger, als ich unbedingt muß.«

»Und wohin wollen Sie?«

»Wahrscheinlich nach Zypern.«

»Warum?«

»Zypern ist besser als nichts.«

»Haben Sie keine Angst, ausgeliefert zu werden? Mit den Griechen sind die doch ganz dicke Freunde.«

»Ich bezweifle, daß die Griechen diese Gefühle erwidern.« Trotzdem hatte ich diesen Aspekt Zyperns noch nicht berücksichtigt. Noch heftiger als bisher hatte ich den Wunsch, daß Goutard endlich verschwände.

»Also ich – ich würde es nicht riskieren. Aber davon ganz abgesehen: Was erwarten Sie sich von Zypern?«

Eine Frage, auf die ich keine Antwort hatte. Ich murmelte irgend etwas.

»Kennen Sie die Gegend, wo dieser Dampfer hinfährt – dieses Lourenço Marques?« fragte er. »Sind Sie schon mal dort gewesen?«

»Nein, noch nicht.«

»Der Kapitän hat mir einiges erzählt. Es liegt in Portugiesisch-Mozambique. Das ist immer noch ein Land der Weißen, die machen diesen Unsinn nicht mit. Dort wissen die Leute, wie man mit den *macaques* umgeht.«

Macaque heißt Affe. Es bedeutet aber auch ›Nigger‹ oder Mulatte, wenn ein Mann wie Goutard dieses Wort gebraucht. Als ich in England zur Schule ging, wurde ich immer Mulatte genannt, weil ich in Ägypten geboren bin. Dabei ist meine Haut gar nicht dunkel, so daß es mir auch nicht viel ausmachte. Aber etwas machte es mir doch aus. Goutard hatte eine unangenehme Art und Weise, mich an Dinge zu erinnern, die ich zu vergessen suchte.

Ich sagte nichts.

»Neunundneunzig Prozent *macaques*«, fuhr er fort.

»Und ein Prozent Weiße, aber zählen tut nur dieses eine Prozent. Der Kapitän glaubt, ich könne beim portugiesischen Konsulat in Port Said ein Visum bekommen.«

Das traf mich überraschend. »Sie wollen also hin?«

»Ich bin noch am Überlegen.«

»Aber der lange Weg?«

»Es sind nur ungefähr siebzehn Tage. Der Kapitän meint, daß er mich für hundertfünfundzwanzig Dollar mitnehmen könne, wenn ich als Hilfszahlmeister anheuerte.«

»Aber was wollen Sie dort tun?«

»Ich werde schon was Passendes finden. Ich weiß, wie man die *macaques* behandeln muß. Ich könnte mich nützlich machen.«

»Und was ist mit der Sprache? Sprechen Sie Portugiesisch?«

»Ich kann etwas Spanisch. Das wird schnell klappen. Abgesehen davon meint der Kapitän, daß da unten jeder von allem ein bißchen kann. Außerdem gibt es da noch eine zweite große Stadt, ein Nest namens Beira. Das ist der Hafen für Rhodesien. Und ich wette, daß da viele Leute Englisch sprechen. Sie kämen also zurecht.«

»Ich?«

»Was haben Sie schon zu verlieren?«

Ich versuchte, mir irgend etwas auszudenken, was ich zu verlieren hätte – abgesehen von Leben und Freiheit.

»Ich habe eine Frau«, sagte ich schließlich.

Sein Grinsen wurde breiter. »Ich habe eine Photographie von ihr gesehen. Sehr interessant. Rechnen Sie etwa damit, daß Ihre Frau auch nach Zypern kommt?«

Ich hatte mit nichts gerechnet. Eigentlich hatte ich nicht

einmal viel an Nicki gedacht. Ihretwegen zumindest hatte ich keine Illusionen. Wenn ich bei ihrer Rückkehr nicht mehr da war, würde sie ihren Weg allein machen. Ein anderer würde bald meine Stelle einnehmen.

»Warum sollen Sie als Hilfszahlmeister anheuern?« fragte ich.

»Damit er keine Passagiergebühren bei der Fahrt durch den Kanal zahlen muß. Vielleicht macht er Sie auch zum Hilfszahlmeister. Soll ich ihn mal fragen? Er mag mich.«

»Wann müssen Sie ihm Bescheid geben?«

»Morgen, vor dem Einlaufen. Aber ich bin mir eigentlich schon ziemlich klar geworden. Sachen wie die mit Hayek kommen für mich nicht mehr in Frage. So etwas finde ich geschmacklos. Ich möchte auf eigenen Füßen stehen. Vielleicht klappt es in Mozambique, vielleicht auch nicht. Aber wenn man nicht sucht, findet man es auch nicht.«

Er rülpste und goß den Rest Kognak hinunter. Mittlerweile war er viel betrunkener als vorher. Der Kognak nach dem Gin machte sich bemerkbar. Er warf mir sein Glas in den Schoß und stand auf. Einen Augenblick lang schwankte er, dann ging er steifbeinig weg und verschwand nach unten.

Am folgenden Vormittag heuerte ich als Zweiter Hilfs-*commissaire* an und gab Kapitän Van Bunnen von meinen zweihundert Dollar einhundertfünfundzwanzig. Ich fand es abscheulich, mich von dem Geld trennen zu müssen, aber im Augenblick schien es das einzig Richtige zu sein. Ich glaubte, mir dafür ein paar Tage Zeit gekauft zu haben, in denen ich nicht nachzudenken brauchte.

2

In Port Said war ich keine drei Stunden an Land, gerade lange genug, um mir vom portugiesischen Konsulat das Visum für Mozambique zu holen und ein paar Sachen einzukaufen, die ich brauchte. Als wir das Konsulat verließen, machte Goutard sich selbständig, wahrscheinlich suchte er ein Bordell, während ich zum Schiff zurückkehrte. Ich wollte kein unnötiges Risiko eingehen. Und ich war sehr erleichtert, als ich wieder an Bord war.

Früh am nächsten Morgen schloß die *Wolvertem* sich dem nach Süden laufenden Konvoi durch den Kanal in Richtung Suez an. Dort blieben wir nicht lange, und ich ging auch nicht an Land. Dann waren wir wieder unterwegs, durch den Golf von Suez mit Kurs auf das Rote Meer.

›Der Arsch der Welt‹ – so pflegte mein Vater das Rote Meer zu bezeichnen. Er war einmal im Sommer mit einem Truppentransporter durch das Rote Meer gefahren, und zwei Soldaten – Männer, die in Indien gewesen und Hitze und Feuchtigkeit gewohnt waren – waren einem Hitzschlag erlegen. Er hatte mir erzählt, daß das Rote Meer selbst auf den großen Passagierdampfern der P. & O. für ältere Passagiere und Leute mit Herzleiden im Sommer äußerst gefährlich sein konnte. Heutzutage haben die Dampfer auf dieser Route natürlich Klimaanlagen.

Die *Wolvertem* war jedoch weder ein Passagierdampfer, noch hatte sie eine Klimaanlage; vielmehr hatte sie ein defektes Lüftungssystem.

Wahrscheinlich hätte ich dankbar sein müssen, daß es Ende September und nicht Juli oder August war, aber trotzdem war es die reine Hölle. Ein erstickender Wind wehte, die Sonne knallte vom Himmel, und auf Deck war alles, was aus Eisen oder Stahl bestand, zu heiß, um es anzufassen. Am dritten Tag hinter Suez erzählte einer der Offiziere, daß die Temperatur des Meerwassers achtundzwanzig Grad betrüge. Die Nächte waren fast so schlimm wie die Tage. Es war unmöglich, in der Kabine zu bleiben. Wir schliefen an Deck. Selbst Goutard, der so viel kannte, mußte zugeben, daß es schlimmer war als alles, was er bisher erlebt hatte – selbst in Nordafrika.

Und dann begann wieder der Ärger mit dem Kondensator.

Von Schiffsmaschinen verstehe ich nichts. Goutard sagte, die Sache hätte damit zu tun, daß Seewasser aus einer Kühlröhre des Kondensators in das Süßwasser des Kessels geriete. Anscheinend konnte ein Schiff manövrierunfähig werden, wenn ein derartiges Leck nicht sofort ausgebessert wurde.

Der schadhafte Kondensator der *Wolvertem* war auf der Werft von Piräus nur geflickt worden. Jetzt mußte er noch einmal repariert werden. Man hoffte, wenn auch nicht allzu zuversichtlich, daß der zweite Kondensator durchhalten würde, bis wir Aden erreichten.

Am vierten Tag hinter Suez krochen wir mit verminderter Geschwindigkeit weiter, und je langsamer wir fuhren, desto heißer wurde es natürlich. Im Maschinenraum stieg die Temperatur auf sechzig Grad. Im Speisesaal hatte man das Gefühl, sie sei nicht viel niedriger.

Nachmittags erhielten wir über Funk die Nachricht, daß in Aden die Hafenarbeiter streikten und wir zur Reparatur nach Dschibuti in Französisch-Somaliland müßten.

Am gleichen Abend beging ich einen wahrhaft gräßlichen Fehler.

Dabei war es eigentlich allein Kapitän Van Bunnens Fehler. Der ganze Ärger mit dem Schiff, den Funksprüchen von und zu den Agenturen der Reederei in Aden sowie die Aussicht, in einem fremden Hafen im Dock liegen zu müssen – das alles und dazu noch die Hitze war für ihn zuviel gewesen. Zwei Stunden früher als sonst war er bereits hinüber.

Die Folge war, daß Goutard sich an Deck zu mir setzte, lange bevor es Schlafenszeit war; und mitgebracht hatte er eine Flasche Gin des Kapitäns, die noch mehr als halbvoll war.

Ich mußte die Zahnputzgläser holen. Und dann fingen wir an, Gin zu trinken und zu reden. Natürlich hatte ich schon vorher ein paar Gläser getrunken und, wegen der Hitze, kaum etwas gegessen. Dadurch war ich auf einmal zwar nicht gerade betrunken, aber doch ein bißchen zu unaufmerksam.

Eine Weile redeten wir über die Reise. Goutard hatte nicht das mindeste dagegen, daß wir Dschibuti anlaufen mußten. In Wirklichkeit schien er sich sogar darauf zu freuen. Er hoffte nämlich, irgendwelche alte Kameraden aus der Armee wiederzusehen. Und von da kam er dann auf einige seiner Erlebnisse als Soldat in Indochina und Algerien.

Diese Art von Unterhaltung hat immer etwas Ansteckendes. Bring zwei alte Soldaten zusammen, und wenn der eine anfängt, sich zu erinnern, dauert es nicht lange, bis auch beim anderen das große Erinnern einsetzt. Und dann geht es Stunden um Stunden, Wahrheit und Lügen geraten durcheinander, aber kein Mensch kümmert sich darum, was Lüge und was Wahrheit ist, solange die Lügen irgendwie vernünftig klingen und die Wahrheit nicht allzu unglaubhaft ist.

Streng genommen gehöre ich natürlich nicht zu den alten Kriegern, aber wegen meines Vaters komme ich mir manchmal ganz wie ein alter Soldat vor. Meiner Ansicht nach ist das nur natürlich; aber bei derartigen Gefühlen muß man vorsichtig sein, weil sie eine Falle sein können. Wenn man sich nämlich als etwas Bestimmtes fühlt und nicht sehr genau aufpaßt, kann man sich plötzlich vergessen und eine Weile tatsächlich glauben, das zu sein, als was man sich fühlt. Es ist zwar nicht immer wichtig, aber manchmal kann es doch sehr wichtig sein. Und dann kann man in einem gottverdammten Schlamassel landen.

Angefangen hat es mit einer Bemerkung, die ich machte. Er hatte von der verschiedenen Art und Weise erzählt, in der Männer sich bei einem Gefecht benehmen. Dann erzählte er von einem Offizier, unter dem er gedient hatte; dieser Offizier hatte sich immer streng an alle Vorschriften gehalten und war ein Vorbild an Tüchtigkeit und Entscheidungskraft gewesen, bis er zum ersten Mal in feindliches Feuer geriet und plötzlich vollkommen hilflos war. So, wie Goutard die Geschichte erzählte, war es natürlich der Korporal Goutard gewesen, der gezwungen war einzugreifen, das Kommando zu übernehmen und das Unternehmen zu retten. Der Offizier war später zu einer Nachrichteneinheit versetzt worden.

»Ich kenne diesen Typ«, sagte ich. »Wenn es darauf ankommt, haben sie die Hose gestrichen voll.«

Das war ein Ausspruch meines Vaters. Er verwendete

ihn häufig, wenn er über ältere Offiziere sprach. Ins Französische übersetzt, klang es noch merkwürdiger.

Goutard lachte und bat mich, die Redensart zu wiederholen. Ich erklärte ihm ihre Herkunft.

»Ihr Vater war britischer Offizier?« fragte er neugierig.

»O ja. Ich gehörte zu den Kasernenratten.«

Dann mußte ich ihm das Wort ›Kasernenratten‹ erklären, eine Bezeichnung britischer Soldaten für die Kinder aktiver Soldaten, die in Kasernen und Unterkünften groß wurden.

Hier hätte ich aufhören sollen, aber er machte so ein interessiertes Gesicht. »Soldat zu spielen, das liegt mir im Blut«, sagte ich. Und dann, um das Maß voll zu machen, wiederholte ich einen weiteren Ausspruch meines Vaters: »Wenn ein Mann mit einem sauberen Gewehr antritt, braucht man ihn nicht erst zu fragen, ob er sich den Hintern abgewischt hat.«

Das war schwieriger zu erklären, aber schließlich schaffte ich es, ihm die Bedeutung klarzumachen – immer der Reihe nach. Natürlich merkte Goutard nicht, daß ich immer noch meinen Vater zitierte; vielmehr nahm er an, daß ich jetzt meine eigenen Ansichten aussprach.

»Wo haben Sie gedient?« fragte er.

Diese Frage hätte mich warnen müssen, aber mittlerweile kannte ich keine Hemmungen mehr.

»In Libyen, im Westteil der Wüste.«

»Bei der Achten Armee?«

»Bis Tripolis.«

Das war nicht ganz unwahr. Ich hatte tatsächlich bei der Achten Armee gedient, und zwar als ziviler Dolmetscher beim Verpflegungsamt in Kairo. Wenn es nicht

Dienst bei der Achten Armee bedeutet, mitgeholfen zu haben, daß die verdammten ägyptischen Schwarzmarkthändler nichts verkauften, was in der Offiziersmesse des Generalhauptquartiers eine Nahrungsmittelvergiftung ausgelöst hätte, haben Wörter keine Bedeutung mehr. Bei zwei Gelegenheiten bedankte der diensttuende Offizier sich persönlich bei mir. Aber an diese Dinge dachte ich gar nicht, als ich mich mit Goutard unterhielt. Ich dachte überhaupt nicht. Ich war vielmehr irgend jemand anders.

»Welcher Dienstgrad?« fragte er.

»Leutnant.«

»Welche Waffengattung?«

»Abwehr. Ich spreche Arabisch.«

»Richtig – natürlich.«

»Obgleich ich nie einen scharfen Schuß abgegeben habe.«

»Nicht?«

»Nein. Ich war immer nur Zielscheibe.«

Er grinste. »Verwundet?«

»Nicht eine Schramme.« Jetzt grinste ich auch. »Wenn man einen gebrochenen Knöchel nicht rechnet.«

»Wie kam das?«

»Das war bei einer Fernpatrouille in der Wüste. Einige Knaben von der deutschen Luftwaffe hatten uns entdeckt und versuchten, uns abzuknallen. Dabei kam ich zu dem Schluß, daß es besser war, unter meinem Jeep zu liegen als im Jeep zu sitzen, solange die Knallerei dauerte. Nur bin ich etwas zu plötzlich abgesprungen.«

Untertreibung ist die Regel für diese Art von Unterhaltung. Man muß rechtzeitig ein Zeichen geben, daß man nicht die Absicht hat, den anderen so zu übertrumpfen, daß seine Geschichten nicht doch noch besser als die eigenen sein können.

Goutard lachte vor sich hin, wie ich erwartet hatte. In Wirklichkeit hatte ich im Jahre 41 in der NAAFI-Kantine in Heliopolis zugehört, wie ein Korporal der Northumberland Fusiliers die Geschichte erzählte.

Danach war es Goutard, der die meiste Zeit redete. Von mir verlangte er nicht mehr als gelegentlich das richtige Wort, mit dem ich zu verstehen gab, daß ich genau merkte, was für ein zäher Bursche er doch gewesen war. Und das war nicht schwierig. Habe ich auch nicht allzuviel persönliche Kriegserfahrung, so weiß ich doch einiges über das Soldatenleben und die Soldaten. Ich spüre genau, wenn ein Mann bloß angibt. Das tat Goutard nicht. Einige Sachen, die er mir erzählte – was er beispielsweise mit einigen algerischen Gefangenen angestellt hatte –, waren so, daß mir leicht übel geworden wäre, hätte ich nicht schon ein paar Gläser getrunken gehabt. Aber so, wie es war, lachte ich. Und lachen tat ich natürlich, weil ich Angst hatte, es nicht zu tun. Ich habe bereits zugegeben, daß Goutard mir von Anfang an Angst einflößte. Es hat keinen Sinn, es nicht zu gestehen. Und das war auch der Grund für einen derartig dummen Fehler.

Was ich falsch machte, war, daß ich in ihm den Glauben erweckte, die Wahrheit über mich selbst zu erzählen.

Bei einem Mann wie Goutard kann man gar keinen dümmeren Fehler machen.

Und was meiner Ansicht nach den Ausschlag gab, war eine einzige unbesonnene Bemerkung, die ich machte.

Er hatte vom Indochina-Krieg und von einigen deutschen Ex-Nazis erzählt, die er gekannt und gern gehabt hatte und die zur Zeit von Dien Bien Phu in der Fremdenlegion gewesen waren.

»Gute Soldaten«, sagte er, »richtige Profis, wenn Sie wissen, was ich meine.« Dann warf er mir einen Blick aus den Augenwinkeln zu. »Sie selbst waren wohl nie Profi, oder?«

»Nein, aber ich weiß, was Sie meinen.«

Er drehte mir sein Gesicht zu. »Wirklich? Also gut – was meine ich?«

Ich hatte nicht damit gerechnet, plötzlich vor diese Frage gestellt zu werden. Für einen Augenblick wußte ich nicht, was ich antworten sollte. Dann allerdings fiel mir eine andere Redensart meines Vaters ein, die mich schon immer verwirrt hatte. Und ich stellte mir vor, daß sie vielleicht auch Goutard verwirrte.

»Wichtig ist vor allem durchzukommen«, sagte ich, »und nicht schon beim Versuch wie ein verdammter Held draufzugehen.«

Kurze Zeit starrte er mich unentwegt an; dann lächelte er und nickte.

»Ja«, sagte er, »das ist auch eine Art professioneller Einstellung.«

Er beugte sich vor und goß den Rest Gin in mein Glas.

3

Zwei Tage später krochen wir langsam in den Hafen von Dschibuti.

Von Land her wehte eine kräftige Brise, und die *Wolvertem* mußte an die Mole bugsiert werden, wo sie liegenbleiben sollte, bis die Werft sie in Empfang nehmen konnte.

Die Beamten der französischen Einwanderungsbehörden und des französischen Zolls kamen an Bord, um die Formalitäten abzuwickeln, und wir erhielten Durchreisevisa, damit wir vorübergehend hierbleiben konnten. Für den Augenblick hieß es, daß wir an Bord essen und schlafen konnten; aber auf die Dauer ging es nicht. Man schätzte, daß die Reparaturen mindestens eine Woche dauern würden, und mit Beginn der Arbeiten mußten die Lenzpumpen und andere Maschinen abgestellt werden. Während dieser Zeit sollten wir an Land bleiben.

Für die eigentliche Besatzung war das völlig in Ordnung, denn sie erhielt weiter ihre Heuer, und sämtliche Unkosten wurden von den Schiffseignern bezahlt. Für Goutard und mich dagegen war es keineswegs in Ordnung.

Wir hatten eine schwierige halbe Stunde mit Kapitän Van Bunnen.

Er hatte von uns Geld unter der Voraussetzung bekommen, uns nach Lourenço Marques zu bringen und bis dahin Unterkunft und Verpflegung zu stellen. Aber das war nicht offiziell vereinbart. Unser ›Vertrag‹ war eine papierne Formalität gewesen, lediglich wegen der Hafenbehörden von Port Said, Suez und anderen Häfen. Den Schiffseignern war unsere Existenz völlig unbekannt, und zweifellos würde sie es auch weiterhin bleiben. Damit waren wir die persönlichen Gäste des Kapitäns, und logischerweise würden wir auch seine Gäste bleiben, solange wir an Land waren.

Jedenfalls war das unsere Ansicht. Der Kapitän dagegen war nicht geneigt, die Situation logisch zu betrachten. Er meinte, die Verzögerung sei so etwas wie höhere Gewalt, für die er in keiner Weise verantwortlich sei. Und da er für die Verzögerung nicht verantwortlich sei, könne man ihn auch nicht für irgendwelche Schwierigkeiten verantwortlich machen, die daraus entstünden.

Damals kam Goutard ziemlich gut mit ihm zurecht. Selbstredend waren wir nicht in der Lage, etwas von ihm zu fordern. Er war der rechtmäßige Kapitän eines Schiffes, und technisch waren wir Angehörige seiner Besatzung. Wenn wir uns an die örtlichen Behörden wendeten und die Wahrheit enthüllten, bestand für ihn zwar die Möglichkeit, daß man ihm unangenehme Fragen stellte – aber dasselbe galt auch für uns. Wenn er dann erklärte, daß wir illegal und ohne sein Wissen an Bord gekommen wären, und wenn er den Vorschlag machte, sich über Funk bei der Polizei in Athen zu erkundigen, bestand die Möglichkeit, daß wir die Tage von Dschibuti im Gefängnis verbringen mußten.

Andererseits lag es in seinem Interesse, keinen Ärger mit den zivilen Behörden zu bekommen. Den hatten die Eigner mit der *Wolvertem* bereits genügend. Ein Kapitän, der noch weitere Schwierigkeiten heraufbeschwor, wurde bei ihnen mißliebig.

Nachdem Goutard taktvoll auf diese Fragen hingewiesen hatte, schlug er eine Kompromißlösung vor. Wir würden an Land für das Essen aufkommen, wenn das Schiff unsere Hotelunkosten übernähme. Wie Goutard vorschlug, konnten sie in die Bücher als zusätzliche Bestechungsgelder für die Beamten der Werft eingetragen werden.

Nach einigem Feilschen erklärte der Kapitän sich einverstanden, wenn auch unter der Bedingung, daß wir ihm vorher die voraussichtlichen Kosten der Hotelunterkunft pro Tag bekanntgeben würden. Nachmittags gingen wir an Land, um uns zu erkundigen. Ein Taxi brachte uns in die Stadt.

Es hatte heftig geregnet, und überall roch es stark nach heißem Schlamm. Das war nicht allzu überraschend, denn Schlamm war überall, und das ganze Nest schien eine riesige schlammige Fläche zu sein, durchschnitten von Straßen, die auf Dämmen angelegt waren. An den Straßenrändern standen nur ein paar kleine Büsche, denn der Schlamm war unfruchtbar. Bäume gab es überhaupt nicht. Am Stadtrand standen Gruppen von baufälligen Eingeborenenhütten, die aus Ölfässern und Bretterkisten erbaut waren. Die Bewohner waren zum größten Teil Somalis, sehr große und würdevolle Leute mit glänzenden schwarzen Gesichtern und grellen bunten Turbanen. Einige trugen gestreifte Gewänder, ähnlich denen der Araber. Aber in der Stadt selbst waren die meisten Leute europäisch gekleidet: weiße Hosen sowie Hemden mit kurzen Ärmeln. Auf den Schildern der Läden sah ich indische und arabische Namen.

Weil Dschibuti sowohl tropisch als französisch ist, hatte ich erwartet, es sei in gewisser Weise malerisch. Das ist es nicht. Es besteht aus einer Menge viereckiger Steingebäude und kahler baumloser Straßen. Angeblich ist der einzige Baum, der in Dschibuti gedeiht, eine Palme, die zu diesem Zweck extra importiert wurde. Dieser Baum geht nicht ein, weil er nie lebendig war; er besteht von unten bis oben aus Zink. Der Gedanke, hier eine ganze Woche zu verbringen, war deprimierend.

Dschibuti besitzt außerdem einen wichtigen Eisenbahn-Endbahnhof, und zwar ist das die Strecke nach Äthiopien, sowie folglich auch mehrere kleine Hotels. Das Hotel, das wir uns aussuchten, war das Hotel de l'Europe. Der Besitzer war Armenier; er war bereit, uns für eine Woche ein Zimmer zu reservieren und einen Sonderpreis zu berechnen, denn die meisten seiner Gäste waren Durchreisende. Es war ein heruntergekommener Bau, und das Wasser, das aus den Leitungen floß, war brackig, aber der Abfluß schien zu funktionieren; der Armenier besaß nicht nur eine DDT-Sprühdose, sondern auch eine Fliegenklatsche, und im Haus roch es einigermaßen sauber.

Das war am Montag. Am Mittwoch zogen wir ein.

Am Sonnabend begegnete mir das Schicksal in der Person des Jean-Baptiste Kinck.

4

Zwischen dem Hoteleingang und dem Büro des Armeniers lag ein kleiner, teilweise überdachter Hof, wo die Gäste in verhältnismäßig kühler Luft sitzen konnten und Getränke serviert wurden. Am vorangegangenen Abend hatte ich dort gesessen, als Kinck eintraf.

Goutard war von einem früheren Kameraden, den er unvermutet im Kommissariat der Polizei wiedergetroffen hatte, in einen Klub eingeladen worden, und deshalb war ich allein. Einerseits fiel Kinck mir auf, weil ich mich so langweilte, daß jedes Ereignis, sogar eine Ankunft oder eine Abreise, interessant war, andererseits, weil sein Äußeres mir ungewöhnlich vorkam.

Soweit ich es beurteilen konnte, war er etwa Anfang Vierzig, groß und drahtig, mit schmalem Schädel und kurzem graubraunem Haar. Er trug Khakihosen und ein Buschhemd mit einem großen Schweißfleck auf dem Rükken. Über die rechte Schulter hatte er sich eine Art Brotbeutel aus Leder und Leinen gehängt. Sein Gesicht war blaß, aber in seinen Bewegungen lagen ein gewisser Schwung und eine nervöse Energie. Mein erster Eindruck war, daß er irgendein kleinerer Regierungsbeamter aus dem Innern sein mußte. Dann erschien der Araberboy, der den Hof aufwischte und zugleich Gepäckträger spielte, um das Gepäck des eben Angekommenen zu holen, und da mußte ich meine Vorstellungen revidieren. Das Gepäck bestand aus einem teuer aussehenden, sehr leichten Koffer, einer Reiseschreibmaschine und einer abgewetzten Tasche der Fluggesellschaft Sabena. Ein Öltechniker? überlegte ich. Oder ein Journalist? Er hätte beides sein können; aber warum dann ausgerechnet das Hotel de l'Europe, warum nicht eines der größeren?

Dann dachte ich nicht mehr an ihn; aber am folgenden Abend, bei der Rückkehr ins Hotel, nachdem ich mir die Haare hatte schneiden lassen, fand ich ihn im Hof, in ein Gespräch mit Goutard vertieft. Vor ihnen stand Bier.

Ich zögerte, mich zu ihnen zu setzen. Goutards Reaktionen auf meine Anwesenheit waren nicht immer vorauszusehen. Dann aber erblickte Goutard mich und winkte mich heran.

Kinck stand auf, um mir die Hand zu geben, als Goutard uns bekannt machte. Er hatte zwar bessere Manieren als Goutard, aber denselben abschätzenden Blick. Seine Augen waren braun und leicht verkniffen, wenn er einen ansah, als wäre er kurzsichtig oder als reflektierte man selbst zuviel Licht. Er hatte ein reizendes, wenn auch angespanntes Lächeln und ausgezeichnete Zähne – in seiner Art ein ziemlich gut aussehender Mann.

Redselig erklärte Goutard: »Mr Kinck hat eben über Dinge gesprochen, von denen ich noch nie etwas gehört hatte. ›Seltene Erden‹ nennt man sie.«

»Das klingt interessant.«

»Interessant und teuer. Wissen vielleicht Sie, was das ist?«

»Ich könnte mir vorstellen, daß man so etwas aus gewöhnlicher Erde schürft.«

Der Araberboy kam an unseren Tisch, und ich bestellte ein Bier. Dabei überlegte ich, daß meine Vermutung, Kinck könnte eine Art Bergwerksingenieur sein, gar nicht so falsch gewesen war.

Kinck lächelte. »Wenn man sie schürfen kann, schürft man sie, das stimmt. Aber im allgemeinen ist es nicht so einfach. Haben Sie schon einmal von Ilmenit gehört?«

»Nein.«

»Oder von Rutil?«

»Nein.«

»Das sind die Erze des Metalls Titan.«

»Davon habe ich schon gehört«, unterbrach Goutard ihn.

»Natürlich haben Sie das. Man verwendet es heutzutage beim Bau von Überschallflugzeugen. In Wirklichkeit ist es ein verbreitetes Element und kommt in der Erdrinde erheblich häufiger vor als, sagen wir, Blei oder Zinn. Trotzdem liegt der gegenwärtige Weltmarktpreis für Titan so um dreitausend Dollar pro Tonne.«

»Dreitausend Dollar?«

»Aber gewiß. Und warum? Weil Titan zwar häufig vorkommt, aber schwer zu gewinnen ist. Bei anderen Metallen ist es noch schwieriger. Haben Sie schon einmal von Pyrochlor gehört?«

Das hatten wir natürlich nicht. Ich fing an, jegliches Interesse an Kinck zu verlieren, während Goutard ganz Aufmerksamkeit war. Endlich einmal war er bereit und willens, einem anderen zuzuhören.

»Auch eine seltene Erde?«

»Technisch ein Erz, aber dennoch selten und kostbar. Es enthält das Metall Niob, für das heute ein großer Bedarf besteht, und zwar für Legierungen mit hohen Temperaturen und für nukleare Abdeckungen. Der derzeitige Weltpreis für Niob beträgt plus oder minus einhundertzehntausend Dollar pro Tonne.«

Goutard pfiff durch die Zähne.

Kinck zuckte die Achseln. »Früher war das Schürfen einfach. Gelegentlich ist es das auch heute noch. Man schaufelt das Erz frei, zerkleinert es, trennt dann den Teil, den man nicht braucht, beispielsweise durch Waschen, und was übrig bleibt, wird geschmolzen. Es ist fast so einfach, als knackte man eine Nuß, um an den Kern zu kommen.« Er ballte die rechte Hand zu einer Faust, um zu demonstrieren, wie man eine Nuß knackt.

»Aber bei Niob geht das nicht«, warf Goutard ein.

»In der Regel nicht. Pyrochlor wird gewöhnlich nur in kleinen Mengen gefunden und bildet einen kleinen Prozentsatz in sehr großen Mengen anderer Erze. Durch eine komplizierte Aufbereitung muß es konzentriert werden; dazu gehört die Trennung durch magnetische oder mechanische Verfahren, Ausschwemmen, Auslaugen und andere chemische Vorgänge. Manchmal muß man viele Tonnen anderen Materials verarbeiten, um ein paar Kilo Pyrochlor zu gewinnen.« Er wandte sich an mich. »Sie sehen also, daß es kostspielig ist.«

Ich mußte irgend etwas sagen. »Ist das Ihr Job«, fragte ich, »die Suche nach dieser Art von Zeug?«

Goutard lachte unterdrückt. Kinck lächelte. Offenbar hatte meine Frage irgendeinen Witz berührt, über den nur die beiden Bescheid wußten.

Kincks Blick kam zu mir zurück. »Nicht ganz, Monsieur Simpson. Die Leute, für die ich arbeite, bevorzugen immer noch Nußknackermethoden.« Wieder lachte Goutard leise vor sich hin. »Aber trotzdem kann man vielleicht sagen, daß ich Erzschürfer bin«, fuhr er fort. »Ja, das möchte ich beinahe behaupten.«

Diesmal lachte Goutard laut. Kinck schmunzelte selbstzufrieden in sein Bierglas. Ich zwang mich auch zu lächeln. Ich hasse private Scherze anderer Leute und wenn man mich wie einen Einfaltspinsel behandelt, habe jedoch gelernt, daß es besser ist, so etwas nicht zu zeigen.

Als Goutard genug gelacht hatte, sah Kinck mich wieder an.

»Ich möchte mich entschuldigen, Monsieur. Bevor Sie kamen, erklärte ich Ihrem Freund Goutard gerade, daß es neben Gold, Edelsteinen und Uran noch viele andere wertvolle Substanzen gibt. Können Sie sich vorstellen, was ein konzentriertes und äußerst ergiebiges Lager eines dieser seltenen Mineralien wert ist? Fast soviel wie ein Diamantenfeld, und außerdem ...« Er beugte sich leicht vor. »... außerdem ist es fast genauso schwierig, ein derartiges Gebiet zu sichern und zu schützen. Zu diesem Zweck benötigt man Männer mit Erfahrung und Einfallsreichtum. Natürlich sind derartige Männer nicht leicht zu finden, aber ...« Er lehnte sich zurück und lächelte wieder. »... aber wo der Gewinn groß ist, sind immer Schwierigkeiten zu überwinden. Das liegt in der Natur der Dinge.« Er warf einen Blick auf seine Uhr und stand auf. »Es war mir ein großes Vergnügen, mich mit Ihnen zu unterhalten. Ich werde einige Tage hier sein. Hoffentlich sehen wir uns wieder.« Er schüttelte uns flüchtig die Hand, rief dem Boy zu, ihm ein Taxi zu holen, und verschwand.

Goutard grinste und zündete sich eine Zigarette an.

»Was sollte das alles?« fragte ich.

»Können Sie nicht raten? Meiner Ansicht nach hat er sich ziemlich offen ausgedrückt. Er wirbt Leute an.«

»Männer mit Erfahrung und Einfallsreichtum?«

»Das ist seine Art, sich auszudrücken.« Er machte ein nachdenkliches Gesicht. »Mein Kamerad im Kommissariat kennt ihn. Im Kommissariat liegt ein dicker Aktendeckel über unseren Major Kinck. Nichts Kriminelles, aber trotzdem interessant.«

»Wieso Major Kinck?«

»Hier benutzt er seinen militärischen Rang nicht. Aber ich wette, daß er ihn irgendwo anders benutzt. Gestern ist er mit dem Flugzeug aus Lamy im Tschad angekommen. Das bedeutet zwar nicht, daß er dort stationiert ist, aber immerhin ist es ein Hinweis auf sein gegenwärtiges Tätigkeitsgebiet.« Er ließ den Rauch aus dem Mund strömen und atmete ihn durch die Nase wieder ein – eine der vielen unangenehmen Gewohnheiten, die er hatte –, und dann sah er mich mit seinem gefährlichen Grinsen an.

»Wenn wir nicht nach Mozambique führen«, sagte er, »könnte ich direkt in Versuchung geraten, ihn zu fragen, wieviel er zahlt.«

5

Kapitän Van Bunnen wohnte nicht in einem Hotel, sondern in dem privaten Bungalow eines Beamten der *Messageries Maritimes*. Da dieser Bungalow im europäischen Wohnviertel lag, hatten wir Van Bunnen nicht gesehen, seit das Schiff in die Werft geschleppt worden war und er Goutard das Geld für den einwöchigen Hotelaufenthalt gegeben hatte. Berichte über die Situation erhielten wir durch den jungen Bergier, den Dritten Offizier, der in denselben Restaurants aß wie wir, wenn er nicht gerade an Bord Wache hatte.

Seit fünf Tagen lag die *Wolvertem* in der Werft, als er uns die Nachricht überbrachte, man hätte ihm offiziell mitgeteilt, daß die Reparaturen weitere fünf Tage dauern würden. Seiner inoffiziellen Ansicht nach bedeutete das mindestens fünfzehn Tage, und auch dann hätten wir noch Glück gehabt. Sein Urteil stützte sich auf das, was der Chefingenieur ihm über den Umfang der notwendigen Reparaturen und den Mangel an Facharbeitern gesagt hatte, die erforderlich waren, um die Reparaturen schnell durchzuführen. Außerdem hatte er gehört, daß davon gesprochen worden war, die Fracht auf einen anderen Dampfer umzuladen, da die Eigentümer der Ladung inzwischen die Geduld verloren hätten, und die *Wolvertem,* sobald sie seetüchtig war, unter Ballast nach Mombasa zu schicken.

»Ist das eine ernsthafte Möglichkeit?« fragte Goutard.

Bergier zuckte mit den Schultern. »Bei der *Wolvertem* ist nichts ernsthaft und alles möglich. Wir haben früher schon in Mombasa Ladung übernommen – Kaffee, Tee, Sisal und Chemikalien. Vielleicht tun wir das wieder, wenn wir es überhaupt bis dorthin schaffen.«

»Und wohin würde dann die Ladung gehen?«

»Natürlich in einen europäischen Hafen. Aber bisher ist alles nur Gerücht und Geschwätz, verstehen Sie? Wissen tue ich nichts.«

Er wußte genug, um mir den Appetit zu verderben.

Später besprachen Goutard und ich die ganze Situation.

Selbst wenn wir das Gerücht über Mombasa nicht für bare Münze nahmen, waren die Aussichten finster. Wir mußten uns selbst verpflegen, und unser Geld wurde bereits knapp. Zwar war es mir gelungen, die griechischen Drachmen, die ich bei mir hatte, gegen Dschibuti-Francs einzutauschen, um meine Dollars zu sparen, aber die Francs waren bereits ausgegeben. Noch weitere zehn Tage an Land, und ich besaß auch keinen Dollar mehr. Folglich mußte ich mit der Möglichkeit einer noch längeren Verzögerung rechnen, ohne das nötige Geld zum Leben zu haben.

Goutard ging es nicht viel besser als mir. Als Franzose, der in einem französischen überseeischen Gebiet gestrandet war, konnte er wahrscheinlich verlangen, auf Kosten seiner Regierung nach Hause befördert zu werden, aber diese Idee schien ihm keineswegs zu gefallen. Aus der Art, wie er sie zurückwies, folgerte ich, daß seine Heimkehr in das Mutterland Frankreich damals ungefähr genauso vernünftig gewesen wäre wie eine Rückkehr nach

Griechenland und ähnlich unangenehme Folgen gehabt hätte.

Nach Goutard bestand die naheliegende Lösung darin, mit Kapitän Van Bunnen noch einmal über unsere Vereinbarung zu sprechen. Goutard sagte, wir müßten fest bleiben. ›Versteckte Drohung‹ war die Redensart, die er gebrauchte. So drückte er sich aus.

Am folgenden Vormittag fuhren wir zu dem von einer Lorbeerhecke umgebenen Bungalow, in dem der Kapitän wohnte, und erwischten ihn, als er gerade zu seinem Schiff fahren wollte. Natürlich hatte er den üblichen Kater und war alles andere als erfreut, uns zu sehen. Ein Taxi wartete schon auf ihn. Hätte Goutard sich nicht einfach vor ihm aufgepflanzt, als er die Tür des Taxis öffnen wollte, glaube ich nicht, daß Van Bunnen unseretwegen stehengeblieben wäre.

Unglücklicherweise blieb er aber stehen.

»Was wollen Sie?« fragte er gereizt.

»Nur über ein paar Sachen reden, Kapitän. Geschäftlich.« Das sagte natürlich Goutard. Er hatte die Angelegenheit in die Hand genommen. Ich war nur dabei. Ich war in keiner Hinsicht für das verantwortlich, was passierte.

»Das hat Zeit«, fauchte Van Bunnen. »Ich habe es eilig. Ich muß zu meinem Schiff.«

Er versuchte, den Türgriff zu erreichen; Goutard war jedoch schneller.

»Einverstanden, Kapitän«, sagte er, »wir kommen mit.«

Van Bunnen zögerte. Goutard hatte die Tür geöffnet, aber obgleich seine Haltung höflich war, hatte sein Gesicht einen äußerst unangenehmen Ausdruck. Van Bunnen sah ihn noch einmal an und stieg dann wortlos in das Taxi. Wir kletterten hinterher.

Es war ein kleiner Renault, und wir saßen ziemlich gedrängt. Bei der Hitze schwitzte ich bereits. Als wir im Taxi saßen, lief mir der Schweiß in die Augen. Nur Goutard blieb kühl. Als wir losfuhren, drehte er sich auf seinem Platz zur Seite, um Van Bunnen anzusehen, der erfolglos versuchte, ein gleichgültiges Gesicht zu machen.

»Also gut«, sagte er kurz angebunden, »kommen Sie zur Sache.«

»Es geht um Geld«, sagte Goutard. »Wir brauchen mehr Geld.«

»Ich habe Ihnen die Hotelausgaben für eine Woche gegeben. So war es vereinbart.«

»Aber jetzt werden wir länger als eine Woche hierbleiben müssen.«

»Das ist eine Angelegenheit, auf die ich keinen Einfluß habe.«

»Zweifellos. Aber wir befinden uns immer noch innerhalb Ihres Einflusses, Kapitän. Sie haben die Verantwortung. Wir bitten bloß, diese Verantwortung zu erfüllen.«

»Wir haben eine Vereinbarung getroffen, mit der Sie sich einverstanden erklärten.«

»Die Umstände haben sich geändert. Also müssen auch die Vereinbarungen geändert werden. Und sie werden geändert werden, Kapitän.«

»Diese Entscheidung liegt allein bei mir.«

»Jawohl – solange Ihre Entscheidung realistisch ist.«

Goutard fuhr fort, die Tatsachen zu skizzieren. Ich muß sagen, daß er das ausgezeichnet machte. Er sprach ruhig und vernünftig. Er ließ keinen Zweifel daran, daß wir nicht versuchten, Geld herauszuschlagen, sondern lediglich vermeiden wollten, durch die Verzögerung in ungerechter Weise bestraft zu werden. Er fragte, was wohl geschehen würde, wenn er, ein Franzose, zu den Behörden gehen – dabei erwähnte er seinen Freund im Kommissariat – und um Hilfe bitten müsse, weil er mittellos sei. Natürlich würde er dann auch erklären müssen, warum er mittellos sei. Man würde Fragen stellen und Nachforschungen anstellen. Schließlich appellierte er an die bekannte Gutmütigkeit des Kapitäns und erinnerte ihn an die freundschaftlichen Abende, die sie gemeinsam verbracht hatten. Ich merkte deutlich, daß Van Bunnen weich wurde.

Dann kamen wir zur Werft, und plötzlich ging alles durcheinander.

Eine Bemerkung Van Bunnens war es, die die Explosion auslöste. An sich war die Bemerkung wirklich harmlos, ließ aber eine mangelnde Berücksichtigung der Möglichkeit erkennen, daß Goutards Geduld, die bereits durch seine Bemühungen, den Kapitän zu überzeugen, über Gebühr strapaziert worden war, plötzlich erschöpft sein könnte.

Was Van Bunnen in dem Augenblick sagte, als das Taxi hielt, war lediglich: »Also gut, ich werde es mir überlegen.« Dann öffnete er die Tür und wollte aussteigen.

Und das brachte das Faß zum Überlaufen.

Goutard ließ eine Art ärgerliches Gurgeln vernehmen und trat mit dem Fuß zu.

Dieser Fuß erwischte Van Bunnens Hinterteil, so daß er aus dem Wagen flog und bäuchlings auf dem Betonboden landete.

Dort stand ein Somali, der zugleich Werftpolizist war, und zuerst glaubte er meiner Ansicht nach, Van Bunnen wäre bloß gestolpert. Er kam näher, um dem Kapitän aufzuhelfen. Aber Goutard war bereits aus dem Taxi und vor ihm bei Van Bunnen. Als der Kapitän langsam auf die Füße kam, packte Goutard ihn am Hemd und fing an, ihm ins Gesicht zu brüllen und ihn zu schütteln.

»Du willst es dir also erst überlegen, was, du besoffener Drecksack? Dann überlege, aber schnell, Kapitän Sindbad, weil ich dir nämlich im Nacken sitze und dich nicht mehr loslasse. Kapiert? Überlege, los! Los!«

Van Bunnen, der sich von der Überraschung erholte, fing an, Goutard anzubrüllen, und versuchte, ihm einen Schlag zu versetzen. Goutard wischte diesen Faustschlag jedoch einfach beiseite und schlug Van Bunnen mit der Hand ins Gesicht.

»Los, Kapitän Sindbad! Los!«

Der Polizist starrte unsicher auf die weißen Männer, die sich prügelten, und hob den langen Knüppel, den er bei sich trug; aber dann tat er doch nichts anderes, als ebenfalls zu brüllen. Der indische Fahrer und ich waren inzwischen aus dem Taxi gestiegen, und dann brüllten wir alle zusammen. Plötzlich waren rennende Schritte zu hören. Im nächsten Augenblick hatten der junge Bergier und der Chefingenieur den rot angelaufenen Goutard an den Armen gepackt.

Van Bunnen wich sofort zurück. Blut tropfte ihm aus der Nase. Während er es mit seinem Taschentuch abtupfte, sah ich, daß er von uns zum Polizisten blickte. Ich war überzeugt, daß er die Absicht hatte, uns verhaften zu lassen. Dann schien er es sich jedoch anders überlegt zu haben. Immerhin bestand die Möglichkeit, daß wir ihm trotz allem Schwierigkeiten machen konnten. Er beschloß, dem zuvorzukommen, indem er uns formell hinauswarf.

»Diese beiden Männer sind mit sofortiger Wirkung entlassen«, sagte er laut.

Goutard brüllte eine zotige Antwort.

»Wegen Befehlsverweigerung«, fügte Kapitän Van Bunnen hinzu. »Sie können von Glück sagen, daß ich Sie nicht anzeige, weil Sie einen Vorgesetzten angegriffen haben. Aber ich kann es immer noch, wenn Sie weiter Unannehmlichkeiten machen.«

Er drehte sich um und ging die Gangway zum Schiff hinauf. Goutard riß sich los und wollte hinter ihm her, aber der Polizist war jetzt zum Handeln bereit. Mit wenigen Schritten hatte er die Gangway erreicht und versperrte Goutard den Weg.

Wütend wandte Goutard sich an Bergier.

»Dieser Drecksack hat von uns beiden je hundertfünfundzwanzig Dollar genommen!«

»Ich weiß«, sagte Bergier, »aber daran kann ich nichts ändern. Er ist der Kapitän.«

Mir kam eine Idee, die ich für aussichtsreich hielt.

»Wir sind als Besatzungsmitglieder angeheuert«, sagte ich. »Ist es legal, wenn der Kapitän uns in einem ausländischen Hafen abheuert, ungeachtet des Grundes, ohne uns die Heuer auszuzahlen?«

Bergier sah den Chefingenieur an. »Was halten Sie davon, Chef?«

Der Chef überlegte einen Augenblick und grinste dann. »Vielleicht nicht. Vielleicht sollten wir ihn fragen.«

Sie gingen an Bord. Goutard und ich warteten. Dann

tauchte der indische Taxifahrer neben uns auf und wollte wissen, wer das Fahrgeld bezahlen würde. Ich dachte schon, Goutard wolle wieder explodieren. Eilig versprach ich ihm, daß er das Geld bekommen würde, sobald der Offizier zurückkäme.

Zwanzig Minuten später tauchte Bergier wieder auf. Er lächelte und hielt einige Papiere in der Hand.

Zwei der Papiere waren Quittungen, die wir unterschreiben mußten. Der Rest des Papiers war Geld – der Gegenwert von je fünfzig US-Dollar in Dschibuti-Francs.

Goutard brüllte vor Lachen, schlug mir auf den Rücken und schüttelte mir die Hand, daß meine Finger beinahe zerquetscht wurden. Fast hätte man glauben können, er habe gerade ein Vermögen geerbt.

Als wir die Quittungen unterschrieben hatten und Bergier uns das Geld übergab, erhielt er ebenfalls einen Händedruck sowie eine Einladung zum Abendbrot, um das Ereignis zu feiern. Selbst der Taxifahrer wurde in dieses überströmende Wohlwollen einbezogen. Goutard verkündete, daß er uns in die Stadt zurückfahren könne.

Ich merkte sehr schnell, daß ich Goutard immer weniger verstand, je genauer ich ihn kennenlernte. Ich hatte nicht geglaubt, daß er zu derartig wilden Stimmungsänderungen fähig war. Binnen vierzig Minuten war aus sanfter Vernunft Gewalttätigkeit und aus Gewalttätigkeit eine Art einfältiger ausgelassener Fröhlichkeit geworden. Diese ausgelassene Fröhlichkeit war vollkommen unverständlich. Er schien gar nicht zu merken, was passiert war. Auf der Rückfahrt im Taxi versuchte ich ihm klarzumachen, daß wir den Tag zwar als enttäuschte, aber immer noch hoffnungsvolle Passagiere nach Lourenço

Marques begonnen hatten, daß wir jetzt jedoch nur fünfzig Dollar von der Möglichkeit entfernt waren, am Strand von Dschibuti festzusitzen. Das Ergebnis war lediglich ein erneuter Schlag auf den Rücken. Ich gab es auf. Wenn Goutard jemandem auf den Rücken schlug, war es, als wäre man von einem Bügeleisen getroffen worden.

Am gleichen Abend blieb ihm jedoch nichts anderes übrig, als wieder auf die Erde zurückzukehren.

Als Bergier zum Abendessen auftauchte, brachte er schlechte Nachrichten mit.

Anscheinend hatte Van Bunnen, nachdem er über die Disziplinlosigkeiten des Vormittags nachgegrübelt hatte, folgenden Entschluß gefaßt: Da wir auf der Auszahlung unserer Heuer bestanden hatten, bestand er mit demselben Recht auf seiner Pflicht als Kapitän eines Schiffes. Folglich hatte er die Polizei offiziell informiert, daß wir abgeheuert hätten und wegen Befehlsverweigerung von Bord geworfen worden wären.

Goutards erste Reaktion bestand darin, die Achseln zu zucken und dann eine Flasche Wein zu bestellen. Ich nahm Bergiers Warnung ernster.

»Was bedeutet das für uns?« fragte ich ihn.

»Das bedeutet, daß die hiesige Polizei sich jetzt für Sie interessieren wird.«

»Warum?« fragte Goutard. »Wir haben nichts angestellt.«

»Darum geht es nicht. Sie müssen verstehen, daß Seeleute in ausländischen Häfen im allgemeinen eine bevorzugte Stellung genießen, soweit die Polizei betroffen ist. Wenn Seeleute sich nicht hoffnungslos betrinken oder zu prügeln anfangen oder allzu offensichtlich schmuggeln, läßt man sie kommen und gehen, wie es ihnen gefällt. Und warum? Weil sie morgen oder übermorgen oder nächste Woche weiterfahren. Sie gehören mehr zum Schiff als an Land. Aber in Ihrem Fall liegen die Dinge jetzt anders. Sie gehören nicht mehr zum Schiff, und das ist der Polizei mitgeteilt worden.«

»Ich sehe darin keinen Unterschied.« Goutard stellte sich absichtlich dumm.

Bergier seufzte. »Der Grund dafür, daß Sie hier an Land gehen durften, war zweifellos die Tatsache, daß Sie zu der Besatzung eines Schiffes gehörten, das sich auf der Durchreise befindet. Dieser Grund existiert nicht mehr.«

»Gießen Sie sich noch ein Glas Wein ein.«

Bergiers Ton wurde schärfer. Goutard fing an, ihm auf die Nerven zu gehen. »Können Sie der Polizei irgendwelche Seemannspapiere vorweisen, wenn man danach fragt?« wollte er wissen. »Und wenn nicht – haben Sie ein Visum für dieses Gebiet?«

Goutard lächelte geheimnisvoll und stand auf. »Wenn es Sie beruhigt«, sagte er, »werde ich mich telefonisch erkundigen, ob die Polizei sich für uns interessiert.«

Er verschwand, um zu telefonieren. Bergier starrte mich an.

»Er hat einen Freund beim Kommissariat«, sagte ich.

Goutard blieb eine Weile weg. Als er zurückkam, erklärte er, er müsse nachher seinen Freund in einem Klub aufsuchen.

»Und?« fragte ich.

»Wir brauchen uns keine Gedanken zu machen.«

Er sagte es allzu beiläufig. Ich vermutete sofort, daß er log. Jedenfalls war es eine dumme Feststellung; wir hatten

– abgesehen von der Haltung der Polizei – genügend Sorgen. Bergier schien sich damit zufriedenzugeben.

»Es ist immer nützlich, Freunde an hohen Stellen zu haben«, sagte er trocken.

Dann wurde über das Thema nicht mehr gesprochen, bis wir uns von Bergier verabschiedet hatten und zum Hotel zurückgingen.

»Was hat Ihr Freund nun wirklich gesagt?« fragte ich.

»Wir haben drei Tage Zeit.«

»Und dann?«

»Dann wird man von uns wissen wollen, welche Absichten wir haben und welche Geldmittel uns noch zur Verfügung stehen. Sollten unsere Antworten unbefriedigend sein, erhalten wir Marschbefehl. Trotzdem gibt er uns den Rat, nicht abzuwarten, bis man uns vorlädt und ausfragt, sondern sofort eine Aufenthaltsgenehmigung für eine Woche zu beantragen. Die würde wahrscheinlich gewährt. Aber mit einer Verlängerung können wir nicht rechnen.«

Es bestand keine Notwendigkeit, dazu etwas zu sagen; in einer Woche waren wir mit unserem Geld sowieso am Ende. In einer Woche würden wir erledigt sein.

Eine Weile sagte ich nichts. Ich schmeckte die Bitterkeit. Dank Goutards Verantwortungslosigkeit waren wir aus Griechenland hinausgeworfen worden. Dank Goutards Unverantwortlichkeit – sein tätlicher Angriff auf Kapitän Van Bunnen war völlig sinnlos gewesen – würde man uns nun auch aus Dschibuti hinauswerfen.

Aber wohin? Auf einen Müllhaufen? In ein Gefängnis? Ich versuchte, mir noch irgendeine Hoffnung auszumalen, an die ich mich klammern konnte, aber es gelang mir nicht. Das ferne Ende des Baches, das schmutzige, trübe und ausweglose Ende, war in Sicht.

»Und was haben Sie jetzt vor?« fragte ich.

Diese Frage stellte ich, weil ich in diesem Augenblick den Eindruck hatte, daß alles, was Goutard unternahm, schlecht ausgehen müßte. Wenn es mir gelang, irgendwie genau das Gegenteil zu tun, bestand vielleicht eine Möglichkeit, daß mein Glück sich änderte.

Er sah mich an und grinste. Er war wieder ziemlich selbstsicher. »Es gibt nur noch eine einzige Möglichkeit«, sagte er.

»Die wäre?«

»Mit Major Kinck zu reden.«

6

Das Gespräch fand am folgenden Nachmittag statt. Ich war nicht dabei.

Es war ein höchst unerfreulicher Tag gewesen. Wir hatten beschlossen, den Rat von Goutards Freund zu befolgen und den Nachforschungen der Polizei dadurch zuvorzukommen, daß wir uns auf dem Büro der Paßkontrolle meldeten und eine Aufenthaltsgenehmigung für eine Woche beantragten. Dieser Schritt war nicht so entwaffnend gewesen, wie wir angeblich erwarten konnten. Jedenfalls hatte man uns ausgefragt und ins Kreuzverhör genommen. Schlimmer hätte es bei einem Verbrecher auch nicht sein können. Verhören tat uns ein mißtrauischer und blutrünstiger Franzose, der von Anfang an keinen Zweifel daran ließ, daß er uns für unerwünscht hielt. Am schlimmsten ging es Goutard – wahrscheinlich, weil er ebenfalls Franzose war –, aber mir erging es auch nicht viel besser. Mit spöttischem Lächeln wurde mein Paß in Empfang genommen. Der Hund glaubte uns nicht ein einziges Wort. Wir mußten unser Geld vorzeigen und es vor seinen Augen zählen. Dann wurden die Beträge in unsere Pässe eingetragen. Wir wurden gewarnt, irgendwelche Arbeit zu suchen, es sei denn auf einem Schiff, das Dschibuti verließ, oder uns am Rauschgifthandel zu beteiligen. Schließlich erklärte man uns, daß es für denjenigen, der nach sieben Tagen immer noch auf dem Gebiet angetroffen würde, besser sei, schwimmen zu lernen. Selbst Goutard war bedrückt, als wir gingen.

Zum Mittagessen wollte er sich mit seinem Freund treffen, und darüber war ich froh. In der vergangenen Nacht hatte ich mir einen Plan zurechtgelegt und wollte mit ihm nicht darüber sprechen.

Aden war, jenseits der Straße von Bab el Mandeb, nur zweihundertfünfzig Kilometer entfernt. Ich glaubte, wenn ich nach Aden kommen könnte, dort vielleicht einen Job als Steward auf einem der Dampfer zu bekommen, die dort festmachten. In Aden kannte mich niemand, und auf jeden Fall war im Hafen von Aden mehr Betrieb als in Dschibuti. Natürlich besaß ich keine Mitgliedskarte der Seemannsgewerkschaft oder irgendwelche Seemannspapiere, aber immerhin bestand die Möglichkeit, daß der Kapitän eines Frachtdampfers darauf nicht allzu großen Wert legte, wenn seine Besatzung nicht komplett war.

Ich erkundigte mich nach Fährverbindungen zwischen Dschibuti und Aden und stellte fest, daß es eine gab, die diese Strecke in neun Stunden zurücklegte. Mit dem Flugzeug konnte ich in einer Stunde dort sein. Da der

Seeweg jedoch billiger war, ging ich zu dem Büro der Reederei, um mir eine Fahrkarte zu besorgen.

Der Mann hatte bereits angefangen, die Karte auszustellen, als er plötzlich aufhörte und meinen Paß sehen wollte. Ich gab ihm den Paß, und er blätterte ihn durch. Dann blickte er auf.

»Wo ist es?«

»Wo soll was sein?«

»Das Visum für Aden.«

»Das besorge ich mir drüben.«

»Das geht nicht. Das ist nicht erlaubt, ausgenommen für Reisende mit britischem Paß. Sie müssen sich das Visum hier beschaffen, sonst verweigern die Briten Ihnen die Einreise, und wir sind verpflichtet, Sie wieder hierher zu bringen. Augenblicklich ist in Aden viel los. Wir stellen Fahrkarten nur aus, wenn die Passagiere ein Visum haben. Das ist Vorschrift.«

»Und wo bekomme ich das Visum?« Aber die Antwort hatte ich mir bereits gedacht.

»Beim britischen Konsulat.«

Wieder mußte ich an H. Carter Gavin denken und was ich mit diesem jungen Schwein am liebsten angestellt hätte; aber ich vergeudete meine Zeit nicht mit dem Weg zum Konsulat. Mein Name stand auf der schwarzen Liste, und mehr als Beleidigungen würde ich dort nicht zu hören bekommen. Statt dessen verbrachte ich den Nachmittag am Hafen. Dort lagen Boote, die nach Aden und zum Jemen fuhren, und meine Verzweiflung war so groß, daß ich alles versuchte. Schließlich fand ich einen Araber, dem eine Dau gehörte und der bereit war, mich in der Nähe von Aden an Land zu setzen. Dafür verlangte er jedoch den Gegenwert von hundert Dollar. Soviel müsse er an Strafe zahlen, sagte er, wenn ein britisches Patrouillenboot ihn erwische. Er war ein übelriechender und übel aussehender Hund, und ich glaubte ihm nicht ein Wort. Selbst wenn ich die hundert Dollar gehabt hätte, hätte ich es mir zweimal überlegt, mich diesem Mann anzuvertrauen. Höchstwahrscheinlich hätte er mein Geld genommen und mich über Bord geworfen, sobald die Küste nicht mehr in Sicht war. Ich erklärte ihm auf arabisch, was er mit seiner Dau machen könne. Er erkannte meinen Akzent und schimpfte mich einen dreckigen Ägypter.

Den ganzen Tag war ich auf den Beinen gewesen und ausgesprochen müde. Aber ein Taxi konnte ich mir nicht leisten. Zu Fuß kehrte ich zum Hotel zurück. Als ich dort ankam, war ich halbtot.

In dieser Art von Klima muß man viel trinken, wenn man vermeiden will, Kräfte zu verlieren oder irgendeine Nierengeschichte zu bekommen; deshalb trank ich zwei oder drei Flaschen Bier, bevor ich das bestellte, was ich wirklich brauchte, um meine Depression zu bekämpfen: einen doppelten Kognak.

Die Folge war, daß ich nicht mehr ganz beieinander war, als Goutard zurückkam.

»Wo haben Sie gesteckt?« fragte er, als er sich neben mich setzte.

Ich begann, ihm alles zu erklären. Da mein Plan mit Aden nicht geklappt hatte, bestand kein Grund mehr, nicht darüber zu sprechen. Abgesehen davon war ich in großzügiger, philosophischer Laune. Arthur Abdel Simpson mochte bei den Briten *persona non grata* sein und bis zum Hals in Schwierigkeiten stecken – aber wenn Yves

Goutard, französischer Staatsangehöriger, nach Aden wollte, konnte er vermutlich ohne Schwierigkeiten ein Visum bekommen. Warum sollte er es nicht wissen? Sicherlich habe ich meine Fehler, aber nachtragend bin ich noch nie gewesen.

Ich erklärte ihm also alles ausführlich, bis er mich auf die unhöflichste Art und Weise unterbrach.

»Aden«, sagte er ungeduldig. »Wer, verdammt noch mal, will denn nach Aden? Hören Sie zu! Ich habe mit Kinck geredet.«

»Ach?«

»Er hat einen sehr interessanten Vorschlag gemacht.«

»Wirklich?«

Selbst diese kleine Unterbrechung ärgerte ihn. »Soll ich nun erzählen oder nicht?«

»Natürlich.«

»Wie ich bereits sagte, wirbt er Männer an. Ich habe also recht gehabt. Und sein Vorschlag ist folgender. Ein Vertrag über drei Monate, bei gegenseitiger Zustimmung um jeweils drei Monate zu verlängern. Die Bedingungen: monatliches Grundgehalt von zweitausend Schweizer Franken plus Reise- und Unterhaltungsspesen plus Kleiderzulage plus einer Prämie von fünfzig Prozent nach sechs Monaten. Bei Unterschrift des Anfangsvertrags wird ein Vorschuß von einem Monatsgehalt bezahlt. So! Wie klingt das?«

In meinen Ohren klang es wie das Paradies, und der Neid verursachte mir stechende Schmerzen. »Und worum geht es?« fragte ich.

Er zeigte sein zuversichtlichstes und gerissenstes Lächeln. »Darum, ein paar dummen *macaques* zu zeigen, wie man einen Landstreifen sichert und schützt.«

»Etwa ein Lager seltener Erden?«

»Natürlich. Sie haben doch gehört, was er erzählte.«

»Und wo?«

»Das will er noch nicht sagen. Natürlich muß er in diesem Stadium vorsichtig sein. Aber im Kongo liegt es nicht. Ich habe ihm ganz offen gesagt, daß ich nicht interessiert sei, wenn es dort läge. Er hat mir versichert, daß es dort nicht ist. Weiter nördlich, sagte er. Am Donnerstag fliegen wir los.«

Der Boy brachte ihm ein Bier. Ich hob mein Glas.

»Also dann – viel Glück.«

»Viel Glück?« Er zog die Augenbrauen hoch. »Ist das alles? Keinen Dank?«

»Dank wofür?«

Er starrte mich an. »Nun sagen Sie bloß nicht, daß dieser Job Sie nicht interessiert! Wo kann man denn sonst so leicht so viel Geld verdienen? Sie wußten, daß ich mich mit Kinck verabredet hatte. Warum haben Sie mir nicht Bescheid gesagt, wenn Sie nicht interessiert sind?«

Mit offenem Mund sah ich ihn an. »Ich?«

»Von wem reden wir denn sonst?« Wieder wurde er langsam wütend. »Es hat mich viel Mühe gekostet, ihn dazu zu überreden, und erst als ich ihm von Ihrer Vergangenheit erzählte, war er einverstanden, Sie zu nehmen.«

»Meine Vergangenheit?« Ich war sprachlos; im Augenblick konnte ich nur an meine Vergangenheit denken, soweit sie in den Akten von Interpol festgehalten war. »Warum war das nötig?«

»Mein Gott – heute sehen Sie wirklich nicht mehr nach Achter Armee und Wüstenpatrouille aus! Oder? Natürlich wollte er wissen, welche militärischen Erfahrungen Sie haben. Und jetzt behaupten Sie schlicht, nicht interessiert zu sein! Ich habe es nicht gern, als Esel hingestellt zu werden. Was für ein Spiel treiben Sie eigentlich?«

Sein Gesicht bekam wieder den verkniffenen Ausdruck, den es gehabt hatte, kurz bevor er Kapitän Van Bunnen ins Gesicht schlug. Ich bekam es mit der Angst zu tun. Ich wußte, daß ich ihn schnell bremsen mußte, weil er sonst zuschlagen würde.

»Ich treibe kein Spiel. Ich habe bloß nicht gemerkt, daß ich auch dazugehörte.«

»Ich habe doch ›wir‹ gesagt, oder?«

»Das schon, aber ich dachte, Sie meinten sich, und . . .«

»Wir halten doch zusammen, oder?« unterbrach er mich vorwurfsvoll. »Wieso kommen Sie auf den Gedanken, daß es anders ist? Ich gehöre nicht zu den Leuten, die einen Kameraden im Stich lassen.«

»Das weiß ich, und dafür bin ich sehr dankbar. Trinken wir darauf einen Kognak.«

»Das wollte ich gerade.« Plötzlich war sein Grinsen wieder da. Man konnte wirklich nie voraussagen, wie man mit ihm dran war. »Um das Kleingeld brauchen wir uns also keine Sorgen mehr zu machen, und schwimmen brauchen wir auch nicht zu lernen.« Er lachte vor sich hin. »Ein schönes Gefühl, Arthur, was?«

»Sehr schön.«

Und es war tatsächlich ein schönes Gefühl, während wir weitertranken.

Noch schöner wäre es allerdings gewesen, wenn es nicht von Besorgnis und Mißtrauen begleitet gewesen wäre.

Die Besorgnis war nur allzu spürbar. Die Bratpfanne, aus der ich gerade wieder einmal sprang, kannte ich nur allzu gut, und sie war verdammt unbehaglich; aber wie würde es wohl im Feuer sein? Das Mißtrauen, andererseits, wurde langsam stärker. Ich hatte bereits gemerkt, daß Goutard ein Mann war, der immer jemanden zu seiner Bedienung haben mußte. Vielleicht, so überlegte ich, war das noch nicht einmal alles. ›Wir gehören doch zusammen, oder?‹ hatte er gesagt. Und dann hatte er Van Bunnen in plötzlich aufwallender Wut ›Kapitän Sindbad‹ genannt. Selbst damals war mir dieser Ausdruck ziemlich merkwürdig vorgekommen. Es konnte bedeuten, daß er ein Mann war, der in seinem Leben einen Sindbad brauchte. In diesem Fall bestand allerdings mehr als nur die Möglichkeit, daß ich, ohne es zu merken, für diese Rolle auserkoren war.

Der Gedanke, daß Goutard für mich der ›alte Mann vom Meer‹ war, wollte mir nicht gefallen.

7

Am folgenden Vormittag um elf meldeten wir uns in einem Raum des Bürogebäudes einer Handelsgesellschaft, das in der Nähe des Bahnhofs lag, bei Major Kinck. Abgesehen von Goutard und mir waren noch drei weitere ›Rekruten‹ erschienen.

Kinck saß hinter einem Tisch neben einem verhutzelten Mann, vor sich einen säuberlich geordneten Stapel von Papieren. Stühle wurden geholt, und dann forderte er uns auf, Platz zu nehmen.

Er begann damit, daß er den verhutzelten Mann neben sich vorstellte. »Das ist Monsieur Pauwels, der für die Société Minière et Métallurgique de l'Afrique Centrale den Einkauf und geschäftliche Angelegenheiten erledigt;

die SMMAC ist Ihr Arbeitgeber. Damit keine Mißverständnisse entstehen, und Ihre Verträge werden das auch festhalten: Sie werden von der SMMAC einzig und allein als Sicherheitsbeamte beschäftigt.« Er schwieg einen Augenblick und fügte dann freundlich hinzu: »Sie sind in keinem Sinne Angehörige einer militärischen oder paramilitärischen Organisation. Ist das korrekt, Monsieur Pauwels?«

Der verhutzelte Mann nickte ernst. »Völlig korrekt. Die SMMAC unterhält keine Privatarmee.«

Kinck lächelte. »Sehr richtig, zumal so etwas ausgesprochen illegal wäre.«

Diese Bemerkung löste ein amüsiertes Gemurmel aus. Im Plauderton fuhr Kinck fort: »Männer mit Erfahrung wie Sie, meine Herren, sind immer schwieriger zu finden. Ehrlich gesagt hatte ich gehofft, hier in Dschibuti acht oder mehr zu finden. Da ich aber damit gerechnet hatte, nur vier zu finden, und tatsächlich fünf fand, bin ich nicht allzu enttäuscht. Andernorts ist bereits ein Voraustrupp aufgestellt worden. Unsere Gesamtstärke im Operationsgebiet sollte damit genügen. Kommen wir also jetzt zum geschäftlichen Teil. Ich werde jeden der Anwesenden vorstellen.«

Er griff nach einer getippten Liste. »Wenn ich Ihre Namen aufrufe, heben Sie bitte die Hand.«

Er begann vorzulesen und nannte dabei zuerst den Nachnamen.

»Barrière, René, früher Leutnant der französischen Armee, Infanterie. Aktiver Dienst im Senegal und in Obervolta. Letzte militärische Tätigkeit bei der Polizei in Dahomey. Waffeninstrukteur. Letzte Tätigkeit beim Zoll und bei der Grenzüberwachung in diesem Gebiet. Spricht etwas Suaheli.«

Barrière war Ende Dreißig, ein untersetzter Mann mit kalten Augen, blauen Wangen und dunklem, kurzgeschnittenem Haar. Er nickte den übrigen zu, als er die Hand hob.

»Goutard, Yves«, fuhr Kinck fort. »Früher Unteroffizier der französischen Armee. Fallschirmjäger und Fallschirmlehrer einer Brigade. Aktiver Dienst in Indochina und Algerien. Letzte Tätigkeit bei der Organisation von Transport- und Sicherheitsmaßnahmen. Spricht etwas Arabisch.»

Wahrscheinlich war Goutards Tätigkeit bei der ›Organisation von Transport- und Sicherheitsmaßnahmen‹ nur eine neue Bezeichnung für seinen Job bei Hayek.

»Ruys, Johannes. Früher Unteroffizier der niederländischen Armee. Pionier und Spezialist für Sprengstoffe und Sprengungen. Aktiver Dienst in Europa und Indonesien. Letzte Tätigkeit beim Bau von Straßen und Brücken in Südafrika und Tansania. Fließend Deutsch und Englisch, gut Suaheli.«

Ruys war etwa in meinem Alter, ein Bulle von Mann mit blassen Augen und einer Haut, die von der Sonne gerötet war. Er fummelte an seiner kalten Pfeife herum und schien sich genauso unbehaglich zu fühlen wie ich. Interessiert hätte mich, warum er Südafrika und Tansania verlassen hatte.

»Simpson, Arthur. Ehemals Leutnant der britischen Armee. Abwehroffizier bei der Truppe. Aktiver Dienst in Ägypten und Libyen. Eingesetzt bei Fernpatrouillen in der Wüste. Letzte Tätigkeit im Werkschutz. Fließend Englisch und Arabisch.«

Ich schwitzte.

»Willens, Adrian. Ehemaliger Major der südafrikanischen Luftwaffe. Aktiver Dienst in Burma. Große Erfahrung als Berufsjäger und Tierfänger in Kenia und Äthiopien. Aktiver Dienst in der Zeit des Mau-Mau. Fließend Englisch, Afrikaans und Suaheli.« Kinck blickte auf, bevor er scherzhaft hinzufügte: »Französisch mit fürchterlichem Akzent.«

Diese Bemerkung löste leises Gelächter aus. Kinck sprach natürlich Französisch, die *lingua franca* der Gruppe.

Willens schien nichts dagegen zu haben, daß der Scherz auf seine Kosten ging; er zuckte lediglich die Achseln. Er war Ende Vierzig, hager, ausgedörrt und schmallippig; Gesicht und Hals waren braungebrannt und sahen wie die Schale einer Walnuß aus. Er wirkte kühl, gutmütig und unermüdlich.

Major Kinck legte seine Liste hin. »Die Kollegen des Voraustrupps werden Sie in zwei oder drei Tagen kennenlernen. Hinsichtlich der Bezahlung und der Zulagen wird Monsieur Pauwels Ihnen jetzt die Einzelheiten erläutern.«

Monsieur Pauwels ordnete die vor ihm liegenden Papiere neu. Er war krankhaft ordentlich.

»Wie Sie bereits gehört haben«, sagte er, »wird Ihnen bei der Unterzeichnung der Verträge, die ich bereits hier habe, ein Gehaltsvorschuß ausbezahlt. Dieser Vorschuß wird in CFA-Francs gezahlt.« Damit meinte er den Franc der französisch-afrikanischen Gemeinschaft. »Das ist auch die Währung, die in Ihrem Einsatzgebiet allgemein gebräuchlich ist. Allerdings sollte ich Sie noch darauf hinweisen, daß Sie dort wahrscheinlich nicht viel Bargeld benötigen, da der größte Teil ihrer Ausgaben von der SMMAC bestritten wird. Meiner Ansicht nach werden Sie auch nicht den Wunsch haben, Ihr Gehalt bar in Empfang zu nehmen und während des Einsatzes größere Beträge an Bargeld mit sich herumzuschleppen.« Er hatte jetzt äußerst aufmerksame Zuhörer. »Aus diesem Grunde gibt es für Sie zwei Möglichkeiten der Bezahlung, von denen Sie sich eine aussuchen können. Sollten Sie innerhalb der europäischen Gemeinschaft oder im Sterling-Gebiet ein Bankkonto besitzen, wird die SMMAC Ihr Gehalt direkt auf Ihre Bank überweisen. Sollten Sie eine einfachere Abmachung vorziehen, können wir Ihnen ein Soldbuch aushändigen und Ihnen das Gehalt, das Ihnen zusteht, in diesem Soldbuch jeweils gutschreiben. Die fälligen Beträge sind natürlich durch Vorlage des Soldbuches bei jedem beliebigen Büro der SMMAC einschließlich des Hauptbüros in Genf oder der Büros ihrer Beauftragten – einschließlich des hiesigen – abzuheben. Wenn erforderlich, können Beträge auch während des Einsatzes ausgezahlt und die Summen von den Gutschriften in Ihrem Soldbuch abgezogen werden. Ob in bar, auf die Bank oder mit Soldbuch – der SMMAC ist es völlig gleich. Die Wahl liegt allein bei Ihnen.«

Er deutete auf den Papierstapel.

»Weiter: Verheiratete haben vielleicht den Wunsch, bestimmte Beträge an ihre Ehefrauen oder andere Angehörige zu überweisen, die sich nicht in ihrer Begleitung befinden. Die SMMAC ist bereit, auch dafür zu sorgen. Die fraglichen Beträge werden dann natürlich von den Gehältern abgezogen. Sind zu diesem Punkt noch irgendwelche Fragen?«

»Bekommen wir Uniform-Zulagen?« fragte Goutard.

Kinck erwiderte: »Die Uniform erhalten Sie von der SMMAC. Irgendeine Bezahlung ist nicht vorgesehen.«

»Und wie ist es mit Schutzimpfungen?« Das war Barrière.

»Davon wollte ich gerade sprechen. Die meisten von Ihnen werden, wie ich annehme, bereits ausreichend geimpft sein. Aber man sollte sehr vorsichtig sein. Wie ich festgestellt habe, führt das hiesige Krankenhaus morgen, zwischen drei und vier Uhr nachmittags, Impfungen gegen Gelbfieber durch. Außerdem benötigen Sie die Bestätigung einer Pockenschutzimpfung. Ich habe dafür gesorgt, daß jeder, der es wünscht, morgen gleichzeitig gegen Typhus, Paratyphus und Wundstarrkrampf geimpft werden kann. Eine Impfung gegen Paratyphus ist empfehlenswert, wenn Ihre letzte Schutzimpfung mehr als zwei Jahre zurückliegt. Außerdem sollten Sie anfangen, Tabletten gegen Malaria zu nehmen. Sonst noch eine Frage?«

Es gab keine Fragen mehr. Das Wort hatte nun wieder Monsieur Pauwels. »Dann kommen wir jetzt zu den Verträgen. Sie sind, wie Sie feststellen werden, in äußerst einfacher Form gehalten. Wenn Sie, sobald Ihr Name aufgerufen wird, zu mir kommen, können wir diese Angelegenheit in geordneter Weise erledigen. Außerdem benötige ich noch Ihren Paß, damit bestimmte Visa vor Ihrer Abreise am Donnerstag eingetragen werden können.«

In alphabetischer Reihenfolge, entsprechend der Liste von Kinck, gingen wir nach vorn.

Der Vertrag war ein zweiseitiges Dokument auf dem Geschäftspapier des Genfer Hauptbüros der SMMAC, und wir mußten drei Exemplare unterschreiben, von denen der Angeworbene ein Exemplar behielt. Dann wurde der Gehaltsvorschuß ausbezahlt. Interessant für mich war, daß keiner gebeten hatte, sein Gehalt auf eine Bank einzuzahlen; alle ließen sich Soldbücher geben. Monsieur Pauwels schien damit gerechnet zu haben, denn für jeden von uns war bereits ein Soldbuch ausgestellt. Die Geschichte, daß man unsere Pässe für Visa benötigte, war mir nicht ganz angenehm. Ich hatte den Eindruck, daß sie unsere Pässe als eine Art von Versicherung zurückbehielten, damit niemand auf den Gedanken kommen konnte, den Vorschuß einzustreichen und den Vertrag zu vergessen.

Der Anblick des Geldes auf dem Tisch war jedoch sehr beruhigend. Als ich an die Reihe kam, tat ich mein Bestes, um so auszusehen, als sei das, was Kinck über meine militärische Vergangenheit vorgelesen hatte, auch wahr. Fast gelang es mir, mich selbst davon zu überzeugen.

Vielleicht hätte ich diese Haltung durchgestanden, wenn nicht etwas passiert wäre. Ganz am Ende des Vertrages war eine Stelle frei gelassen, wo man Name und Anschrift der nächsten Verwandten einsetzen mußte.

Ich schrieb Nickis Namen und unsere Anschrift in Athen hin. Wo man den Verwandtschaftsgrad einsetzen sollte, schrieb ich: ›Schwester‹. Natürlich wollte ich ihr keinen Unterhalt zahlen, weil sie so etwas nicht brauchte, aber ich wollte auch keinen gemeinen Eindruck machen.

Das Nachdenken über dieses Problem ließ mich zögern, und weil ich zögerte, las ich den ganzen Absatz:

»Für den Fall, daß der obengenannte Beamte getötet, verwundet oder durch Krankheit dienstunfähig wird, werden seine nächsten Verwandten, die von ihm unten näher bezeichnet werden, sofort benachrichtigt.«

Ich unterschrieb den Vertrag, nahm mein Exemplar, nahm das Soldbuch, übergab meinen Paß und nahm das Geld in Empfang. Aber wie einem Soldaten war mir nicht mehr zumute. Mir war übel.

III

Reise zu den ›Seltenen Erden‹

I

Am frühen Morgen des Donnerstags versammelten wir uns wieder, diesmal mit Gepäck, im Büro der SMMAC-Vertretung und erhielten unsere Pässe zurück. Sofort blätterte ich meinen durch. Zu meiner Überraschung entdeckte ich zwei neue Transitvisa, eines für den Sudan, das andere für die Republik Tschad.

Draußen stand ein Kleinbus, der uns zum Flugplatz bringen sollte. Barrière und Willens waren mit ihren Frauen gekommen, und wir alle wurden ihnen vorgestellt. Die beiden Frauen stiegen mit uns in den Bus. Natürlich nahm ich an, daß sie ihre Männer nur zum Flugplatz bringen wollten. Die Tatsache, daß beide Hose und Hemd trugen, war in meinen Augen nur ein Versuch, sich dem militärischen Geist der Stunde, der mich so deprimierte, anzupassen. Die Idee, daß sie eventuell mitkommen würden, kam mir überhaupt nicht. Das tut mir heute noch leid, denn vielleicht hätte mich die Fahrt zum Flugplatz dann weniger an eine Fahrt zum Zahnarzt erinnert. In der vergangenen Nacht hatte ich kein Auge zugemacht, und auf der Fahrt zum Flugplatz flatterten schmutzige graue Motten in meinem Magen.

Nachdem wir Zoll- und Paßkontrolle hinter uns hatten, stiegen wir wieder in den Bus und wurden am Rand des Flugplatzes entlang zu einem Frachthangar gefahren. Eine nicht gerade vertrauenerweckende zweimotorige Maschine stand auf dem Rollfeld. Wir stiegen nacheinander aus dem Bus und, unser Gepäck immer noch in der Hand, an Bord des Flugzeugs.

Inzwischen hatte ich natürlich gemerkt, daß die beiden

Frauen uns begleiten würden, und fühlte mich eine Spur vergnügter. Das Nest, wo wir hinsollten, konnte nicht allzu unzivilisiert sein, sonst wären die beiden wohl nicht mitgekommen. Das bedeutete, daß der militärische Teil des Unternehmens, den ich in Wirklichkeit mehr als alles andere fürchtete, vermutlich nicht mehr als eine Art Kasernendienst war. In diesem Fall wußte ich wahrscheinlich genug und konnte genug erraten, um nicht aufzufallen. Kinck hatte gesagt, wir wären Sicherheitsbeamte und keine Privatarmee. Ich wollte ihm glauben.

Das Innere des Flugzeugs war weniger beruhigend als die Gedanken, die ich mir machte.

So hatte das Flugzeug zum Beispiel keine Sessel. Zwar hatte es Sitze, aber nicht von der Art, die man normalerweise in einem Flugzeug erwartet. Es waren lediglich kleine Aluminiumsitze, die an beiden Seiten des Rumpfes angebracht und mit kräftigen Federn aufgehängt waren, so daß sie hochschnellten, wenn sie nicht gebraucht wurden oder man einen Moment aufstand, um sich zu recken. Den größten Teil des Platzes nahm eine lange Reihe von Kisten und Metallkästen ein, die mit dicken Drähten und Ösen auf dem verbeulten Metallboden festgehalten wurden. Das Flugzeug hatte in der Sonne gestanden, und die Hitze im Innern ließ selbst Kinck zurückprallen.

»Sobald wir in der Luft sind, wird es wieder kühl«, sagte er. »Werft das Gepäck irgendwohin und schnallt euch an.«

Wir hockten uns auf die Sitze – die Biegung der Rumpfwand machte es unmöglich, sich aufrecht hinzusetzen –, und der Schweiß tropfte uns von Nase und Kinn. Willens saß neben mir, neben ihm seine Frau. Ich hörte, wie er etwas auf englisch zu ihr sagte: »Eine C-47 aus dem Weltkrieg mit den Originalsitzen«, murmelte er. »Hoffentlich wissen diese Vogelmenschen, was sie tun.«

Dann schloß ein Besatzungsmitglied, ein blasser Mann in Khakishorts, die Tür, und die Motoren wurden angelassen. Danach hörte jede normale Unterhaltung auf. Das Flugzeug war alles andere als schalldicht, und eine Druckkabine besaß es auch nicht. Ich habe keine Ahnung, wie hoch eine Maschine dieses Typs fliegen kann, aber für mich war es jedenfalls nicht hoch genug. Es gab Augenblicke, in denen die Bergspitzen viel höher als unser Flugzeug waren. Glücklicherweise konnte man nicht viel sehen; draußen war es so böig, daß wir angeschnallt bleiben mußten, und es war schwierig, aus den Fenstern zu sehen, ohne sich den Hals zu verrenken. Wie Kinck versprochen hatte, wurde es ziemlich kalt.

Nach einer Stunde oder zwei wurde die Luft ruhiger. Kartons mit Obst, Käse und altbackenem Brot wurden herumgereicht, dazu Flaschen mit Wein und Wasser. Keiner aß viel, aber die Weinflaschen wurden schnell leer. Ich persönlich brauchte so etwas dringend, und nicht nur, weil der Flug mir Angst einjagte.

Gekrümmt auf meinem Platz hockend, die Ellbogen auf die Knie gestützt, mußte ich zwangsläufig auf den Teil der Ladung blicken, der sich genau vor mir befand. Auf einigen Kisten waren Buchstaben sichtbar, obgleich jene, die ich am besten sehen konnte, auf dem Kopf standen. Nach einiger Zeit fing ich aus Langeweile an, die Wörter und Zahlen zu entziffern.

Das erste Wort, das ich entzifferte, war UZI, und dahinter ein Strich und die Zahl 4. Dieses Wort hätte mir eine ganze Menge verraten können, aber das war nicht der Fall; ich dachte damals, es wären irgendwelche Anfangsbuchstaben. Auf der nächsten Kiste, neben der ersten, konnten die Buchstaben nur eine Abkürzung bedeuten, weil hinter jedem ein Punkt war. F.N.–M.A.G.–7.62 stand dort. Am meisten interessierte mich ein schwerer Blechkasten. Es gab verschiedene dieser Sorte. Auf dem, der mir am nächsten stand, war das Wort MORT aufgemalt, und das ist das französische Wort für »tot«. Das allein hätte einigermaßen entmutigend sein können, aber so, wie die Buchstaben auf dem Kasten aufgemalt waren, war anzunehmen, daß es nicht das vollständige Wort war. Indem ich mich nach vorn beugte und so tat, als schnürte ich meine Schuhe auf, konnte ich auch den Rest erkennen. Das ganze Wort hieß MORTIER, das französische Wort für Granatwerfer, und dahinter standen einige Zahlen und weitere Buchstaben, die ich gar nicht erst zu entziffern versuchte. MORTIER und die Zahlen genügten. Jetzt brauchte ich nur noch zu überlegen, warum eine Gruppe von Sicherheitsbeamten auf dem Weg zu ihrer neuen Stellung irgendwo in Äquatorial-Afrika in Begleitung von 82-Millimeter-Granatwerfern reisen mußte.

Meine Uhr war stehengeblieben, aber im Verlauf der Stunden fing Willens an, immer häufiger auf seine eigene zu blicken. Schließlich holte er Papier und Bleistift hervor, rechnete irgend etwas aus und reichte die Ergebnisse Kinck hinüber. Sie unterhielten sich eine Weile, indem sie sich gegenseitig ins Ohr brüllten, und dieser Unterhaltung entnahm ich, daß wir keinen Brennstoff mehr haben würden, wenn wir nicht bald landeten. Kinck ging nach vorn, um sich mit der Besatzung zu beraten, kehrte dann lächelnd zurück und deutete mit Handbewegungen an, daß wir in etwa zehn Minuten landen würden.

Willens setzte sich wieder auf seinen Platz, aber sein Blick wich nicht von der Uhr. Dann legte das Flugzeug sich leicht in eine Kurve, und meine Ohren fingen an zu schmerzen, als wir an Höhe verloren.

Das Nest, wo wir landeten, war Juba, eine Stadt am Weißen Nil im südlichen Sudan. Die Passagiere verbrachten die Nacht im Rasthaus des Flugplatzes. Die Besatzung blieb bei ihrem Flugzeug – vermutlich, um die Fracht zu bewachen.

Am gleichen Abend wurde Kincks Autorität zum ersten Mal auf die Probe gestellt.

Willens brütete offensichtlich noch immer über die Dauer des Fluges nach. Vielleicht hatte das fast ungenießbare Abendbrot ihn auch ein bißchen nervös gemacht. Wir saßen noch am Tisch und tranken Kaffee, als der Streit begann.

Mit einem Ausruf des Ekels schob Willens seinen Kaffee weg und sah dann zu Kinck hinüber.

»Dürfen wir vielleicht den morgigen Flugplan erfahren?« fragte er. Sein Ton war leicht herausfordernd.

Kinck lächelte. »Gewiß. Von hier aus fliegen wir nach Fort Archambault im Tschad.«

»Und wo tanken wir auf?«

»Nirgends. Wir fliegen direkt.«

»Kennen Sie die Höchstreichweite einer C-47 bei normaler Reisegeschwindigkeit?«

»Die kennt der Pilot.«

»Gut – ich allerdings auch. Es sind nicht viel mehr als zweitausend Kilometer.«

»Archambault ist nicht so weit.«

»Vielleicht nicht, und Gott sei Dank, daß wir auch nicht mehr ständig zwischen Bergen hindurchfliegen müssen wie heute vormittag. Was aber passiert bei einem Navigationsfehler? Die technische Ausstattung der Maschine ist nicht gerade die modernste.«

»Die Besatzung ist sehr erfahren.«

»Ich habe auch nicht behauptet, daß sie es nicht ist. Aber über einem solchen Land und in diesen Breiten kann auch der beste Navigator einen Fehler machen. Damit sollte man immer rechnen. Und wir sollten uns genügend Spielraum lassen, um derartige Fehler korrigieren zu können.«

Hier mischte Mrs Willens sich ein. Sie war Australierin und in den Dreißigern, eine schlanke, sexy wirkende Brünette mit lustigen, vernünftigen Augen und einem breiten Mund. »Mein Mann ist vierhundert Stunden auf der C-47 geflogen«, sagte sie. »Er weiß, wovon er redet.« Ihre französische Aussprache war besser als seine.

Kinck lächelte sie höflich an. »Davon bin ich überzeugt, Madame. Ich bin überzeugt, daß wir alle genau über das Bescheid wissen, worüber wir reden. Jedenfalls ist es bei mir der Fall.«

»Wenn wir in Yalinga auftankten, würden wir kein Risiko eingehen«, sagte Willens beharrlich.

»Wir gehen auch kein Risiko ein, wenn wir direkt fliegen.«

Willens wandte sich an Goutard. »Was meinen Sie, Goutard? Sie kennen sich doch mit Flugzeugen auch aus.«

»Ich kann nur aus Flugzeugen abspringen.« Dabei kniff er ein Auge zu.

Madame Barrière lachte. Sie war eine stämmige kleine Frau mit einem Kindergesicht. Ihr Lachen war sehr laut. Irgendwie minderte es die Spannung. Kinck nutzte dies sofort aus.

»Wer nervös ist, kann einen Fallschirm bekommen«, bemerkte er beiläufig.

Das Ehepaar Willens beteiligte sich nicht an dem Gelächter. Ich dagegen schon, obgleich meine Sympathien in Wirklichkeit bei Willens waren. Er ließ nicht locker.

»Persönlich wäre mir eine Notlandung im Busch lieber«, sagte er. Wieder sah er Kinck an. »Warum landen wir eigentlich nicht zum Auftanken?«

»Weil es nicht nötig ist.«

»Ihrer Ansicht nach.«

»Ja.« Kincks Gesicht spannte sich. »Aber meine Ansicht ist die ausschlaggebende. Ich möchte hinzufügen, daß wir unser Ziel nicht über Archambault zu erreichen versuchten, wenn ein Auftanken in Yalinga oder sonstwo ratsam wäre.«

»Wo liegt eigentlich unser Bestimmungsort?« wollte Barrière wissen. »Wozu die ganze Geheimnistuerei? Früher oder später erfahren wir es doch.«

»Mir ist es lieber, wenn Sie es später erfahren. Wenn Sie es unbedingt wissen müssen.« Ziemlich kühl sah er sich um. »Sicherheitsbeamten gegenüber sollte es eigentlich nicht notwendig sein, die Gründe für eine Geheimhaltung zu erläutern, und ich muß Sie alle daran erinnern, daß Marschbefehle in einer disziplinierten Einheit nicht diskutiert werden.« Er stand auf. »Wir starten morgen ziemlich früh. Ich schlage vor, daß Sie ordentlich ausschlafen. Gute Nacht.«

Er verbeugte sich leicht vor den beiden Frauen und ging.

Darauf folgte eine kurze Stille, und dann machte Barrière mit seiner Zunge ein respektloses schnalzendes Geräusch.

Hier und da wurde leise gelacht, aber niemand machte noch irgendwelche Bemerkungen. Ruys zog eine Taschenflasche Whisky hervor und ließ sie herumreichen. Als jeder seinen Schluck bekommen hatte, gingen wir zu Bett.

Ich bewohnte mit Goutard ein Zimmer.

»Na?« sagte er, als wir uns auszogen. »Was meinst du?«

»Ich weiß nicht recht, was ich meinen soll. Willens scheint genau zu wissen, wovon er redet, und es klingt nicht, als ob er ein Mensch wäre, der andere kopfscheu machen will. So ganz dürfte es heute nicht geklappt haben.«

»Immerhin haben wir es geschafft, und außerdem hatten wir noch Treibstoff übrig. Vergiß nicht, daß ich Kinck kenne. In meinen Augen ist er kein Mann, der unnötige Risiken eingeht.«

Am liebsten hätte ich gesagt, daß ich überhaupt kein Risiko irgendwelcher Art einzugehen wünschte, nicht einmal ein notwendiges, aber das hätte unsoldatisch geklungen. Statt dessen sagte ich das, was mir an zweiter Stelle einfiel:

»Vielleicht ist er nur vorsichtig.«

»Was meinst du damit?«

Ich wußte nicht, was ich meinte, und mußte deshalb schnell überlegen. Mit großem Aufwand zog ich mir daher erst einmal die Hose aus, um Zeit zu gewinnen. »Immerhin«, sagte ich schließlich, »hat er von der Notwendigkeit gesprochen, es zu wissen, und außerdem sagte er, ihm wäre es lieber, wenn wir es später und nicht früher erführen.«

»Und?«

»Man fragt sich, warum. Wo ist dabei das Sicherheitsrisiko? Wir reisen als Gruppe. Folglich können wir nur mit uns selbst reden.«

»Aber auch Wände haben Ohren. Man könnte uns belauschen. Meinst du das vielleicht?«

»Nicht genau.« Eigentlich sollte es so klingen, als verfolgte ich einen ganz bestimmten Gedankengang, aber plötzlich hatte sich ein anderer eingemischt. »Wir transportieren in der Maschine auch Waffen«, sagte ich.

»Natürlich. Ich bin doch nicht blind. Leichte automatische Gewehre und Maschinenpistolen – Handfeuerwaffen. Was ist damit?«

»Außerdem aber auch Granatwerfer«, betonte ich. »Das sind keine Handfeuerwaffen. Du kannst sicher sein, daß die Leute vom Sicherheitsdienst und auch die vom Zoll hier sie besichtigt haben. Besonders interessieren werden sie sich für ihren Bestimmungsort.«

»Und?«

»Das bedeutet, daß sie sich dann auch für unseren Bestimmungsort interessieren. Wir sind eine bewaffnete Gruppe. Angenommen, sie kämen auf die Idee, uns getrennt zu verhören. Das könnten sie jederzeit. Was würde passieren? Wenn jeder von uns unseren wirklichen Bestimmungsort kennte und deswegen lügen müßte, würde man es bald merken. Selbst wenn wir alle versuchten, dieselbe Lüge aufzutischen, würde irgendeiner von uns die ganze Geschichte mit Sicherheit verraten. Im Verhör zu lügen ist nicht so einfach, wie die Leute immer glauben.

Aber so, wie die Geschichte jetzt aussieht, braucht keiner von uns zu lügen. Wir wissen lediglich, daß wir nach Archambault im Tschad fliegen, und die Visa in unseren Pässen bezeugen, daß wir diese Absicht haben. Folglich brauchen wir nicht zu lügen.«

Goutard hatte sich auf sein Bett gesetzt, nackt, behaart und grinsend; Scham besaß er nicht die Spur.

»Einmal Abwehroffizier, immer Abwehroffizier, was, Arthur?«

Er war mit mir zufrieden. Ich zuckte die Schultern und drehte mich um. »Wenn man darüber nachdenkt, ist alles klar.«

»Stimmt.« Er rutschte unter sein Moskitonetz. »Kein Wunder, daß Kinck nichts davon hält, irgendwo aufzutanken.«

»Was meinst du damit?«

»Wenn das, was du sagst, richtig ist, ist meiner Ansicht nach auch das andere klar. Auftanken ist nicht nötig, weil wir in Wirklichkeit nicht bis in den Tschad fliegen. Vielleicht fliegen wir nicht einmal in diese Richtung. Sobald wir diese Gegend verlassen haben, können wir den Kurs ändern und hinfliegen, wo wir wollen.«

»Dahin, wo Kinck und die SMMAC wollen, meinst du.«

»Das ist doch dasselbe, oder?«

»Wahrscheinlich.«

Aber in Wirklichkeit glaubte ich nicht, daß es dasselbe war.

Und das war es auch nicht.

2

Wie ich vorausgesagt hatte, nahmen die sudanesischen Flugplatzbeamten uns noch gewaltig in die Zange, bevor sie uns nach dem Tschad weiterfliegen ließen. Sogar unsere Hosentaschen mußten wir umdrehen. Sie waren zwar höflich, aber auf eine ausgesprochen unangenehme Art – natürlich von Briten ausgebildet.

Und wie Goutard vorausgesagt hatte, flogen wir nicht nach dem Tschad. Zwanzig Minuten nach unserem Start ließ Kinck eine Mitteilung weitergeben, die er auf SMMAC-Papier gekritzelt hatte. Sie lautete folgendermaßen:

»Bitte lesen und weitergeben. Flugplan ist geändert worden. Umweg über Archambault nicht mehr erforderlich. Flugzeit etwa 4½ Stunden. Weitere Anweisungen später.«

Ich gab den Zettel an Willens weiter. Er warf einen kurzen Blick darauf und sah mich dann bedrückt an. Offenbar hatte er das Gefühl, gestern abend eine Dummheit gemacht zu haben. Ich lächelte ihn mitfühlend an. Schließlich hatte er geglaubt, in unserem Interesse zu handeln, und mir hatte die Art und Weise gefallen, wie er für seine Meinung eingetreten war. Meiner Ansicht nach war er es nicht gewohnt, mit gerissenen Hunden wie Kinck umzugehen.

Statt des Mittagessens erhielten wir dann die Anweisungen.

Dabei handelte es sich, wie sich herausstellte, um drei vervielfältigte Bögen, und jeder von uns erhielt ein Exemplar. Kinck hatte sie aus irgendeinem Versteck im Besatzungsraum geholt. Sie schilderten ziemlich ausführlich unseren Bestimmungsort.

An dieser Stelle ist es vielleicht angebracht, daß ich einen Punkt klarstelle. Ich bin zwar bereit, völlig offen und unverblümt über das zu reden, was passierte, nicht jedoch, mich selbst dadurch in Schwierigkeiten zu bringen, daß ich damit zeige, genau zu wissen, wo alles passierte. Unser Bestimmungsort ist in jedem vernünftigen und modernen Schulatlas eingezeichnet, und die dortigen Behörden – wie auch andere interessierte Stellen – können soviel raten, wie sie wollen: Ich werde nichts sagen, was von skrupellosen Personen in amtlichen Positionen als Beweis gegen mich verwendet werden könnte. Die Ortsnamen habe ich nicht geändert, um ›Unbeteiligte zu schützen‹ oder wegen irgendeines ähnlichen Unsinns, sondern um allein mich zu schützen.

Mehr oder weniger stand in den Anweisungen folgendes:

SOCIETE MINIERE ET METALLURGIQUE DE L'AFRIQUE CENTRALE

Regionalbüro Kawaida: Kundi, Republik Mahindi

Vertraulich

Information für SMMAC-Angehörige in der Provinz Kundi, Republik Mahindi

Politische Geschichte

Die Republik Mahindi gehörte zu den Kolonien Französisch-Äquatorial-Afrikas, denen Frankreich 1958 die Unabhängigkeit anbot. Bei der folgenden Volksabstimmung stimmte Mahindi für die autonome Angliederung an die

Französische Gemeinschaft. 1960 nutzte es die Möglichkeit, vollkommen unabhängig zu werden. Mahindis Beziehungen zu Frankreich sowie zu den meisten Mitgliedern der Französischen Gemeinschaft in Afrika blieben jedoch herzlich. Mahindi ist Mitglied der UNO. Ein Grenzstreit mit der benachbarten Republik Ugazi wird in absehbarer Zeit vor den Internationalen Gerichtshof in Den Haag gebracht.

Die Legislative wird in Mahindi von einer Versammlung gebildet, die aus fünfundvierzig Mitgliedern besteht, welche für je fünf Jahre gewählt werden. Zu verwaltungstechnischen Zwecken ist das Land in fünf Provinzen unterteilt, die je neun Mitglieder delegieren. Die Versammlung tagt in der Hauptstadt Mkubwa (geschätzte Bevölkerung 1965: 185000) für jährlich zwei Perioden von je drei Monaten. Präsident der Republik, der von der Versammlung gewählt wird, ist gegenwärtig Monsieur Paul Nyoroka. Es handelt sich um seine zweite Amtszeit. Seine Regierung ist als ›Ein-Parteien-Demokratie‹ bezeichnet worden.

Das soll jedoch nicht heißen, daß er allmächtig ist. Die Autorität der Zentralregierung wird außerhalb der Hauptstadt durch die Provinzgouverneure ausgeübt und ist keineswegs überall gleich wirksam. Am schwächsten ist sie vielleicht in der Provinz Kundi, wo aus Gründen, die gleich deutlich werden, ein beträchtliches Maß an lokaler Autonomie existiert.

Die Anweisungen enthielten noch mehr von diesem politischen Geschwätz. Dann folgte geographisches Zeug mit Beschreibungen des Landes und des Klimas.

Anscheinend gab es in Mahindi alles, von Dschungel und Regenwäldern bis zu Sümpfen, Busch und Wüste. Und anscheinend gab es keinen Fleck, wo es nicht entweder zuviel oder zuwenig Regen gab. Aber überall und zu jedem Zeitpunkt war es jedenfalls heiß, so daß man entweder in einem Dampfbad oder in einem Backofen saß – ganz gleich, wohin man ging. Kurz gesagt: wenn das Rote Meer der Arsch der Welt war, dann war die Republik Mahindi ihre linke Achselhöhle.

Die Angaben über die Bewohner klangen keineswegs beruhigender als die über die Gegend.

In dem Land als ganzem bilden die Bantu die vorherrschende ethnische Gruppe, zusammen mit Mbaka und Banda in den südlichen Zentralprovinzen und Fulani-Berbern im Norden, hauptsächlich in Kundi.

Die Konzentration der beträchtlichen Minorität der Fulani-Berber in Kundi gibt dieser Provinz ihren besonderen Charakter. Man sollte sich jedoch darüber klar sein, und das gilt besonders für alle mit Erfahrungen in Nordafrika, daß das Wort ›Berber‹ hier allein in einem historisch-ethnischen Zusammenhang verwendet wird. Obgleich die Fulani in Kundi Moslems sind, arabisch sprechen und glauben, den Bantu rassisch überlegen zu sein, ist ihre Hautfarbe und ihr Äußeres mehr negroid als kaukasisch oder hamitisch. Die Haussa im nördlichen Nigeria gehören derselben Rasse an und haben heute das entscheidende politische Gewicht in allen nigerianischen Angelegenheiten. Die Fulani in Kundi haben in den Angelegenheiten Mahindis zwar ebenfalls politisches Gewicht, aber dieses Gewicht ist noch nicht entscheidend, wenn auch mit

Sicherheit größer als das irgendeiner anderen rassischen Minderheit innerhalb der Republik.

Dann kamen Erklärungen über die Provinz Kundi. Sie lag in der nordwestlichen Ecke Mahindis und war ungefähr so groß wie Belgien. Aus dem nachfolgenden scheinheiligen Gerede über Klima und Regen entnahm ich, daß es zur Hälfte Dampfbad, zur Hälfte Backofen war. Die westliche Grenze bildete der Nyoka, der auch die Grenze zwischen Mahindi und der benachbarten Republik Ugazi darstellte.

Die letzten Bemerkungen über den Nyoka machten sie ausgesprochen unauffällig, diese Hunde.

Und dann wurden sie plötzlich überschwenglich.

Der Gouverneur der Provinz Kundi ist Seine Exzellenz, der Emir Othman dan Fuado. Durch Erbfolgerecht ist er daneben geistiges Oberhaupt und Führer der Fulani-Gemeinde in Mahindi.

In gewisser Hinsicht ist der Emir eine widersprüchliche Gestalt. Gegner in den Kreisen der Zentralregierung bezeichnen ihn als feudalen Autokraten und Despoten, der das parlamentarische System so, wie es ist, und die republikanische Verfassung von 1959 ablehnt. In Kundi, wo er keine Gegner hat (oder zumindest niemanden, der seine Gegnerschaft laut werden läßt), übt er ein zwangsläufig festes, aber im ganzen wohlwollendes Patriarchat aus. Man weiß von ihm, daß er sich gelegentlich selbst als Baraka *(Segen) Kundis bezeichnet.*

Wenn man sich eine allgemeine Meinung über die Verwaltung des Emirs bilden will, ist es erforderlich, streng pragmatisch vorzugehen. Gegenüber der bedauerlich übertriebenen Vorliebe für öffentliche Hinrichtungen und der in gewisser Weise der Gestapo ähnelnden Organisation seiner Palastgarde muß man die Tatsache berücksichtigen, daß in dieser im wesentlichen primitiven Gesellschaft die Ordnung aufrechterhalten und das Recht am Eigentum beachtet wird. Dasselbe kann von anderen Provinzen Mahindis nicht unbedingt gesagt werden.

Die Beziehungen der SMMAC zum Emir und zu den von ihm ernannten Beamten sind äußerst herzlich. Sie sollen in dieser Art aufrechterhalten bleiben. Kritik an der Verwaltung oder den Beamten des Emirs von seiten des SMMAC-Personals wird nicht geduldet. Kritiker werden sofort entlassen.

Noch ein Wort zur Warnung. Die Fulani in Kundi sind stolze, intelligente Leute. Die Männer haben ein starkes Gefühl für persönliche Würde und sind höchst empfindlich gegenüber Versuchen, sie lächerlich zu machen. Ein unangebrachter Scherz kann beleidigender sein als ein Schlag. Daher wird den europäischen Angestellten empfohlen, äußerste Zurückhaltung zu üben.

Die Stellung der Fulani-Frauen in Kundi, die zum großen Teil ausgesprochen hübsch sind, ist für eine Gemeinschaft, die dem Moslemglauben angehört, in gewisser Weise unorthodox. Man sollte jedoch nicht vergessen, daß die Fulani au fond *eine Mischrasse sind. Daß sie zumindest einige der für Zentralafrika bezeichnenden Bräuche übernommen haben und ausüben, ist kaum überraschend. Besonders ein Brauch soll hier erwähnt werden. Ihm zufolge ist es dem Oberhaupt einer bedeutenden Dorffamilie erlaubt, einem unverheirateten Mann, dem er eine Freude machen möchte, eine seiner Töchter als Konkubine zu schenken. Unverheiratete europäische Angestellte sollten sich daher darauf einrichten, dieser Situation mit Takt zu begegnen. Die in derartigen Fällen angebotene Frau ist stets im heiratsfähigen Alter und erscheint ohne jede Zeremonie im Haus des Empfängers. Trotzdem wird die höfliche Zurückweisung derartiger Geschenke auf die Dauer klüger als ihre Annahme sein, denn einmal angenommen, kann man ein derartiges Geschenk nur unter größten Schwierigkeiten zurückgeben. (Siehe auch die Anmerkungen unter* GESUNDHEIT.)

Nach dieser freundlichen Anmerkung kam der Text dann wieder zum Geschäft. In der Provinz wurden zwei marktfähige Produkte angebaut, Kakao im Süden und Baumwolle im Norden. In den Dörfern, die in der Nähe der drei größeren Städte lagen, wurde Gemüse für den dortigen Verbrauch angebaut, und daneben bestand in geringem Umfang eine Weidewirtschaft mit Schafen und Kühen. Bei dem erwähnten Gemüse handelte es sich um Sorghum, Arum, Maniok und Rüben. Es sah nicht so aus, als würde ich Gefahr laufen, an Gewicht zuzunehmen.

Und dann floß der breite und dichte Strom der Informationen weiter.

Die größeren Städte in Kundi sind Fort Grebanier *(geschätzte Bevölkerung 1965: 65000), das zugleich Provinzhauptstadt ist,* Matendo, *ein Hafen am Nyoka, und* Kawaida, *zugleich das Zentrum unserer Betriebsanlagen zur Gewinnung von Wolfram und Kassiopeium. Eine Schmalspurbahn, die von SMMAC-Personal betrieben wird, verbindet Kawaida mit unseren Anlagen in Matendo, wo das aufbereitete Erz in Kähne verladen wird.*

Immerhin fiel mir auf, daß das Gebiet mit seltenen Erden, das wir angeblich bewachen sollten, nicht mit einem einzigen Wort erwähnt worden war. Das Zeug, das sie mit Bahn und Kähnen transportierten, schien nicht allzu selten zu sein. Mühsam arbeitete ich mich durch den Rest der Anweisungen.

Zwischen diesen Städten gibt es gute Straßen, und die zwischen Fort Grebanier und Matendo ist auf ihrer ganzen Länge von 180 Kilometern asphaltiert. Außerhalb von Fort Grebanier liegt ein kleiner Flugplatz und bei Kawaida eine SMMAC-Landebahn. Die bestehenden Telefon- und Telegrafie-Verbindungen sind unzuverlässig. SMMAC verwendet Kurzwellenfunk für die meisten lokalen Zwecke und Kabelverbindungen durch Ugazi, wo der Telegrafendienst noch heute von europäischem Personal geleitet wird.

Die Anweisungen schlossen mit einer hübschen kleinen Abhandlung zum Thema Gesundheit.

Gesundheit

Für Personen, die sich geistig angepaßt haben sowie nicht unter hohem Blutdruck und Herzbeschwerden irgendwelcher Art leiden, braucht die Provinz nicht ungesund zu sein. Wie anderswo, so ist gute Gesundheit auch in Kundi größtenteils eine Angelegenheit der Vernunft, der Selbst-

disziplin, der richtigen Ernährung und der Befolgung persönlicher Hygiene.

Zu den Krankheiten, mit denen man in der Provinz Kundi rechnen muß, gehören Bilharziose, Leprose, Ancylostomiasis (Hakenwurm), Filariasis, Askariasis (Wurminfektion), Frambösie, Dysenterien verschiedener Art und venerische Erkrankungen. Auftreten können ferner Epidemien von Typhus, Gelbfieber, Rückfallfieber, Pocken und Meningitis. Lokal bedingt sind außerdem Trypanosomiasis (Schlafkrankheit) und Malaria, obgleich Beauftragte der Regierung unter Leitung von Beratern der Weltgesundheitsorganisation mit einigem Erfolg versuchen, die Malaria in den bevölkerten Gebieten der Städte und in den angrenzenden Gebieten unter Kontrolle zu bringen. Mangelkrankheiten sind bei den Eingeborenen verbreitet; aber da sie größtenteils eine Folge falscher Ernährung sind, brauchen sie uns hier nicht zu interessieren.

Die folgenden Regeln sollten ständig befolgt werden:

Niemals *Wasser zum Trinken oder Zähneputzen benutzen, das nicht abgekocht oder keimfrei gemacht worden ist. Durch Zusatz von Alkohol wird Wasser* NICHT *keimfrei.*

Niemals *in Wasser schwimmen oder waten, dem nicht Chlor zugesetzt worden ist.*

Niemals *Nahrungsmittel essen, die nicht vorher* GRÜNDLICH *gekocht worden sind.*

Niemals *frisches Obst oder Salate essen.*

Niemals *frische Milch, die nicht abgekocht wurde, oder Milch aus Milchpulver trinken, das mit ungereinigtem Wasser angemacht worden ist.*

Niemals *Lebensmittel essen, die von Straßenhändlern angeboten werden.*

Niemals *vergessen, die Hände vor dem Essen oder nach jedem direkten oder indirekten Kontakt mit Exkrementen – einschließlich der eigenen – GRÜNDLICH zu waschen. Es muß angenommen werden, daß jeder von anderen und im Verlauf der täglichen Arbeit berührte Gegenstand aller Wahrscheinlichkeit nach eine Ansteckungsquelle darstellt. Man sollte sich bemühen, das Einatmen von Staub wenn möglich zu vermeiden.*

Niemals *die Vorsichtsmaßnahmen gegen Malaria vernachlässigen.*

Niemals *irgendwelche Depressionen dulden. Eine positive, fröhliche Haltung ist unbedingt erforderlich. Gute Gesundheit ist genauso eine Angelegenheit der Moral wie der Prophylaxe. Körperliche Betätigung fördert die Moral. Für unsere europäischen Angestellten stehen innerhalb unseres Klubs in Kawaida Tennisplätze zur Verfügung.*

Immer *daran denken, daß gute Gesundheit nicht nur eine Verpflichtung gegenüber dem Arbeitgeber ist, sondern auch eine Pflicht, die man sich selbst und der eigenen Familie schuldig ist.*

Willkommen in Kundi

Genausogut hätten sie noch hinzufügen können: *und viel Glück, Jack.* Aber vielleicht hatten sie das nicht getan, weil sie nicht wollten, daß man sich allzu positiv und ausgelassen verhielt.

3

Am frühen Nachmittag landeten wir in Fort Grebanier.

Über dem Flugplatz hing eine riesige schwarze Wolkenbank, die die Gestalt eines Giftpilzes hatte, und als unsere Maschine langsam ausrollte, ging es los. Ganze Regenschwaden kamen vom Himmel, weichten die Rollbahn auf und reduzierten die Sicht fast auf Null. Wir saßen im Flugzeug und schwitzten, bis der Regenguß etwas nachließ und die Sicht sich besserte. Nach einiger Zeit rollte ein Lastwagen mit einer Plane, auf dessen Seiten die Buchstaben SMMAC aufgemalt waren, rückwärts an die Tür des Flugzeugs.

Kinck hatte gesagt, es handle sich nur um eine kurze Zwischenlandung für die Paßkontrolle von Mahindi, nicht aber um eine Zollkontrolle. Wir ließen also unser Gepäck in der Maschine und wurden mit dem Lastwagen zum Flugplatzgebäude gebracht, einem Schuppen mit Veranda, Wellblechdach und großen unverglasten Fensterlöchern, damit die Luft zirkulieren konnte. Da die Luft jedoch überall heiß und feucht war und nach faulem Holz, ungelüfteten Zimmern und abgestandenem Urin stank, spielte es wirklich keine Rolle, ob sie zirkulierte oder nicht.

Drinnen hatte Kinck eine kurze private Unterhaltung mit dem örtlichen SMMAC-Vertreter, der uns dort erwartete, und dann wurden wir zu einem Pult geführt, hinter dem ein streng aussehender Schwarzer saß. Er trug ein weißes Hemd mit kurzen Ärmeln, eine dunkle Krawatte und eine gestreifte Moslemkappe. Neben ihm stand ein Polizist, einen Turban um den Kopf geschlungen, ebenfalls schwarz und mit einem langen lederbezogenen Knüppel, der an einem Riemen um sein Handgelenk baumelte. Mit ärgerlichen blutunterlaufenen Augen betrachtete uns der Polizist und schwenkte seinen Knüppel, als hoffte er auf einen Anlaß, ihn gebrauchen zu können. Der SMMAC-Mann beachtete den Polizisten überhaupt nicht und sprach mit dem Paßmenschen in einer Sprache, die ich nur mühsam als Arabisch erkannte. Seine Aussprache war äußerst merkwürdig.

Er sagte: »Das sind die Personen, über die mit dem *Commissaire* wegen der Geschäftsvisa verhandelt worden ist.«

Der Mann am Schreibtisch machte ein noch strengeres Gesicht. »Ich verstehe«, erwiderte er, »aber für jedes Visum ist eine Stempelgebühr von fünfzig Franc sowie eine Einreisesteuer von fünfundzwanzig Franc zu zahlen.«

Seinem Gesichtsausdruck nach rechnete er damit, daß seine Erklärung einen Streit auslösen würde. Als aber der SMMAC-Mann bloß nickte und anfing, das Geld hinzublättern, starrte der Mann es mürrisch an. Da es zu keinem Feilschen gekommen war, merkte er jetzt offenbar, daß er mit Erfolg auch mehr hätte verlangen können. Die Geschichte interessierte mich. Wir waren zu acht. Fünfzig CFA-Franc sind soviel wert wie ein neuer Franc, so daß er an der ganzen Geschichte, grob gerechnet, zwei amerikanische Dollar oder fünfundzwanzig Cent pro Kopf verdiente. Nicht überall kommt man an einem Beamten der Paßkontrolle mit einem Bestechungsgeld von fünfundzwanzig Cent vorbei. Und das alles auch noch vor den Augen der Polizei! Meiner Ansicht nach bot die Republik Mahindi doch ganz beachtliche Möglichkeiten.

Als der Mann mit seinen drei Gummistempeln, dem violetten Stempelkissen und seinem Kugelschreiber endlich fertig war, war mir fast fröhlich zumute.

Der Lastwagen brachte uns zum Flugzeug zurück, das wenig später durch Schlamm und Matsch wieder in die Luft torkelte. Unser Ziel war diesmal die SMMAC-Landebahn bei Kawaida, und nach Kinck hatten wir damit vorübergehend das Ende unserer Reise erreicht. Besonders betont hatte er ›vorübergehend‹, aber über unser endgültiges Ziel hatte er immer noch nichts gesagt. Nicht, daß ich mir darüber Gedanken machte – im Augenblick hatte ich bloß den Wunsch, wieder heil auf der Erde zu landen.

Auf dem Flug nach Kawaida kamen wir durch eine Menge Wolken und wurden ein- oder zweimal heftig durchgeschüttelt, aber über Kawaida selbst war der Himmel mehr oder weniger klar. Als wir zur Landung ansetzten, verrenkte ich mir den Hals und sah durch das Fenster.

Zuerst ähnelte das unter uns liegende Land einem Haufen dunkelgrünen Mooses ohne erkennbare Einzelheiten. Dann, als wir niedriger flogen, sah ich, daß sich unter uns bewaldete Hügel befanden. Plötzlich wurde das Grün von einer Reihe länglicher roter Lichtungen unterbrochen, die zu einer Gruppe großer, schuppenähnlicher Gebäude führten, welche durch Sandpfade verbunden waren. Unten arbeiteten Planierraupen, und außerdem war ein Gerät zu erkennen, das einem riesigen Schlauch ähnlich sah. Aus ihm ergoß sich ein langer, dicker Strahl dreckigen Wassers auf den roten Hügelhang. Dann rasten wir über ein paar kleinere, symmetrisch angeordnete Gebäude, bei denen es sich um Häuser oder Armeebaracken handeln konnte. Zehn Sekunden später rumpelten wir über die Landebahn.

Sie war mit Bulldozern aus dem Dschungel gerodet worden, und die dünne Asphaltschicht, mit der sie bedeckt war, wies bereits Schlaglöcher und Furchen auf. Mit einem Ruck blieben wir schließlich vor einem Behelfshangar stehen, einer baufälligen Angelegenheit aus einem Rohrgerüst mit einem Wellblechdach, aber ohne Seitenwände. Unter dem Dach standen bereits ein leichtes Flugzeug und Tonnen mit Treibstoff. Ein Lastwagen der SMMAC wartete.

Dieses Mal hatte die Ladung den Vorrang. Wir mußten über die wacklige Treppe aussteigen und warten, während die Kisten von der Flugzeugbesatzung und den beiden Männern vom Lastwagen ausgeladen wurden.

Die Männer vom Lastwagen waren ebenfalls Weiße, und offensichtlich waren sie diese Tätigkeit nicht gewöhnt; fast unbeholfen gingen sie mit einigen der schwereren Kisten um. Aber genauso offensichtlich hatten sie bereits vorher gewußt, woraus die Ladung bestand, und deswegen überraschte es sie nicht, daß sie mit Granatwerfern, Maschinengewehren und Munitionskisten zu tun hatten. Die Aufsicht führte Kinck, und hin und wieder half er ihnen, aber geredet wurde dabei nicht. Ihr Schweigen wirkte ansteckend. Auch von unserer Gruppe redete niemand; wir standen bloß vor dem Hangar herum und versuchten, die Schwärme fliegender Insekten abzuwehren, die sich bald auf uns stürzten.

Als der Lastwagen beladen war, war die Sonne gerade am Untergehen. Die Dunkelheit brach herein, als wir hineinkletterten. Kinck hatte eine Taschenlampe bei sich und leuchtete, während wir uns auf Kisten und Kästen setzten. Die Besatzung manövrierte das Flugzeug in den Hangar. Als wir abfuhren, erschien ein Volkswagen, um auch die Besatzung abzuholen.

Im ersten Gang fuhren wir über die Landebahn und dann einen Schlängelweg entlang. Die Seiten des Lastwagens waren mit Latten beschlagen, und im reflektierten Licht der Scheinwerfer war ein Dickicht von Bäumen mit langen, gezackten Blättern zu erkennen, das den Weg einfaßte. Willens sagte, es wären wilde Platanen. Der Geruch nach Verwesung, nach Dingen, die unter den schwammigen Gewächsen verfaulten, war sehr stark. Die Insekten begleiteten uns.

Nach einer Weile mündete der Weg in etwas, das einer Straße ähnlicher war, und ein paar Minuten lang fuhren wir über eine ebene Fläche. Dann bremste der Wagen, und der Fahrer hupte und blendete die Scheinwerfer auf. Nach einigen unverständlichen Rufen wurde das Tempo wieder schneller, und wir fuhren durch ein offenes Tor in einer hohen, doppelten Umzäunung, über der Lampen brannten.

Als wir das Tor hinter uns gelassen hatten, begannen zwei Schwarze in Shorts mit umgehängten Gewehren, das Tor wieder zu schließen.

»Das Lager der SMMAC«, sagte Kinck. »Den Strom erzeugen wir selbst.«

Dann befanden wir uns zwischen den kleinen Gebäuden, die ich aus der Luft gesehen hatte – Reihen weißgetünchter Bungalows aus großen Hohlblocksteinen, auf Betonfundamenten errichtet, die ein ganzes Stück aus dem Boden ragten.

»Das sind die Häuser unserer europäischen Angestellten«, fuhr Kinck fort. »Wie Sie sehen, haben einige auch eine Klimaanlage. Für diesen Teil des Landes stellen sie einen Höhepunkt an Luxus dar. Aber die Bewohner dieser Häuser haben natürlich langfristige Verträge.«

»Ist das hier unser Stützpunkt?« wollte Barrière wissen.

»Nein, es ist lediglich unsere Sammelstelle. Aber über die beruflichen Dinge reden wir nachher. Ich muß mich übrigens noch entschuldigen, daß es mit dem Mittagessen im Flugzeug nicht geklappt hat. Der Flugplatz Juba war jedoch äußerst unfreundlich. Vielleicht können wir es bald im Klub wiedergutmachen.«

Ich war nicht besonders hungrig, nur müde und durstig. Willens sprach meine Gedanken aus.

»Hat der Klub auch eine Bar?« fragte er.

»O ja. Und das hier gebraute Sorghum-Bier ist ganz ordentlich.«

Der Lastwagen war um eine Ecke gebogen und stoppte vor einem Bungalow, der äußerlich den anderen ähnelte, aber doppelt so groß war.

»Das ist das SMMAC-Gästehaus für durchreisendes Personal«, erklärte Kinck. »Im Augenblick haben wir einen Chemiker und einen Geologen hier, die unsere Einrichtungen besichtigen, so daß nur drei Zimmer zur Verfügung stehen. Ich weiß, daß es für einige von Ihnen ein bißchen eng werden wird, aber nicht für lange. Der Hausboy hat seine Anweisungen und wird Ihnen Ihre Zimmer zeigen. Übrigens – stehlen tut er nicht. Solange Sie sich innerhalb dieses Lagers aufhalten, brauchen Sie sich um Ihre Sachen keine Sorgen zu machen. Den Klub können Sie von hier aus sehen.« Er deutete auf eine Reihe von Lichtern, etwa dreihundert Meter entfernt. »Ich schlage Ihnen vor, daß wir uns in einer Stunde an der Bar treffen.«

Es war nicht zu vermeiden, daß die Ehepaare zwei der verfügbaren Zimmer besetzten. Goutard, Ruys und ich wurden in das dritte gestopft. Die Duschen befanden sich in einem getrennten, aus Beton errichteten Waschhaus hinter dem Bungalow, aber insgesamt gab es vier und dazu genügend Wasser aus der Dachzisterne. Als ich mich gewaschen und ein anderes Hemd angezogen hatte, waren die anderen ebenfalls fertig, und gemeinsam zogen wir los. Als ich die Treppe des Gästehauses hinunterging, huschte irgend etwas vor mir über den Weg. Ich blieb stehen. Willens war direkt hinter mir.

»Nur eine Ratte«, sagte er, und Mrs Willens lachte leise vor sich hin.

Ich ging zwar weiter, aber von nun an achtete ich sehr sorgfältig darauf, wo ich hintrat. Schon der Gedanke an Ratten entsetzt mich. Daß eine sexy aussehende Frau wie Barbara Willens darüber lachen konnte, ist mir schleierhaft.

Der Klub war aus demselben Material wie die Bungalows errichtet und lag in einem eigenen Lagerbezirk, zusammen mit den bereits angekündigten Tennisplätzen. Irgend jemand hatte versucht, dem Bau ein freundlicheres Aussehen zu geben, indem er Plakate der Air France und der Sabena an die kahlen Wände gehängt hatte, aber die einzige Wirkung bestand darin, daß es nun wie in einem Reisebüro aussah. Die unverglasten Fensterlöcher waren zugehängt, um die Insekten nicht hereinzulassen, die jedoch statt dessen durch die Tür kamen. Deckenventilatoren drehten sich langsam, ohne Kühlung zu bringen. In der Bar standen Klubsessel mit breiten Lehnen, so daß die Männer ihre Beine darüber hängen und sich den Hintern kühlen konnten. Ein paar taten es auch. Die wenigen Frauen trugen saloppe Baumwollröcke und lösten dieses Problem damit auf andere Art. In einer Ecke wurde ein Vierer-Bridge gespielt, und an der Bar würfelten zwei Männer. Gesprochen wurde nur wenig. Das vorherrschende Geräusch war das eines Dieselgenerators, der irgendwo im Lager ständig vor sich hin dröhnte. Alle blickten auf, als Kinck aufstand, um uns zu begrüßen. Die meisten Angestellten in Kawaida waren in den Dreißigern; alle, Männer wie Frauen, hatten dieselben teigig und gelblich wirkenden Gesichter, die mir bereits bei den Männern aufgefallen waren, die uns mit dem Lastwagen abgeholt hatten. Von der Sonne gebräunt waren nur Arme und Hände.

Trotz der Blicke machte Kinck uns mit niemandem bekannt; er nickte bloß, lächelte und ging dann als erster in einen Nebenraum, wo ebenfalls Sessel sowie ein Pingpongtisch standen. Ein Boy erschien. Kinck bestellte acht Bier und beugte sich vertraulich vor.

»Vielleicht sollte ich jetzt erklären, daß Sie, als europäische Angestellte der SMMAC, automatisch berechtigt sind, die Einrichtungen des Klubs zu benutzen«, sagte er. »Morgen erhalten Sie besondere Ausweise, falls Sie danach gefragt werden sollten. Das ist zwar unwahrscheinlich, weil jeder Europäer hier Angehöriger der SMMAC ist, aber unbekannte Gesichter erregen natürlich Neugierde, und wenn Neuangekommene irgend etwas unterschreiben, müssen die Namen nachgeprüft werden. Ich möchte jedoch empfehlen, daß Sie es angesichts Ihrer sehr speziellen und vertraulichen Sicherheitsaufgaben vermeiden, sich mit anderen Angestellten anzufreunden. Wie ich bereits sagte, werden Sie nicht lange hier bleiben. Ihr eigentliches Operationsgebiet liegt in einiger Entfernung von hier, und je weniger Sie – abgesehen davon, daß Sie sich untereinander darüber unterhalten – darüber sprechen, desto besser.«

Barrière zuckte die Schultern. »Da wir überhaupt noch nichts wissen, können wir uns nicht einmal unter uns darüber unterhalten.«

Kinck lächelte liebenswürdig. »Dem kann leicht abgeholfen werden, sobald Hunger und Durst gestillt sind und wir weniger neugierige Zuhörer haben.« Bedeutungsvoll sah er dem Boy entgegen, der mit dem Bier erschien.

Schmecken tat es nicht wie Bier, aber jedenfalls war es kühl und naß und überraschend stark. Mir ging es schon erheblich besser, als wir zum Essen gingen, das wir in der Cafeteria einnahmen, die von den unverheirateten europäischen Angestellten benutzt wurde. Das Essen war einigermaßen genießbar – alles zwar aus Büchsen, aber dagegen habe ich nichts. Es gab wieder Bier, außerdem aber auch abgekochtes Wasser, das in ehemaligen Kognakflaschen serviert wurde, die einen Schraubverschluß hatten. Wein wäre, wie Kinck bedauernd erklärte, in Kawaida nicht erhältlich. Die Einfuhrkosten wären hoch, der Wein finge schnell an zu gären, und nach Ansicht der ärztlichen Berater der SMMAC wäre er in diesem Klima ein ungeeignetes und möglicherweise schädliches Getränk. Die Franzosen machten bei dieser Nachricht natürlich ein langes Gesicht, und auch ich tat so, als wäre ich betroffen, aber in Wirklichkeit war es mir egal. Solange es Bier und Kognak gab, konnte ich, wie ich glaubte, der Zukunft ruhig entgegensehen und vielleicht sogar überleben.

Nach dem Abendbrot meinte Kinck, daß Madame Barrière und Mrs Willens von der Reise sicher müde wären und wahrscheinlich den Wunsch hätten, gleich das Gästehaus aufzusuchen. In diesem Falle bäte er die Männer, ihn kurz in sein Büro zu begleiten, um den Arbeitsplan zu besprechen.

Die beiden Frauen verstanden den Wink.

Kincks Büro lag im Verwaltungsbezirk, einer Gruppe von vier Standard-Bungalows hinter einem weiteren Stacheldrahtzaun. Unter den bunten Metallschildern an der Tür des vierten Bungalows befand sich eines mit der Aufschrift: *Sécurité – Major Kinck.*

Kinck schloß die Tür seines Büros auf und schaltete die Klimaanlage und die Lampen an.

»Wir brauchen noch zwei Stühle«, sagte er, ohne sich umzudrehen. »Holen Sie sie von nebenan.«

Nichts mehr von ›bitte‹. Monsieur Kinck war jetzt wieder Major Kinck.

Ruys und ich holten zwei Stühle, dann setzten wir uns zu den anderen. An einer Wand des Büros hingen große Sperrholzplatten. Auf einer Platte waren Pläne, Luftaufnahmen und mehrere Karten von der Art angeheftet, wie sie von Landvermessern angefertigt und dann vervielfältigt werden.

Kinck setzte sich auf seinen Schreibtisch und blickte zu uns herunter.

»Also, meine Herren«, sagte er, »willkommen in Kawaida.« Dann schenkte er uns sein strahlendstes Lächeln.

»Leider ist jetzt der Zeitpunkt gekommen, wo ich Ihnen mitteilen muß, daß von nun an jeder einzelne von Ihnen sich so verhalten muß, als stünde er – wie man so sagt – unter Arrest.«

4

Natürlich war das ein Scherz von ihm, aber keiner schien ihn sehr komisch zu finden; Ruys machte sogar einen Augenblick lang ein Gesicht, als wäre ihm übel. Ich persönlich fand diesen Witz geschmacklos.

Aber Kinck ritt ihn noch zu Tode. »Selbstverständlich unter offenem Arrest«, sagte er, immer noch lächelnd, »und wie wir hoffen wollen, ohne ein bevorstehendes Kriegsgericht, wenn auch mit gewissen Unbequemlichkeiten verbunden.«

Noch immer lächelte niemand. Daraufhin gab er es auf und wurde geschäftlich.

»Als Männer, die mit Problemen der Sicherheit beschäftigt sind, werden Sie erkennen, daß es so etwas wie Vertrauen nicht geben kann, wenn es um wichtige und wertvolle Geheimnisse geht«, fuhr er fort. »Da es für mich jetzt nötig ist, Ihnen einige Geheimnisse mitzuteilen, muß ich Sie vorher bitten, gewisse zeitweilige Beschränkungen Ihrer persönlichen Freiheit zu akzeptieren. Ist das klar?«

Wir nickten.

»Am einfachsten wird es sein, wenn Sie sich von jetzt an als Offiziere im aktiven Dienst auf dem Schauplatz des Krieges betrachten und sich verpflichten, einen Kodex strenger Sicherheitsvorschriften einzuhalten. Insbesondere werden Sie von nun an weder mit Außenstehenden korrespondieren noch irgendwelche Briefe abschicken, ohne mir derartige Briefe und Mitteilungen vorher zur Zensur vorzulegen. Auch mündlich werden Sie mit keinem Zivilangestellten hier oder in den Operationsgebieten, in die Sie bald kommen, Verbindung aufnehmen, es sei denn in Gegenwart eines Offizierskameraden oder entsprechend einem besonderen Befehl. Diese Beschränkungen gelten auch für die Ehefrauen. Hinzufügen möchte ich, daß keiner von Ihnen in den nächsten zwei Monaten die Erlaubnis erhalten wird, die Provinz Kundi aus irgendeinem Grund oder unter irgendeinem Vorwand zu verlassen. Ist das klar?«

»Wie ist es bei Krankheit?« fragte Willens. »Angenommen, meine Frau wird krank. In einem derartigen Nest kann das jedem passieren.«

»Wir haben hier in Kawaida entsprechende medizinische Einrichtungen, die von einem erfahrenen europäischen Arzt geleitet werden. Noch andere Einwände?«

Willens schüttelte den Kopf – meiner Ansicht nach ziemlich widerwillig.

»Dann sind wir uns also alle einig? Barrière?«

Der Reihe nach fragte er jeden von uns. Als wir alle ›ja‹ gesagt hatten, nickte er.

»Also schön, dann können wir an die Arbeit gehen.« Er griff nach unten, zog eine Schublade seines Schreibtisches auf und holte einen Skizzenblock und einen Bleistift heraus. »Ich nehme an, daß Sie die Anweisungen, die Sie heute vormittag erhielten, sorgfältig gelesen haben.«

Wir nickten.

»Gut.« Er spielte sich auf wie ein verdammter Schulmeister. »Ich muß Ihnen allerdings mitteilen, daß die Anweisungen einen Fehler enthielten. Es heißt dort, daß der Nyoka die westliche Grenze der Provinz Kundi und damit die Grenze zur Republik Ugazi bildet. Das stimmt nur teilweise. Das Wort ›Nyoka‹ bedeutet ›Schlange‹, und wenn Sie sich die Karte ansehen, erkennen Sie, warum der Fluß so heißt. Zwischen Ugazi und Kundi macht er zwei sehr scharfe Biegungen – ungefähr so.«

Er malte ein großes S auf den Skizzenblock und hielt ihn hoch, damit wir es sehen konnten.

»Inzwischen wissen Sie einiges über die Geschichte dieser beiden Länder«, fuhr er fort. »Beide waren früher französischer Kolonialbesitz. Die Provinz Kundi und auch die Provinz Changa, die heute zu unserem Nachbarn jenseits des Flusses gehört, unterstanden damals derselben Verwaltung, und aus irgendeinem bürokratischen Grund, der uns hier nicht zu interessieren braucht, bildete nicht der Fluß, sondern eine Demarkationslinie, die dem Längengrad entsprach, die Grenze zwischen den beiden Provinzen. Als Mahindi und Ugazi unabhängige Staaten wurden, wurde diese künstliche Pronvinzgrenze automatisch zu einer internationalen Grenze. Die Folge war, daß die gegenwärtige Grenze den Nyoka an drei Stellen durchschneidet – ungefähr so.«

Er zog von oben nach unten eine Linie durch das S, so daß daraus ein $ wurde.

Er lächelte leicht, als er uns das Ergebnis zeigte. »Es ähnelt ziemlich dem Dollarzeichen, nicht wahr?«

Dann griff er wieder nach seinem Bleistift und schraffierte die beiden kleinen D-förmigen Gebiete, die sich oben links und unten rechts in dem Dollarzeichen befanden. Das obere bezeichnete er als ›Zone A‹, das untere als ›Zone B‹. Dann hielt er den Block wieder hoch, damit wir seine Zeichnung sehen konnten.

»Kundi könnte dieses Dollarzeichen äußerst teuer zu stehen kommen«, sagte er, »und den Grund werde ich

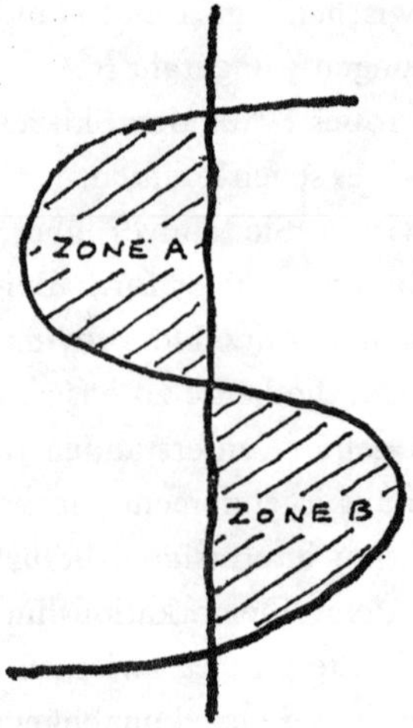

Ihnen jetzt verraten.« Er hielt uns seinen Skizzenblock senkrecht entgegen.

»Kurz nach Erlangung ihrer Unabhängigkeit sprachen die Regierungen von Mahindi und Ugazi von Grenzberichtigungen. Zu Beginn verliefen die Besprechungen einigermaßen freundschaftlich. Beide Seiten hatten bereits gemerkt, daß die alte Kolonialgrenze lästig und sinnlos war. Händler, die den Fluß benutzten, beklagten sich über die Verzögerungen, die durch das unsinnige Überschreiten der Grenze entstanden. Außerdem bedeutete es in einigen Gebieten eine Verdoppelung der Aufwendungen und Kosten, beispielsweise bei der Errichtung und dem Unterhalt von Zollstationen. Einige dieser Probleme wurden durch ein Übereinkommen teilweise gelöst. Das Zollverfahren wurde vereinfacht, andere Übereinkünfte wurden erreicht. Aber allgemein wurde auch anerkannt, daß man früher oder später die Flußlinie, die natürliche Grenze, in einem Abkommen als politische Grenze übernehmen würde. Die territorialen Verluste und Gewinne wären, wie Sie sehen können, für beide Seiten etwa gleich gewesen. Außerdem aber hätte eine Grenzkorrektur für beide Seiten die Stabilität verbessert: Das Recht souveräner Staaten, die durch sogenannte Grenzflüsse getrennt sind, ist für alle Grenzfragen und für die Fragen der Rechtsprechung genau definiert und im internationalen Recht festgelegt. Deshalb wurden die Verhandlungen fortgesetzt.« Er grinste hämisch. »Das dauerte natürlich seine Zeit. In diesem Teil der Welt, wo es zwei Stunden dauern kann, den Preis eines Buschhuhnes auszuhandeln, schreiten Verhandlungen nie allzu schnell fort. Aber sie wurden fortgesetzt, und anscheinend auch guten Willens – bis vor drei Monaten. Da plötzlich änderte sich die Haltung der Regierung von Ugazi.«

Er verstummte, um sich eine Zigarette anzuzünden, blies uns den Rauch ins Gesicht und verzog den Mund, als hätte er etwas Unangenehmes gegessen. Nach einem Augenblick fuhr er wieder fort.

»Soviel bekannt ist, besitzt Ugazi keine besonders großen Erzvorkommen. Es gibt einiges Eisenerz, obgleich es nicht ganz einfach abzubauen ist, und angeblich auch etwas Mangan. Vor einem Jahr unterzeichnete jedoch ein amerikanisch-westdeutsches Konsortium mit der Regierung von Ugazi einen Vertrag über die Ausbeutung von Mineralvorkommen. Mit diesem Abkommen erhielt das Konsortium, das sich *Ugazi Mining and Development Corporation,* UMAD, nennt, das Recht, nach Mineralvorkommen zu suchen und alle Vorkommen an Nicht-Eisenmetallen und nicht-metallischen Mineralen auszubeuten, ausgenommen Öl. Darunter fiel das Manganerz, falls sein Abbau sich überhaupt lohnt, und was dort sonst noch gefunden wird. Das Abkommen beruht auf der Basis einer Gewinnbeteiligung, und nachdem das Parlament von Ugazi das Abkommen ratifiziert hatte, begann UMAD mit drei Gruppen die Suche nach Bodenschätzen. Vor fünf Monaten überquerte eine dieser Gruppen den Nyoka bei der Stadt Amari, hier...« Er drehte den Skizzenblock wieder um und deutete auf den oberen Teil des Dollarzeichens, wo der Strich den Buchstaben S durchschneidet. »... und drang in südlicher Richtung in das Gebiet ein, das sich diesseits des Flusses befindet und das ich als Zone A bezeichnet habe. Einen Monat später«, fügte er langsam hinzu, »gab die Regierung von Ugazi bekannt, sie sei über die Haltung Mahindis gegenüber ihren eigenen Vorschlägen zur Anerkennung des Flusses als Grenze enttäuscht und bräche daher die Verhandlungen ab.«

Er sah sich um, als wünschte er, von uns dazu eine Bemerkung zu hören. Irgend jemand knurrte, und das schien ihn zu befriedigen.

»Die wahre Erklärung mußte offensichtlich anders lauten. Der Emir, der es sich zum Ziel gesetzt hat, die Menschen in der Zone A und auch das Gebiet selbst wieder nach Kundi zurückzuführen, wohin sie gehören, bat die

SMMAC vertraulich um Rat. Dementsprechend schickten wir ein eigenes Forschungsteam – heimlich, aber das brauche ich wohl kaum zu sagen – in die Zone A, und schließlich fanden wir, was das Team der UMAD gefunden hatte. Damit hatten wir auch die Erklärung für das plötzliche und seltsame Verhalten der Regierung von Ugazi. Auf unserer Seite des Flusses, die sowohl nach moralischen als auch nach ethnischen und geographischen Begriffen, wenn man sie hier anwenden will, zum Territorium von Kundi gehört, befindet sich ein Vorkommen seltener Erde mit einem geschätzten Wert von mehr als hundert Millionen Dollar.«

Er beugte sich vor und schwenkte den Skizzenblock mit dem Dollarzeichen vor unserer Nase. »Die SMMAC besitzt die Konzessionen, sämtliche Vorkommen in Kundi auszubeuten«, sagte er ruhig. »Wahrscheinlich sehen Sie jetzt selbst, meine Herren, warum es notwendig ist, daß wir den durch das S führenden Strich wegradieren, und zwar schnell und endgültig.«

Klatschend ließ er den Skizzenblock auf die Tischplatte fallen, stand auf, ging um den Schreibtisch herum und setzte sich hinter ihn.

»Womit sollen wir ihn ausradieren?« fragte Willens.

»Dazu komme ich noch.« Die Unterbrechung schien Kinck zu reizen. »Aber zuerst die strategische Lage. Die Regierung von Mahindi und der Emir haben bisher entsprechend unserem Rat gehandelt und werden auch in Zukunft danach handeln. Unser Rat lautete, den Ugazis unter keinen Umständen Anlaß zu dem Verdacht zu geben, daß wir den wahren Grund für ihre veränderte Haltung gegenüber der vorgeschlagenen Grenzveränderung kennen. Wir möchten nicht, daß sie Truppen in die Zone A schicken oder die Polizei, die sich dort bereits befindet, verstärken. Bisher wurde weder das eine noch das andere getan. Offenbar hat man drüben so wenig den Wunsch, die Aufmerksamkeit auf die Zone A zu lenken, wie wir ihn haben. Zweitens rieten wir der hiesigen Regierung, Schritte zu unternehmen, um die legalen Ansprüche auf das Gebiet durch ein formelles Vorgehen bei den Vereinten Nationen zu unterstreichen und den Fall vor den Internationalen Gerichtshof zur Entscheidung zu bringen. Außerdem hat die Regierung sich bereit erklärt, den Streit einem internationalen Schiedsgericht vorzulegen. Obgleich dieses Vorgehen den guten Willen beweist, hat man in Ugazi darauf nicht reagiert, sondern scheint es im Augenblick vorzuziehen, sich einfach taub zu stellen. Drittens empfahlen wir, daß vom Emir bereitgestellte Truppen von Kundi aus unbemerkt in die Zone A einrücken und sie besetzen; die Stärke der Truppen muß ausreichen, um das Gebiet gegen alle Versuche eines Gegenangriffs von jenseits des Flusses zu halten. Und das, meine Herren, ist der Zeitpunkt, wo Ihr Auftritt beginnt.«

Es war der Zeitpunkt, zu dem ich am liebsten verschwunden wäre. Bevor ich etwas dagegen tun konnte, platzte ich mit der Frage heraus: »Meinen Sie als Sicherung?«

Er warf mir einen komischen Blick zu. »Bevor man ein Gebiet sichern kann, muß es erst einmal besetzt werden.«

Wenn er mit Gelächter gerechnet hatte, wurde er enttäuscht. Plötzlich stellten alle irgendwelche Fragen.

»Wie groß ist die Zone A?«

»Wie sieht das Gelände aus?«

»Gibt es dort irgendwelche Straßen?«

»Was für Truppen sind da stationiert?«

»Sind die Männer des Emirs ausgebildete Soldaten?«

»Was wird mit Zone B?«

Mit einer Handbewegung dämpfte er die Aufregung. »Alles zu seiner Zeit, meine Herren. Wir haben alles gründlich durchdacht. Ich werde mit der Frage zu Zone B beginnen. Wie bereits gesagt, beabsichtigen wir, die Zone A zu besetzen, die diesseits des Flusses liegt. Gleichzeitig werden wir uns jedoch völlig aus der Zone B zurückziehen, die am jenseitigen Ufer liegt. Die Bevölkerung der Zone B besteht aus Bantus, nicht aus Fulanis. Ihr Land und ihre Dörfer sind für uns weder von Wert noch von Interesse. Sobald wir die Mahindi-Polizei, die Grenzwachen und Zollbeamten aus der Zone B abgezogen haben, wird durch die ganze Operation lediglich der territoriale Austausch wirksam, der ursprünglich vorgeschlagen und im Prinzip bereits angenommen worden ist. Rechtlich wird unsere internationale Lage durch dieses Vorgehen weiter gestärkt, und mit Sicherheit dürfte es äußerst schwierig sein, alles rückgängig zu machen.«

Bevor er weitersprach, wartete er, bis er sicher sein konnte, uns wieder in der Hand zu haben.

»Dann zu den anderen Fragen. Karten der Zone A sind bereits vorbereitet und werden zur Verfügung stehen, wenn sie benötigt werden. Aus Sicherheitsgründen werden sie erst später ausgegeben. Diese Karten könnten Anlaß zu Gerüchten geben, und das könnte gefährlich sein, selbst innerhalb dieses Lagers. Ich weiß, daß Sie, meine Herren, besonders vorsichtig sind, weil Sie wissen, daß jede Unvorsichtigkeit Ihre Aufgabe erschweren und sogar gefährden könnte. Man braucht keine Sicherheitsvorschriften, um das zu erkennen.«

Er wartete, bis wir diese Erklärung begriffen hatten.

»Also gut. Im Augenblick brauchen Sie über die Zone A nur zu wissen, daß sie im Westen auf einer Länge von etwa achtzig Kilometern vom Fluß und im Osten von der Demarkationslinie der einstigen Kolonialverwaltung begrenzt wird, die zwischen der Flußstadt Amari im Norden und dem Grenzposten bei Matendo im Süden verläuft. Die Entfernung beträgt fünfundfünfzig Kilometer.« Er zeigte auf den Skizzenblock. »Die Form des Gebietes entspricht fast genau dem, was ich hier aufgezeichnet habe – einem Halbkreis. Um welche Art von Gelände es sich handelt? In der Nähe des Flusses flach, sonst hügelig und schwierig. In der Nähe von Amari befindet sich eine Reihe kleiner Kakaoplantagen. Amari selbst ist eine ziemlich große Stadt, und die Ugazis haben sie zu einem Verwaltungszentrum ausgebaut. Entlang der Hauptstraße, die größtenteils dem Flußlauf folgt, liegen hintereinander verschiedene Dörfer. Kleinere Straßen verbinden die Grenzposten außerhalb von Matendo, und zwar sowohl unsere als auch die der Ugazis. Sie wurden errichtet, um zu verhindern, daß indische Händler bestimmte Waren, beispielsweise Fahrradteile, die in Mahindi zollpflichtig sind, über die Grenze schmuggeln. Das Innere der Zone A ist größtenteils unbewohnt.«

»Und wo befindet sich das Vorkommen der seltenen Erden?« fragte Willens.

»Mit dieser Frage brauchen wir uns nicht zu beschäftigen«, erwiderte Kinck entschlossen. »Es ist sogar besser, wenn zum gegenwärtigen Zeitpunkt keine weiteren Hinweise zu diesem Thema gegeben werden. Durch Sicherung der Zone A sichern wir alles, was sich in dieser Zone befindet. Mehr braucht dazu nicht gesagt zu werden. Konzentrieren wir uns im Augenblick auf die militärischen Aspekte unserer Aufgabe. Ich erwähnte die Truppen des Emirs. Soweit es uns interessiert, bestehen sie aus einem Infanteriebataillon, das mit alten Mannlicher-Berthier-Gewehren ausgerüstet ist. Bis vor kurzem haben die Kompanien und Züge des Bataillons im wesentlichen polizeiliche Aufgaben erfüllt. Im Augenblick wird das Bataillon zusammengezogen und bereitgestellt, und zwar in einem Gebiet, von dem aus die Zone A leicht zu erreichen ist. Die Soldaten sind nur unvollkommen ausgebildet. Sie wissen, wie man ein Gewehr lädt und abfeuert, aber ihre Treffsicherheit ist nicht allzu groß. Mit Bajonetten können sie umgehen. Unter der entschlossenen Führung erfahrener europäischer Offiziere geben sie gute Kämpfer ab. Ihre Kameraden, die sich bereits in der Bereitstellung befinden, haben ein Programm zur taktischen Ausbildung ausgearbeitet, das vielversprechende Ergebnisse zeigt, aber trotzdem wird man sich über Ihre Unterstützung freuen. Die Offiziere des Emirs sind vor allem wegen ihrer vornehmen Abkunft, weniger wegen ihrer Intelligenz ausgesucht worden.« Er verstummte und krauste nachdenklich die Stirn, als hätte er vorübergehend den Faden verloren.

»Und die gegnerischen Truppen?« fragte Barrière.

»Ach – richtig.« Kinck nickte anerkennend. »Die Lagebeurteilung in ihrer klassischen Form. Über den Gegner braucht nicht viel gesagt zu werden. Die Stärke der Ugazi-Garnison in Zone A wird auf zwei Kompanien geschätzt, die hauptsächlich im Gebiet von Amari zusammengezogen sind. Die meisten dieser Männer erfüllen jedoch normalerweise Polizeiaufgaben, und mindestens die Hälfte ist nur mit Polizeiknüppeln ausgerüstet.«

»Wie werden sie als Soldaten beurteilt?« fragte Goutard.

»Das hängt allein von ihren Offizieren ab. Nach Berichten, die ich gehört habe, soll es kürzlich Veränderungen gegeben haben. Zu diesem Punkt erwarte ich in dieser Woche neue Informationen. Wenn jedoch unsere eigenen Schritte schnell, präzise und entsprechend aufeinander abgestimmt sind, besteht die Wahrscheinlichkeit, daß sie zu überrascht sein werden, um Widerstand zu leisten. Das ist es auch, was wir hoffen. Je weniger Blutvergießen, desto besser. Wir müssen auf die internationale Meinung Rücksicht nehmen. Im Idealfall sollte der *coup* an dem Tag beendet sein, an dem er beginnt, und zwar mit der Kapitulation und Entwaffnung der Ugazi-Garnison sowie ihrer Rückführung, nach dem Waffenstillstand, über den Fluß auf das Territorium von Ugazi.«

»Während wir uns auf den Gegenangriff vorbereiten«, bemerkte Barrière.

»Wenn es dazu kommt. Bei Amari ist der Fluß zwei Kilometer breit.«

»Der Gegenangriff braucht nicht unbedingt bei Amari geführt zu werden, Major. Sie können sich den Abschnitt aus achtzig Kilometern Fluß aussuchen. Es stimmt, daß wir den Vorteil der inneren Linie haben, aber achtzig Kilometer Front sind eine ganze Menge, um sie mit einem einzigen Bataillon unvollständig ausgebildeter Infanterie zu halten. Wie steht es mit den Transportmöglichkeiten? Wie beweglich werden wir sein?«

»Zu Anfang stehen für mindestens zwei Kompanien Lastwagen zur Verfügung, dazu eine Aufklärungsgruppe. Weitere Transportmöglichkeiten werden später requiriert. Vergessen Sie nicht, daß wir es voraussichtlich mit einer freundschaftlich gesonnenen Bevölkerung zu tun haben.«

»Man müßte Flußpatrouillen einsetzen«, sagte Ruys, »Boote mit schweren Maschinengewehren, um Übersetzversuche abzufangen.«

»Auch das ist im Plan berücksichtigt. Wir erwarten, daß nach der abgeschlossenen Räumung der Zone B Motorboote und andere Fahrzeuge zur Verfügung stehen, die – Ihrem Vorschlag entsprechend – bewaffnet werden können. Eine endgültige Entscheidung zu diesem Punkt ist noch nicht getroffen. Wir müssen auch die Möglichkeit von Vergeltungsmaßnahmen gegen unseren Flußverkehr südlich von Matendo berücksichtigen. Unsere Abwehr gegenüber einem Gegenangriff muß beweglich bleiben.«

Es war fast eine Erleichterung zu hören, daß die Vorbereitungen für diesen reizenden kleinen Einbruch nicht in allen Punkten fix und fertig waren. Irgendwie wurde die ganze Geschichte dadurch weniger abscheulich. Der Himmel weiß, daß ich kein empfindliches Gemüt bin und in meinem Leben hin und wieder Dinge getan habe, die genaugenommen auch nicht astrein waren, aber wenn man Kinck reden hörte – offen gestanden, ich war entsetzt. Damit will ich folgendes sagen: abgesehen von diesem blöden Gerede über moralisches Recht, guten Willen und internationales Recht redete Major Kinck wie der Vertreter eines Reisebüros, der einem Verein von Halbidioten einen kleinen Abstecher aufschwatzen will; er redete, als handelte es sich bei dem Krieg, den er genau plante, um irgendeine Einweihungsfeier für ein dringend benötigtes landwirtschaftliches Entwicklungsprojekt. In den Augen meiner ›Offizierskameraden‹ schien es sich wenigstens um etwas Ähnliches zu handeln. Gespannt hörten sie zu, mit leuchtenden Augen, und sogen jedes Wort in sich ein. Sie hatten tatsächlich nur den Wunsch, daß es endlich losginge, und tatsächlich freuten sie sich sogar darauf. Keiner schien auf den Gedanken zu kommen, daß er möglicherweise getötet oder verwundet werden könnte; keiner machte sich Gedanken, wie er aus dieser Geschichte herauskommen konnte. Das tat nur ich; aber vermutlich war ich auch der einzige, der seine Sinne noch beisammen hatte.

Ich hörte meinen Namen und blickte auf.

Kinck fragte jeden einzelnen von uns, ob wir noch weitere Fragen hätten, und war bei mir gelandet.

»Nur die naheliegende Frage, Major«, sagte ich. »Wann ist der Stichtag?«

»Das habe ich, glaube ich, bereits beantwortet«, antwortete er gereizt. »Wie ich Barrière erklärte, rechnen wir damit, daß die Truppen des Emirs in zwei Wochen einsatzbereit sind. Der Zeitpunkt für die Operation wird dann festgelegt. Ruys?«

»Ich kenne diesen 82-Millimeter-Granatwerfer nicht. Welche Reichweite hat er?«

Die Antwort hörte ich nicht mehr. Mir gingen andere Überlegungen durch den Kopf.

5

Ausgerechnet Ruys war es, der diese anderen Überlegungen aussprach.

Wir waren wieder in unserem Zimmer im Gästehaus.

Goutard hatte sich ausführlich über die Technik des Straßenkampfes ausgelassen und nebenbei dafür gesorgt, daß meine Alpträume in der kommenden Nacht noch schlimmer sein würden als sonst. Genießerisch war er gerade dabei, Handgranaten ausführlich zu loben, als Ruys ihn unterbrach.

»Wenn das, was Major Kinck sagt, tatsächlich stimmt«, sagte er in seiner langsamen Art, »dann ist diese Art von Kampf wahrscheinlich unnötig.«

»Meiner Erfahrung nach hat es sich noch immer bezahlt gemacht, mit dem Unerwarteten zu rechnen.« Ein typischer Ausspruch Goutards, mit dem er ein Gespräch beendete.

Während wir uns auszogen, herrschte Stille. Als Ruys schon in sein Bett steigen wollte, blieb er plötzlich stehen und sah uns nachdenklich an.

»Da wir gerade von Bezahlung reden«, sagte er, »würde es mich interessieren, wieviel dieses amerikanisch-westdeutsche Konsortium wohl für das, was wir wissen, bezahlen würde.«

Goutard tat, als wäre er verblüfft. »Vorsicht! Vorsicht!« Seine Warnung klang gespielt. »Diese Art Gerede könnte gefährlich werden.«

Ruys zuckte die Schultern. »Kinck ist kein Dummkopf. Er weiß genau, daß uns dieser Gedanke kommen muß. Aber er muß sehr überzeugt davon sein, uns fest in der

Hand zu haben.« Wieder zuckte er die Schultern und legte sich dann in sein Bett. Wenig später schnarchte er.

Es dauerte sehr lange, bis ich endlich auch einschlief. Zuerst hatte Goutard dafür gesorgt, daß mir übel wurde, und dann hatte Ruys mich aus der Fassung gebracht. In einem Punkt hatte er natürlich recht; jeder einzelne von uns mußte über den Wert nachgedacht haben, den das, was wir wußten, für das UMAD-Konsortium in Ugazi bedeutete. Am meisten überraschte mich allerdings, daß Ruys derartige Überlegungen nicht für sich behalten hatte. Ich meine, ich bin es nicht gewohnt, mit Leuten zu tun zu haben, die aussprechen, was sie über eine so heikle Angelegenheit wie diese denken. Und ich überlegte auch, ob Ruys vielleicht ein bißchen dämlich wäre.

Die einzige andere Erklärung konnte sein, daß er einen Versuchsballon hochließ, weil er die Hilfe eines Partners brauchte.

Nach einigem Hin und Her kam ich zu dem Schluß, daß es doch Dummheit gewesen war. Kinck hatte uns tatsächlich an der Kette, und der einzige Kontakt, den wir, soweit ich sehen konnte, mit Ugazi haben konnten, war der, den er geschildert hatte. Das, was wir wußten, an die UMAD zu verkaufen, war eine hübsche Idee – ein Vermögen war sie wert, wenn man seine Karten richtig ausspielen konnte –, aber einen Helfer brauchte man dazu nicht. Brauchen tat man nur einen sicheren Fluchtweg und die Nerven, diesen Fluchtweg auch zu benutzen.

Mir war nur allzu klar, daß ich beides nicht hatte.

6

Am nächsten Vormittag marschierten wir zum SMMAC-Kleiderlager und erhielten unsere Uniformen.

Diese Uniformen bestanden aus langen Khakihosen und Buschhemden mit großen Taschen, wie Kinck sie bereits trug. Insgesamt erhielt jeder von uns drei Monturen. Irgendwelche Rangabzeichen oder sonstige Abzeichen hatten die Hemden nicht. Unsere Kopfbedeckung war eine Art Hut, ebenfalls aus Drillich, mit breiter weicher Krempe. In meinen Augen sah das alles nicht allzu militärisch aus, aber die Bekleidung war so bequem, wie sie bei dieser Hitze nur sein konnte. Außerdem erhielten wir Schnürstiefel mit Gummisohlen, deren Oberteil aus dikkem Leinen bestand, sowie Feldbetten mit Moskitonetzen in großen Säcken, die außen mit Plastik beschichtet waren und angeblich weder Feuchtigkeit noch Tau durchließen. Den Empfang dieser Sachen mußten wir unterschreiben.

Die meisten Hosen mußten geändert werden. Der indische Lagerverwalter, der eine alte Nähmaschine besaß, die noch mit den Füßen in Bewegung gesetzt werden mußte, nahm Maß und versprach, alles noch am gleichen Tag im Gästehaus abzuliefern. Dann meldeten wir uns im Verwaltungsbezirk zurück, wo wir einzeln in einer jener Vorrichtungen photographiert wurden, wie sie auch die Polizei hat und die einem den eigenen Namen in Blockbuchstaben quer über der Brust druckt. Diese Aufnahmen waren für unsere SMMAC-Ausweise bestimmt, die Kinck nachmittags verteilte. Außerdem gab er jedem ein rundes emailliertes Metallabzeichen. Die Emaillierung hatte die Nationalfarben Mahindis und zeigte die Flagge der Republik, die über gekreuzten Garben im Winde wehte. Am äußeren Rand stand ›Ein Land, ein Volk‹ in Französisch und Arabisch.

»Wenn Sie dieses Abzeichen auf der rechten Brustseite tragen«, erklärte Kinck, »weist es Sie als Offizier der Truppen von Mahindi aus; damit sind Sie Vorgesetzter jedes Polizeibeamten oder jedes lokalen Beamten. Unter keinen Umständen darf das Abzeichen hier in Kawaida getragen oder gezeigt werden. Es ist einzig und allein in den Bereitstellungs- und Operationsgebieten zu tragen.«

Barrière hielt sein Abzeichen hoch und betrachtete es kritisch. »Haben Sie noch mehr davon, Major?« fragte er.

»Warum?«

»Weil meine Frau es bestimmt als Brosche tragen möchte.«

Kincks Haltung wurde steif. »Hoffentlich ist das nicht Ihr Ernst, Barrière. Die Fulani sind sehr empfindlich. Sollten sie sehen, daß eine Frau ein Offiziersabzeichen trägt, würden sie sich dadurch beleidigt fühlen. Und da wir gerade bei diesem Thema sind: vielleicht sollte ich Sie und Willens darauf hinweisen, daß es im Bereitschaftslager besser sein dürfte, wenn Ihre Frauen nicht in Hosen herumlaufen.«

Barrière zuckte nur die Achseln, während Willens ein ärgerliches Gesicht machte. »Ich werde es meiner Frau ausrichten«, sagte er, »glaube aber nicht, daß es ihr paßt. Wir sind schon ziemlich viel in Afrika und im afrikanischen Busch herumgekommen. Und bisher hat ihr noch niemand befohlen, was sie anziehen soll.«

»Das war auch kein Befehl, sondern ein Rat.«

»Sie würden überrascht sein, Major, wie gut meine Frau sich ihrer Haut wehren kann. Jeder Schwarze, der sich allzu stark für sie interessiert, muß damit rechnen, daß er sich irgendwo mit gebrochenen Knochen wiederfindet.«

»Das zu hören freut mich.«

Über Frauen in Hosen wurde zwar nicht mehr gesprochen, aber es war klar, daß Major Kinck anfing, Willens auf die Nerven zu gehen. Mir ging es nicht anders.

Am folgenden Tag verließen wir schon früh das Sammellager, wieder auf Waffen und Munition im Lastwagen sitzend, aber diesmal in Uniform.

Außerhalb des SMMAC-Lagers war die Straße einige Kilometer lang erträglich. Sie verlief in geringer Entfernung neben der Schmalspurbahn, die das Erz aus dem Abbaugebiet in den Hügeln nach Matendo transportiert. Dabei kamen wir an einem Kundi-Dorf vorüber, dem ersten, das ich sah. Die Hütten hatten ein kegelförmiges Dach, das mit Blättern gedeckt war, und ihre Wände bestanden aus rötlichem Lehm. Ein Stück von der Straße entfernt standen sie zwischen hohen Bäumen mit breiten flachen Kronen. Die Eingeborenen trugen kurzärmelige Kittel, kurze Hosen und bunte Baumwollkappen; die Kittel der Frauen, die ihre nackten Kinder auf der Hüfte trugen, waren länger, ähnlich großen weißen Säcken. Eine Unmenge Ziegen schien es hier zu geben.

Unmittelbar hinter dem Dorf gabelte sich die Straße. Wir bogen nach links, in Richtung Bahn, und überquerten gleich darauf die Strecke. Von da an wurde die Straße sehr schnell schlechter. Ihrem Aussehen nach war sie erst vor kurzem mit Bulldozern angelegt worden, aber der Regen hatte tiefe Querrillen ausgewaschen, so daß der Lastwagen nur noch im Schrittempo fahren konnte. Es war unmöglich, sich hinzusetzen. Die kleineren Kisten hatten angefangen, ständig hin und her zu rutschen, während der Lastwagen dahinschlingerte. Man konnte nur aufrecht stehen, sich an den Latten festhalten und die Kisten dauernd mit dem Fuß auffangen. Diese Quälerei dauerte eine halbe Stunde. Kinck merkte natürlich nichts davon. Er saß vorn neben dem Fahrer.

Die ganze Zeit war es bergab gegangen, aber dann wurde die Straße ebener und ein bißchen besser. Ich sage ›Straße‹; in Wirklichkeit war es nichts anderes als ein dunkler Tunnel durch den Dschungel. Äste peitschten gegen die Seiten und das Verdeck des Lastwagens, und kein Sonnenstrahl kam bis hierher. In diesem elenden Zwielicht blieben wir fast eine Stunde. Wir kamen erst heraus, als wir plötzlich stoppten.

Wir befanden uns auf einer großen ebenen Lichtung auf der Sohle eines Tales, und da war auch die Bahnlinie wieder. Den größten Teil der Strecke war sie eingleisig, aber hier war die Stelle, wo die leeren Loren aus Matendo gegen die vollen ausgetauscht wurden, die von Kawaida herunterkamen. Außer dem kurzen zweigleisigen Schienenstrang gab es auf dieser Lichtung noch ein Abstellgleis, einen Werkstattschuppen, ein Haus aus Beton und ein paar Hütten. Aus dem Schuppen ertönten Hammerschläge. Vor dem Haus stand ein Jeep und einer dieser kleinen französischen Wagen, die aussehen, als hätte ein Amateur sie aus Schrott zusammengebastelt – ein Citroën 2 CV. Neben dem Jeep stand der erste Fulani-Soldat, den ich zu Gesicht bekam.

Er trug einen schmierigen blauen Turban, Khakishorts und einen Gurt mit Patronentaschen und einem Seitengewehr. Er war barfüßig, hatte drei senkrechte Narben auf jeder Backe und sah ausgesprochen schlechtgelaunt aus. Das altmodische Gewehr hielt er auf uns gerichtet.

Ein uniformierter Weißer mit dem Offiziersabzeichen auf dem Hemd kam aus dem Haus und brüllte den Soldaten an. Einen Augenblick lang machte der Soldat ein verblüfftes Gesicht, wurde noch einmal angebrüllt und senkte dann widerwillig sein Gewehr.

Der Offizier war groß und hager, hatte einen krausen braunen Bart und Ölflecken auf der Hose. Er begrüßte Kinck lässig, so daß es mehr ein Winken war, und stieg in den Jeep. Er fuhr an, und der Lastwagen folgte ihm.

Es ging einen steilen Weg bergab, der von der Bahnlinie wegführte. Etwa vierhundert Meter weiter kam eine neue Lichtung, mit einem zweiten mürrischen Wachtposten mit Narben im Gesicht, an dem wir aber diesmal vorüberfuhren. Dann hielten wir am Rand der Lichtung neben einigen Bäumen mit den breiten Kronen. Unter ihnen, im Schatten, standen Hütten und zwei oder drei Vorratszelte.

Goutard holte sein Offiziersabzeichen hervor und steckte es sich ans Hemd. Die anderen taten dasselbe.

Auch ich holte mein Abzeichen hervor. Einen Augenblick später war ich ein Offizier der Armee der Republik Mahindi.

Ein großartiger historischer Augenblick! Trotzdem kann ich nicht sagen, daß ich mich erhoben fühlte. Ich erinnerte mich an einen Ausspruch meines Vaters: »Die meisten Offiziere sind schneidige Kerle, bis man sie genauer kennenlernt. Dann merkt man, daß die einen schneidiger sind als die andern.«

Diesmal bedeutete die Erinnerung an ihn für mich keinen Trost.

IV
Lanzenspitze

I

In den nächsten Tagen lernte ich eine ganze Menge.

Zuerst einmal stellte ich fest, was UZI bedeutet.

Die Uzi ist eine Maschinenpistole, die in Israel entwickelt und produziert wird. Mit umgelegtem Metallkolben ist sie 45 Zentimeter lang. Mit aufgesetztem Magazin, das 25 Schuß enthält, wiegt sie vier Kilo. Sie verschießt Parabellum-Munition von neun Millimetern mit einer Feuergeschwindigkeit von 650 Schuß pro Minute, wenn man die Magazine schnell genug wechseln kann. Das kann natürlich keiner; aber wenn einem das Spiel Spaß macht, kann man sie zum Reinigen (es sind nur zwölf Teile) in drei Minuten auseinandernehmen und wieder zusammensetzen. Die Uzi ist ein plumpes kleines Ding und sieht irgendwie arrogant und verwachsen aus. Selbst wenn sie ungeladen war, habe ich sie nie gern angefaßt. »Der Soldat hat vier gute Freunde«, pflegte mein Vater zu sagen, »seine beiden Füße, sein Gewehr und, wenn er es richtig anstellt, die Ordonnanz.« Wahrscheinlich hatte ich meine Uzi nicht lange genug, um sie als guten Freund anzusehen.

Trotzdem war ich ihr von Anfang an dankbar. Sie versetzte mich in die angenehme Lage, meine völlige Unkenntnis von Maschinenpistolen verheimlichen zu können. Die Uzi ist eine Waffe, die erst nach dem zweiten Weltkrieg konstruiert wurde. Captain Troppmann, der Offizier mit dem Bart, der Kincks Stellvertreter war, Kinck selber und Goutard waren die einzigen, die früher schon eine Uzi gesehen hatten; uns anderen mußte man also erst beibringen, wie sie funktionierte.

Niemand hatte einen Revolver oder eine Pistole. Das

überraschte mich. Ich hatte mich erinnert, daß mein Vater, als er Offizier wurde, immer einen Revolver mit sich herumschleppte, ein großes schweres Ding in glänzender Ledertasche, das an seinem Koppel hing. Zuerst kam mir der Gedanke, mich danach zu erkundigen, um zu zeigen, daß ich auf Draht wäre. Glücklicherweise kam mir aber Ruys zuvor und wurde von Captain Troppmann ziemlich angefahren. Troppmann stammte aus dem Elsaß, wie Kinck, und hatte eine ausgesprochen bissige, hämische Art. Für den Berufssoldaten, sagte er, wären Pistolen und Revolver immer ziemlich nutzlos gewesen, deswegen hätte man sie abgeschafft. Mit der Uzi brauchte man kein guter Schütze zu sein; wenn man jemanden umlegen wollte, legte man ihn damit um – bis auf eine Entfernung von zweihundert Metern, wenn man Zeit zum Zielen hätte und nicht vergäße, die Kimme hochzuklappen –, und außerdem brauchte man dabei nicht erst zu überlegen. Dann kam er ziemlich in Fahrt. Pistolen und Revolver, sagte er, wären nicht für Soldaten, sondern nur für Polizisten und Verbrecher, für Filmschauspieler und Psychopathen mit bewußten oder unbewußten Zweifeln an ihrer Männlichkeit. Es war höchst lehrreich.

Außerdem lernte ich Magungu-Hütten kennen.

In Kundi baut man sie folgendermaßen: die Männer fällen junge Stämme und bauen daraus einen Rahmen mit einem gewölbtem Dach, einem Papageienkäfig ähnlich. Dann kommen die Frauen – die Soldaten des Emirs hatten ein ziemlich großes Gefolge im Lager – und fangen an, den Rahmen mit den langen fleischigen Blättern des Magungu-Baumes zu verkleiden. Sie hängen die Blätter in Reihen auf, daß sie wie Dachziegel übereinanderliegen, bis das Ding wie ein altmodischer Bienenkorb aussieht. Die Hütten haben zwar einen Eingang, aber keine Fensterhöhlen. Theoretisch sollen die Blätter den Regen abhalten und gleichzeitig den leichten Wind durchlassen. In der Praxis aber halten die Magungu-Blätter nur einen Teil des Regens ab, und der leichte Wind, der, jedenfalls bei uns, im allgemeinen immer aus der Richtung der Latrinen wehte, wurde von ganzen Insektenschwärmen begleitet. Außerdem haben Baumratten und Schlangen eine Vorliebe für den Magungu. Eines Tages wurde eine Schwarze Mamba entdeckt, die es sich im Dach der Latrine für die europäischen Frauen bequem gemacht hatte. Ein Soldat erlegte sie, bevor sie einen von uns erlegen konnte. Troppmann machte einen Witz aus der Geschichte und sagte, zur Verhütung von Durchfall gäbe es nichts Besseres als ein derartiges Vorkommnis. Ich persönlich fand die Geschichte alles andere als komisch. Auch die Latrine für die europäischen Männer – eine widerliche Angelegenheit mit einem Balken über einem Loch, vor dem mir ekelte – hatte ein Magungu-Dach, und es war recht anstrengend, die ganze Zeit nach oben zu starren, wenn man das Ding benutzte.

Zu uns gehörten jetzt fünf Europäerinnen, das heißt fünf, wenn man die Frau von Captain Troppmann dazurechnete, die in Wirklichkeit eine Eurasierin war. Sie war ziemlich attraktiv und sprach sehr gut Französisch, neigte jedoch dazu, herrisch aufzutreten. Viele Eurasierinnen, die ich kennengelernt habe, sind so. Barbara Willens verstand sich überhaupt nicht mit ihr. Die Frauen hatten natürlich vorübergehend die Betreuung der Messe für die europäischen Offiziere übernommen, und Madame Troppmann, vermutlich als ›dienstälteste‹ Ehefrau, konnte es nicht lassen, den anderen Frauen Befehle zu geben. Ein anderer Grund zu Reibereien war meiner Ansicht nach die Tatsache, daß Kinck und die Troppmanns in dem Haus an der Bahnlinie und nicht wie die anderen in Hütten schliefen. Darüber wurde ziemlich viel geredet.

Ich hielt mich aus allem heraus. Für die Barrières und die Willens war es in Ordnung, sich mit dem Gedanken zu trösten, daß die gegenwärtige Lage nur ein paar Wochen dauern und alles dann anders sein würde. Mir war es egal, ob es anders würde. Was mich interessierte, war vor allem *eine* Sache – aus diesem verdammten Lager 'rauszukommen; was aber nachher wirklich passierte, hatte ich mir wirklich nicht gewünscht.

Ich hatte nämlich herausbekommen, was man von mir erwartete.

Goutard und die anderen hatten bald gemerkt, daß das ›Bataillon‹ des Emirs aus weniger als vierhundert Mann bestand, deren Schießausbildung in den meisten Fällen nicht über das Stadium des Ladens und Feuerns hinausreichte. Erfahrungen im Zielen hatten sie gar nicht oder nur wenig. Trotzdem waren die Leute auf gefährliche Weise schießwütig. Wie Willens säuerlich bemerkte, stellten sie eine Bedrohung für jeden dar – bloß nicht für den Gegner.

Kinck wischte die Kritik beiseite. »Die meisten können mit dem Bajonett besser umgehen als mit dem Gewehr«, gab er zu, »aber wenn man ihnen den Gegner zeigt, werden sie kämpfen. Und die benötigte Feuerkraft, meine Herren, liegt in Ihren Händen.«

Am Vormittag des zweiten Tages saßen wir alle um den

Tisch im Messezelt, der aus einer Tischplatte und zwei Böcken bestand. Kinck erklärte den Ablauf der Expedition.

»Der angebliche Zweck unseres Hierseins«, sagte er, »ist, die Bahn gegen Sabotageversuche zu schützen. Ich brauche wohl nicht zu erklären ...« – lächelnd sah er uns an –, »... daß derartige Versuche noch nicht vorgekommen sind, aber unsere taktischen Ausbildungsübungen erfolgen in Form eines Vorrückens beiderseits der Bahnlinie. Später wird natürlich die Flußstraße nach Amari diese Rolle übernehmen.«

Mit einer Handbewegung forderte er Troppmann auf, Exemplare der geheimen Karte der Zone A zu verteilen, die in Kawaida unter Verschluß gehalten worden war.

Aus Sicherheitsgründen, also zu meiner eigenen Sicherheit, habe ich nicht die Absicht, sie hier genau wiederzugeben; aber wenn der Leser die Klemme, in der ich saß, und dazu die wirklich gräßlichen Gefahren, denen ich mich gegenübersah, verstehen soll, ist dazu eine Karte erforderlich. Wenn es auf der Welt noch Gerechtigkeit gäbe, müßte sie mit Blut gezeichnet sein – mit dem Blut der elenden Direktoren der SMMAC.

»Die Grenze werden wir unmittelbar nördlich von Matendo überschreiten«, gab Kinck bekannt. »Dort befinden sich zwar eine Straßensperre und ein Zollposten der Ugazis, aber beide sind nur schwach besetzt, und deswegen dürfte es eigentlich keine Schwierigkeiten geben. Von dort aus werden Sie möglichst schnell auf der Flußstraße vorstoßen. Stellen, an denen Widerstand geleistet wird, der nicht sofort gebrochen werden kann, werden vom Aufklärungstrupp umgangen und dem nachfolgenden Gros

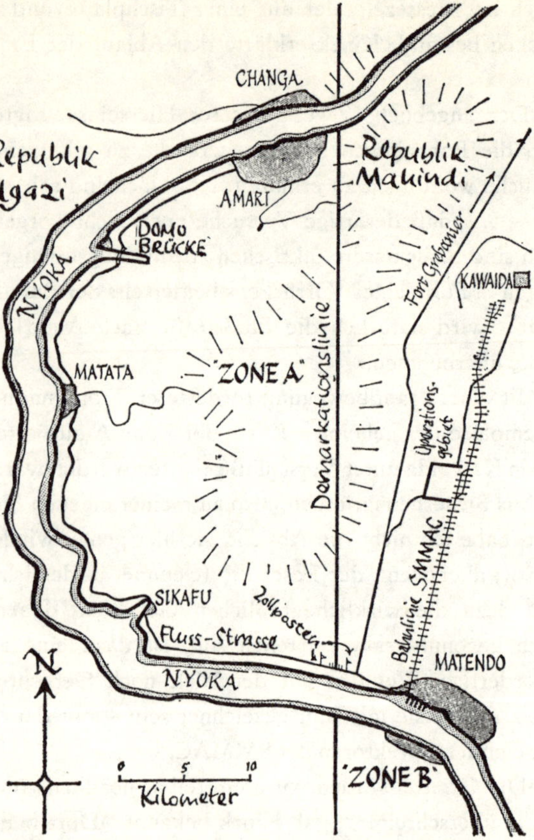

überlassen. Das Tempo ist wesentlich. Wir müssen den Vorteil der Überraschung ausnutzen. Außerdem müssen wir verhindern, daß Verstärkungen über den Fluß nach Amari gebracht werden. Wenn wir die Stadt am ersten Tag nicht besetzen können, müssen wir sie zumindest völlig einschließen. Die Aufklärungstrupps müssen bereit sein, schnell und rücksichtslos vorzustoßen.«

Er streckte die Hand aus und stieß sie uns über den Tisch hinweg entgegen, um zu zeigen, was er mit rücksichtslos meinte. Er redete und sah aus, als stünde ihm eine ganze Panzerdivision zur Verfügung.

»Einige von Ihnen sind bereits über ihre Aufgaben unterrichtet worden. Diejenigen, die früher gekommen sind, haben natürlich Zeit gehabt, Kontakt mit den ihnen unterstellten eingeborenen Offizieren und Unteroffizieren aufzunehmen, und die Ausbildung der Kompanien hat auch zufriedenstellende Fortschritte gemacht. Nächste Woche werden die Kompanien ihre Kampfstärke erreichen. Der Emir hat mir das zugesichert. Damit bleibt nur noch die Aufgabe der Aufklärungstrupps. Sie müssen jetzt mit ihrer getrennten Ausbildung beginnen. Wir werden zwei Gruppen aufstellen, und die einzelnen Kompanien werden dafür jeweils dreißig Mann stellen. Aber wenn ich bitten darf: nur intelligente Männer und keine Kretins, die Sie gern los sein möchten.«

Die Gesichter um den Tisch lächelten.

»Die Trupps brauchen außerdem je zwei Unteroffiziere. Captain Troppmann wird sie in Zusammenarbeit mit den Kompaniechefs aussuchen. Die Trupps werden folgendermaßen geführt: Gruppe Eins – Barrière mit Ruys als Stellvertreter, Gruppe Zwei – Goutard mit Willens als Stellvertreter. *Lanzenspitze* als Ganzes, also beide Gruppen, wird von Captain Troppmann befehligt. Verantwortlich für die Funkverbindung ist, unter dem Befehl Troppmanns, Simpson.«

2

Zuerst machte ich mir keine großen Sorgen. Nachrichtenverbindung klingt nicht besonders gefährlich. Ich sah mich neben einem Feldtelefon sitzen, Befehle weitergeben und Nadeln in eine Karte stecken.

Dann aber begann Kinck, die Einzelheiten zu erklären.

Jede Gruppe, sagte er, würde über zwei Lastwagen, drei Maschinengewehre und zwei Granatwerfer verfügen. Die Offiziere hätten außerdem noch ihre Uzis. Auswahl und Ausbildung der Bedienungsmannschaften für Granatwerfer und Maschinengewehre sollten sofort beginnen. Ein besonderes Gebiet an der Nebenstraße wäre für die taktische und praktische Ausbildung vorgesehen.

»Gehören zu den Männern, die wir kriegen«, fragte Barrière, »auch Fahrer für die Lastwagen?«

Troppmann antwortete darauf: »Dieser oder jener wird wahrscheinlich behaupten, fahren zu können, aber ich gebe Ihnen nachdrücklich den Rat, die Wagen selber zu fahren. Wir möchten nicht, daß Lastwagen ausfallen.« Er sah mich an. »Hoffentlich sind Sie ein guter Fahrer.«

»Das bin ich.«

»Er ist Profi«, sagte Goutard, und meiner Meinung nach war das völlig unnötig.

»Gut.« Troppmann grinste. »Es wäre nämlich peinlich, wenn die *Lanzenspitze* verbogen würde.«

Ich lächelte zuversichtlich. Die Folgerungen aus dem, was er gesagt hatte, wurden mir im Moment noch nicht klar.

Dann übernahm Kinck wieder das Wort. »Zum Thema Nachrichtenverbindung möchte ich sagen, daß diese Gruppe Kurzwellenempfänger mit fest eingestellter Wellenlänge und einer Reichweite bis zu sieben Kilometern Sichtbereich erhält. Da der größte Teil der Flußstraße in ebenem Gelände liegt, dürfte es keine Schwierigkeit bereiten, miteinander in Verbindung zu bleiben.«

»Wie bleiben wir mit dem Gros in Verbindung?« fragte Willens.

»Über Simpson. Der Befehlswagen von *Lanzenspitze* besitzt ein Gerät mit der erforderlichen Sendestärke. Übrigens dürfte es gut sein, wenn wir alle ab sofort unsere Funkdecknamen benutzen, um uns daran zu gewöhnen.« Er warf einen Blick auf seine Notizen. »Captain Troppmann und Simpson sind *Lanzenspitze,* Gruppe Eins ist *Hammer,* Gruppe Zwei *Amboß.* Als Kommandeur und Führer des Gros bin ich *Waffenschmied.*« Er sah Troppmann an. »Sonst noch etwas?«

Troppmann schüttelte den Kopf und stand auf. »Nein, das ist alles. Machen wir uns lieber an die Arbeit.«

Zuerst brachte er uns mit seinem Jeep, in dem wir enggedrängt hockten, zu dem Wagenpark jenseits der Straße unterhalb des Lagers. Die Fahrzeuge wurden scharf bewacht, und es gab das übliche Brüllen und Fluchen der Wachtposten, bevor wir durch konnten. Befehligt wurde die Wache von Sergeant Musa, einem riesigen kohlschwarzen Mann mit einer Armbinde, die seinen Dienstgrad bezeichnete; bewaffnet war er mit einem Knüppel, der mit Rhinozeroshaut bezogen war. Wir wurden mit ihm bekannt gemacht, und dann wurde ihm erklärt, welche Wagen jetzt in unsere Obhut gehörten. Wir besichtigten die Lastwagen. Die vier Lastwagen der Gruppen waren Dreitonner mit Lattenbeschlägen an den Seiten, wie ich sie inzwischen genau kannte. Die SMMAC-Aufschrift an den

Seiten war übermalt worden, schimmerte aber immer noch durch. Der ›Befehlswagen‹ war kleiner, mehr wie einer der Eineinhalb-Tonner, welche die britische Armee während des Krieges in Ägypten benutzt hatte. Er hatte ein Verdeck, dessen Seiten hochgerollt waren, und unmittelbar hinter dem Fahrersitz war ein großer Kasten eingebaut worden. Wie Troppmann erklärte, sollten in ihm ein Funkgerät von mittlerer Reichweite und ein Generator untergebracht werden. Vom Sitz des Beifahrers ragte ein kräftiger Stahlträger hoch, der ebenfalls aussah, als wäre er noch nicht lange da. Troppmann machte ein überraschtes Gesicht, als ich fragte, wozu er gut wäre.

»Natürlich um Ihr MAG aufzumontieren. Die Uzi ist zwar eine handliche kleine Waffe, aber wir brauchen auch etwas, um auf größere Entfernung zu schießen.«

Wir kehrten zum Lager zurück und gingen dann zu dem Hauptzelt. Dort zeigte man uns die Funkausrüstung, die wir bekommen sollten – meistenteils Sprechfunkgeräte sowie den Empfänger für mittlere Reichweiten, der auf der Pritsche des Befehlswagens eingebaut werden sollte.

Troppmann zeigte mir gerade, wie das Ding funktionierte, als Willens herankam und anfing, Fragen zu stellen. Wie viele Frequenzen das Gerät hätte? Welche Frequenzen es wären? Welche wir benutzen würden?

Weil ich mich erinnerte, daß er früher Kampfflieger gewesen war, nahm ich an, daß sein Interesse für das Gerät bis in diese Zeit zurückreichte. Troppmann schien dasselbe anzunehmen und beantwortete die Fragen von Willens einigermaßen höflich. Aber später, als die MAGs aus den Kisten geholt wurden, nahm er mich beiseite.

»Auf eines möchte ich Sie noch ganz besonders hinweisen, Simpson«, sagte er. »Niemand, und das bedeutet tatsächlich niemand, hat Zugang zu unserer Funkausrüstung, ausgenommen Major Kinck, ich und, wenn wir im Einsatz sind, Sie. Das ist ein Befehl. Haben Sie verstanden?«

»Natürlich. Ist das Gerät hier im Lager denn sicher?«

»Im Augenblick schon. Wir haben die Kristall-Oszillatoren ausgebaut, werden die Geräte aber bald zur Ausbildung brauchen. Dann werden verschiedene Vorsichtsmaßnahmen erforderlich. Einzelheiten erfahren Sie noch. Was ich Ihnen eben sagte, ist lediglich ein vorläufiger Hinweis.«

»Ich verstehe.«

Und das tat ich tatsächlich. Jeder, der wußte, wie das Gerät zu bedienen war, konnte die von Kinck aus Sicherheitsgründen angeordnete Funkstille sinnlos werden lassen, wenn er wollte – und wenn er wußte, mit wem er Verbindung aufnehmen mußte. Aber das alles machte mir kein ernstliches Kopfzerbrechen. Ich hatte an zu viele andere Dinge zu denken, einschließlich des Maschinengewehrs, das Goutard gerade liebevoll aus der Kiste nahm.

Das MAG ist eine belgische Waffe, die für die Standardpatrone der NATO von 7,62 Millimeter entwickelt wurde. Stellt man den Gasregulator entsprechend ein, kann man die Feuergeschwindigkeit bis auf tausend Schuß in der Minute steigern. Verwendet wird ein Patronengurt. Mit dem MAG kann man ohne die geringsten Schwierigkeiten Leute auf tausend Meter erfolgreich unter Feuer nehmen.

Goutard und Barrière waren wie Kinder, spielten mit dem Mechanismus und führten einander gegenseitig vor, wie schnell sie den Lauf auswechseln konnten. Ich tat, als wäre ich völlig vom Studium der Bedienungsanleitung für das Funkgerät in Anspruch genommen. Die Anleitung war in meinen Augen sinnlos, aber damals versuchte ich auch noch nicht, sie zu verstehen; ich versuchte vielmehr, mir einen Ausweg aus dieser Klemme, in der ich saß, einfallen zu lassen. Als Willens sich so für das große Funkgerät zu interessieren schien, hatte ich einen Moment lang daran gedacht, den Versuch zu machen, mit ihm zu tauschen; als Begründung wollte ich angeben, daß er von der Sache mehr verstünde. Aber wie ich merkte, bestand die Möglichkeit, daß alles für mich dann noch schlimmer werden konnte. Von *Lanzenspitze* zu *Amboß* überzuwechseln bedeutete einzig und allein, Troppmann gegen Goutard und den Befehlswagen gegen einen Dreitonner einzutauschen, der mit Granatwerfern und einem Haufen mordlustiger *macaques* beladen war.

Ich will hier keinen falschen Eindruck erwecken. Ich bin kein Vollidiot. Wenn es nötig ist, tapfer zu sein, kann ich genauso tapfer wie jeder andere sein. Und wenn die Briten mich damals in Ägypten eingezogen und in die westliche Wüste geschickt hätten, um einen Stabswagen zu fahren, wäre ich wahrscheinlich gegangen. Natürlich hätte ich versucht, aus der Sache herauszukommen; auch ohne mich hatten die Briten genügend Leute. Aber irgend jemand mußte schließlich das deutsche Afrika-Korps daran hindern, Kairo zu erreichen. Ich weiß Bescheid; ich war damals in Kairo und genau dieser Ansicht.

Aber mit dem Angriff auf Zone A war es etwas ganz anderes. Diesmal waren wir die Angreifer. Wenn die Ugazis sich darauf vorbereitet hätten, uns anzugreifen, wäre ich wahrscheinlich äußerst erfreut gewesen, daß wir Maschinengewehre hatten, mit denen wir sie aufhalten konnten. Kopf und Kragen hätten sie dabei riskiert. Statt dessen war ich es, den man aufgefordert hatte, Kopf und Kragen zu riskieren. Und das war nicht nur alles andere als schön. Es war auch unmoralisch.

Ich versuchte mir eine Möglichkeit auszudenken, wie ich mit Goutard über das Problem reden konnte, schaffte es aber nicht. Für Moral interessierte er sich nicht. Abgesehen davon hatte er angefangen, mich *Lanzenspitze* zu nennen, und das war wieder ein Spaß, der mich natürlich reizte, obgleich ich es mir nicht anmerken ließ. Außerdem hatte er auch wieder angefangen, mich herumzukommandieren. Der Gedanke, daß der Augenblick kommen konnte, wo er als Chef der Gruppe Zwei Troppmanns Befehle von mir entgegenzunehmen hätte, war für ihn unerträglich. Der ›alte Mann‹ nahm von Sindbad keine Befehle entgegen.

Gleichwohl war er Berufssoldat und mußte meiner Ansicht nach schließlich Bescheid wissen. Abends versuchte ich in unserer Hütte herauszubekommen, wie er unsere Chancen einschätzte. Wenn er, bei seinen Erfahrungen, tatsächlich glaubte, daß es uns gelingen würde, uns über die Grenze hinweg durchzuboxen und achtzig Kilometer bis nach Amari zu fahren, ohne etwas abzubekommen und ohne etwas Anstrengenderes zu tun, als die Kapitulation entgegenzunehmen, wenn wir dort angekommen waren, brauchte ich mir keine großen Sorgen mehr zu machen.

Es gefiel ihm, gefragt zu werden. Er überlegte, bevor er antwortete, und dabei beobachtete er die Insekten, die selbstmörderisch um die Petroleumlampe schwirrten.

»Mein Gott, *Lanzenspitze*«, sagte er schließlich, »du bist schließlich Abwehroffizier gewesen. Also mußt du mir erst eine Frage beantworten. Wie gut sind Kincks Informationen über die Ugazi-Truppen in Amari?«

»Da er seinen ganzen Plan darauf aufbaut, muß er glauben, daß sie einigermaßen zuverlässig sind.«

»Und aus welcher Zeit stammen sie?«

»Keine Ahnung.«

»Da haben wir es. Sein Plan verläßt sich darauf, daß in Amari keine Veränderungen der Truppenstärke eingetreten sind. Wenn das stimmt, ist die Sache einfach. Dann könnten wir es auch mit einem Viertel der Leute schaffen, die wir haben. Was mir nicht gefällt, ist diese Warterei. Wir schaffen es nie, diese Idioten in zwei Wochen auszubilden. In zwei Jahren könnte man vielleicht etwas erreichen. Ist dir aufgefallen, wie viele von ihnen Messer bei sich haben? Sie haben eine Vorliebe für Messer. In zwei Jahren könnte man sie eventuell so ausbilden, wie wir es mit den Goumiers in Algerien getan haben. Aber jetzt sind diese Kerle doch nichts anderes als Statisten. *Macaques,* die Soldat spielen. Wenn wir nicht auf Widerstand stoßen, brauchten wir uns um das Gros gar nicht mehr zu kümmern, könnten morgen die Lastwagen beladen, losfahren und die ganze Geschichte erledigen. Durch die Warterei, bis das Gros seine Stärke erreicht hat, lassen wir dem Gegner nur Zeit, zufällig etwas über uns zu erfahren, und geben ihm außerdem Zeit, seine Ansicht über die Verstärkung von Amari zu ändern. Jeder Tag, den wir warten, vergrößert die Möglichkeit, auf Widerstand zu stoßen, ohne gleichzeitig unsere Fähigkeit zu vergrößern, derartigen Widerstand zu brechen.«

»Das muß Kinck doch auch wissen.«

»Wahrscheinlich weiß er es. Aber meiner Ansicht nach

kann er es nicht ändern. Er muß warten, bis wir unser Soll erreicht haben.«

»Und warum?«

»Die SMMAC bezahlt ihn und uns, aber befehlen tut trotzdem dieser Emir. Es ist sein Unternehmen, nicht unseres, und so soll es für die Außenwelt auch aussehen. Die SMMAC darf sich die Hände nicht schmutzig machen. Ich gehe eine Wette mit dir ein, *Lanzenspitze.*«

»Und welche?«

»Wir, die Weißen, erobern wahrscheinlich Amari, allein schon aus praktischen Gründen, meine ich, aber besetzen werden es die Schwarzen unter ihren eigenen Offizieren.«

»Ich kapiere, was du meinst.«

»Und dann will ich dir noch was sagen. Wenn wir Amari nehmen, falls wir es nehmen, sollten wir unsere automatischen Waffen lieber nicht aus der Hand legen. Wenn diese Affen die Dinger erwischen, haben die Soldbücher für uns keinen allzu großen Wert mehr.«

»Wahrscheinlich hast du recht.«

»Ich weiß, daß ich recht habe.« Sein Bett ächzte, als er sich auf die Seite rollte. »Vergiß nicht, die Lampe auszumachen.«

Er hätte sie selbst auslöschen können; aber nein, ich war derjenige, der das Moskitonetz hochheben mußte, um sie auszulöschen.

Lange Zeit lag ich in der Dunkelheit noch wach. Es war wie in der Schule, wenn man seine Hausaufgaben nicht gemacht hatte und keine Entschuldigung mehr wußte. Konnte man so tun, als wäre einem übel, oder bekam man Fieber? Wenn man vor der Zukunft Angst hat, weiß ich nicht, was schlimmer ist: zuwenig oder zuviel zu wissen.

3

Ich lernte, die Uzi zu laden und mit ihr zu schießen.

Ich lernte, das MAG zu laden und mit ihm zu schießen.

Ich lernte, nicht allzu auffällig zusammenzufahren, wenn in der Nähe ein Granatwerfer schoß.

Ich lernte, Sergeant Musa und die beiden *macaques* anzubrüllen, die zum Schutz des Befehlswagens abkommandiert worden waren. Ich erinnerte mich, wie mein Vater einen Befehl quer über den ganzen Exerzierplatz brüllen konnte. Ich versuchte, sein Gebrüll nachzumachen. Vielleicht machte ich keinen allzu soldatischen Eindruck, aber wenigstens gelang es mir, diesen Eindruck hörbar zu machen. Troppmann, der selbst sehr viel brüllte, schien auf diesem Gebiet mit meinen Leistungen zufrieden zu sein.

Meine Leistungen am Funkgerät waren weniger erfreulich. Es war eines jener Dinger mit einem Schalter für ›Senden‹ und ›Empfang‹. Man konnte es nicht wie ein Telefon benutzen. Wenn man etwas gesagt hatte, mußte man sofort auf ›Empfang‹ schalten, um die Antwort zu hören, und umgekehrt. Möglicherweise klingt das ganz einfach, aber für einen Mann, der jahrelang nur Telefone gewöhnt war, war es verwirrend. Manchmal vergaß ich eben, den Hebel umzulegen. Ich gebe zu, daß so etwas den Mann am anderen Ende erbosen kann, aber Kinck hätte sich wegen meiner gelegentlichen Fehler trotzdem nicht so anzustellen brauchen. Schließlich hatte ich nie behauptet, ein erfahrener Funker zu sein. Die Sicherheitsvorkehrungen für das Funkgerät waren inzwischen festgelegt worden. Zu Ausbildungszwecken auf nahe Entfernung wurden keine Antennen benutzt, und Übungsgespräche durften keine militärischen Begriffe enthalten. Brauchte man das Gerät nicht, wurde es in seinem Kasten eingeschlossen und die ganze Zeit bewacht. Dasselbe galt für Kincks Gerät. Die Sprechfunkgeräte mit ihrer begrenzten Reichweite wurden nicht so streng bewacht, aber auch für sie galt die Mahnung, sich beim Sprechen in acht zu nehmen.

Der taktische Drill, den Troppmann ausgearbeitet hatte, war äußerst einfach. Zuerst kam *Lanzenspitze,* gefolgt von *Hammer* (Gruppe Eins) und *Amboß* (Gruppe Zwei), und zwar in dieser Reihenfolge. Stieß *Lanzenspitze* auf Widerstand, sollte sie Verteidigungsstellung beziehen und auf *Hammer* und *Amboß* warten. *Hammer* sollte dann nach links zur Umgehung ausholen, *Amboß* nach rechts. War der Widerstand gering und leicht zu brechen, war die Angelegenheit damit erledigt. Sollte der Widerstand jedoch Schwierigkeiten bereiten, sollte sich *Lanzenspitze* entweder *Hammer* oder *Amboß* bei der Umgehung anschließen und gleichzeitig eine Meldung an das vorrückende Gros durchgeben, damit es entsprechend vorbereitet war und sich mit der Situation befassen konnte. *Lanzenspitze* aber sollte danach weiter vorstoßen.

Eine Woche waren wir hier gewesen, als Troppmann bekanntgab, daß es Zeit sei, das erste Hindernis, die Straßensperre und den Grenzposten von Ugazi an der Flußstraße nördlich von Matendo, zu besichtigen. Barrière, Ruys, Goutard und Willens fuhren mit uns im Befehlswagen los. Troppmann gab mir Befehl, den Wagen zu steuern. Es war das erste Mal, daß wir die ganze Strecke bis zur Straße nach Matendo hinunterfuhren, und für die, die hinten auf der Pritsche saßen, war es bestimmt eine ziemlich unangenehme Fahrt. Die Straße nach Matendo dagegen war nicht allzu schlecht, und etwa sechs Kilometer lang konnte ich ein ganz schönes Tempo halten.

Natürlich fuhren wir nicht bis zum Grenzposten. Ein Lastwagen mit weißen Mahindi-Offizieren, die dort plötzlich auftauchten, um sich die Gegend anzusehen, hätte bestimmt – um es gelinde auszudrücken – Bemerkungen hervorgerufen. Statt dessen stoppten wir unmittelbar vor der Kreuzung, wo die Straße einerseits nach Matendo, andererseits diesseits des Flusses entlang verlief, und kletterten links einen Hang hinauf.

Es gab weder Weg noch Pfad, und außerdem war der Abhang steil. Den größten Teil des Weges mußten wir auf Händen und Knien durch ein Gewirr von faulendem Farn und Gestrüpp unter Bäumen hindurchkriechen. Glücklicherweise war es nicht weit. Nach etwa zehn Minuten wurde der Hang flacher, und wir konnten uns aufrichten. Die anderen waren vor mir oben und betrachteten bereits das Bild, das sich ihnen bot. Ich war so außer Atem, und der Schweiß, der mir in die Augen rann, war so unangenehm, daß ich mich einen Augenblick lang für nichts interessierte. Dann wurde mein Atem wieder ruhiger, ich drehte mich um, und zum ersten Mal sah ich den Nyoka.

Von weitem ähnelte er mehr einem riesigen grünen See. Selbst von unserem Standort aus konnten wir das andere Ufer nicht erkennen. Das diesseitige Ufer, das wir sehen konnten, verlief in einem großen Bogen nach rechts und hatte einen dunkelgrünen Rand, der, wie ich später erfuhr, Sumpfland war. Nach links wurde dieser Streifen schmaler und verschwand dann in den Außenbezirken von

Matendo. Das Kielwasser einer Fähre bildete auf dem grünen Wasser einen weißen Streifen.

Von der Flußstraße sah man nur ein kurzes Stück, da sie wenig später zwischen Bäumen verschwand; aber die Straßensperren und die Zollhäuser lagen in diesem Abschnitt. Das Zollhaus von Mahindi lag etwa einen Kilometer von uns entfernt, ungefähr hundert Meter dahinter das Zollhaus von Ugazi. Bis auf den Anstrich der Schlagbäume sahen sie völlig gleich aus.

Troppmann hatte einen Feldstecher bei sich. Er ließ ihn herumgehen, so daß wir uns alles genau ansehen konnten.

Die Straßensperre von Ugazi bestand aus Ölfässern, die mit Erde gefüllt, weiß angestrichen und so aufgestellt waren, daß ein Fahrzeug abbremsen und zweimal scharf abbiegen mußte, um hindurchzukommen. In der Mitte dieser Sperre befand sich ein rot und weiß gestreifter Schlagbaum mit einem Gegengewicht, der von Hand bewegt werden konnte. Die Notwendigkeit, zweimal scharf abzubiegen, machte es unmöglich, den heruntergelassenen Schlagbaum mit hohem Tempo von der einen oder andern Seite zu durchbrechen. Wenn *Lanzenspitze* ohne Verluste durchkommen wollte, mußte zuerst das Zollhaus besetzt werden.

Das Gebäude war ein weißgetünchter Betonbau mit einem Magungu-Dach und einem Mast an der einen Ecke, auf dem zwei Telefon-Isolatoren zu erkennen waren. Im Schatten eines Baumes, von dem ich heute weiß, daß es eine Kassie ist, hockte ein Ugazi-Soldat in Khaki-Uniform. Sein Gewehr hatte er neben sich gegen den Baumstamm gelehnt.

»Die Telefonleitung verbindet diesen Posten mit zwei Grenzposten, die weiter nördlich liegen«, sagte Troppmann. »Um diese Posten brauchen wir uns beim Einmarsch nicht zu kümmern, weil sie uns nicht stören können, aber der zweite Posten besitzt eine direkte Verbindung mit Amari. Es ist also wichtig, daß wir uns vor der Einnahme dieses Postens mit der Telefonleitung beschäftigen.«

»Dazu genügt ein Feuerstoß mit der Uzi«, meinte Goutard, »um die Isolatoren abzuschießen.«

»Vielleicht«, erwiderte Troppmann. »Allerdings wäre es mir lieber, wenn wir es auch so schafften. Wenn wir nämlich anfangen zu schießen, fangen die anderen auch an. Und wenn es sich vermeiden läßt, möchten wir auf keiner Seite Verluste verursachen. Major Kinck und ich haben einen Plan ausgearbeitet, zu dem ich gern Ihre Meinung hören würde.«

Wir warteten, ganz Aufmerksamkeit. Mir war etwas wohler geworden. Ein Krieg ohne Verluste paßte auch mir ausgezeichnet.

»Der Plan läuft darauf hinaus«, sagte Troppmann, »daß unser reguläres Zollpersonal und die Grenzwachen in der Nacht vor Beginn des Unternehmens den Mahindi-Posten räumen und wir ihn übernehmen. Die Grenze ist nachts geschlossen. Bei Einbruch der Dämmerung rücken *Lanzenspitze* und *Hammer* mit ihren Lastwagen und aufgesessener Mannschaft, vollständig bewaffnet, bis zu der Straßensperre vor und halten dort, als wollten sie die Grenze in üblicher Weise überschreiten. Beim Anblick der Soldaten werden die Ugazis sich natürlich weigern, die Lastwagen passieren zu lassen. Wie wir hoffen, werden unter den Ugazis Verwirrung, Proteste und Auseinandersetzungen ausgelöst. Im Schutz dieser Unruhe und zu Fuß wird *Amboß* den Posten möglichst schnell umgehen, die Telefonleitungen unterbrechen und in Stellung gehen, um Feuerschutz geben zu können. Der Posten kann dann zur Übergabe aufgefordert werden. Es würde mich überraschen, wenn man diese Aufforderung ablehnen würde.«

Kritik an diesem Plan kam nur von Barrière. »Ist denn nachts keine Wache aufgestellt?« fragte er.

»Die wird bestimmt schlafen.«

»Die beiden Posten sind nur hundert Meter entfernt. Bei drei Lastwagen, der ungewöhnlichen Unruhe und dem Affengeschnatter wird der Wachtposten wahrscheinlich aufwachen und wissen wollen, was drüben vorgeht. Er könnte Alarm schlagen.«

»Was haben Sie vorzuschlagen?«

»Daß nur eine Gruppe den Mahindi-Posten besetzt – *Hammer* oder *Amboß,* das ist mir egal – und daß *Lanzenspitze* und die zweite Gruppe bei Anbruch der Dämmerung gemeinsam eintreffen, um die Ugazis abzulenken. Dann spielt es keine Rolle, wie laut der Lärm ist.«

»Das klingt vernünftig. Noch andere Punkte?«

»Was machen wir mit ihnen, wenn sie sich ergeben?« fragte Ruys.

»Was mit den Leuten geschieht, überlassen wir dem Gros. Vergessen Sie nicht, daß es zu Anfang dicht hinter uns sein wird.«

Alles klang so einfach, so narrensicher.

4

Die nächsten beiden Tage war Kinck nicht im Lager. Offiziell war er nach Kawaida gefahren; Gerüchte behaupteten allerdings, daß er außerdem nach Fort Grebanier gefahren sei, um sich dort mit dem Emir zu treffen, dessen Versprechen, das Gros zu verstärken, noch immer nicht erfüllt worden war. Am Mittwoch kam er zurück – mit weiterer Munition für die Granatwerfer, einer Kiste Kognak und neuen Befehlen.

Die Befehle hätten extra erfunden sein können, um Goutard eine Freude zu machen. Sie lauteten, daß wir nicht auf weitere Verstärkung des Gros warten, sondern mit dem Unternehmen unverzüglich beginnen sollten. ›Unverzüglich‹ bedeutete Freitag. Diesen Feiertag der Moslems hatte der Emir gewählt, um zu zeigen, daß das Unternehmen seinen Segen hatte.

Der Kognak war uns willkommen.

Bisher hatten wir im Lager, wenn man das abgekochte Wasser nicht rechnet, nur Bier zu trinken bekommen. Nach dem Büchsenzeug, das am Mittwochabend im Messezelt aufgetischt wurde, machten wir uns über Kincks Kognak her. Gegen zehn waren alle ziemlich angeheitert, ausgenommen Adrian Willens. Er spielte nur den Betrunkenen.

Ich glaube nicht, daß sonst noch jemand es gemerkt hatte. Man darf nicht vergessen, daß ich schon früher erlebt hatte, wie er trank – in Dschibuti, in Juba und in Kawaida. Das hatten die anderen natürlich auch, aber ich bin Geschäftsmann und habe in meinem Leben gelernt, sorgfältig auf derartige Dinge zu achten. Wenn man weiß, wie gut oder schlecht ein Mensch Alkohol verträgt, und wenn man vorher absehen kann, welche Wirkungen er auf sein Temperament und sein Urteilsvermögen hat, kann das in geschäftlicher Hinsicht äußerst wichtig sein. Wie mein Vater zu sagen pflegte: »Wenn man jemanden mit heruntergelassenen Hosen überraschen will, muß man zuerst beobachten, wie er sich die Hose vollmacht.«

Nun, ich hatte Willens beobachtet, und er hatte sich die Hose nicht vollgemacht – zumindest nicht so, daß ein anderer es merkte. Wenn er eine Menge getrunken hatte, wirkten sein Gesicht und sein Lächeln ein bißchen dürrer, und seine Zunge wurde ein bißchen schärfer und schlauer, aber das war auch alles. Er war ein großer, grobknochiger Mann, sehr ruhig und unauffällig, aber mit einmaligen Reflexen. Meiner Ansicht nach hätte er – ausgenommen vielleicht Goutard und Kinck – jeden unter den Tisch trinken können. Trotzdem saß er an jenem Abend da, ein leichtes Grinsen auf dem Gesicht, und nickte einfältig vor sich hin, während einer der Kompanie-Offiziere ihm eine lange und langweilige Geschichte über das Leben im Kongo erzählte. Ich war mir ziemlich sicher, daß er den Betrunkenen nur spielte. Als er, etwas später, aufstand, leicht schwankte und mit einer gemurmelten Entschuldigung aus dem Zelt stolperte, war ich fast überzeugt.

Ich sah, wie Kinck den Mund verzog, und merkte, daß Barbara Willens mich ansah. Sie zuckte leicht die Achseln.

»Mein Mann ist etwas aus der Übung«, sagte sie auf englisch.

»Vielleicht hat er einen leichten Fieberanfall.« Wenn er nicht den Betrunkenen gespielt hatte, wäre das die Erklärung gewesen.

Sie lächelte. »Adrian? Bis auf Schwarzwasserfieber hat er alles gehabt, Mr Simpson. Er ist immun. Das wissen sogar die Moskitos. Er braucht nur ein bißchen frische Luft.«

Aber sie machte keinen Versuch, ihm zu folgen. Am anderen Ende des Tisches ließ Madame Troppmann sich ausführlich über die Dummheit der afrikanischen Diener aus – eines ihrer Lieblingsthemen. Mrs Willens verdrehte die Augen zur Decke.

»Mit dieser Frau muß irgend etwas passieren«, sagte sie, wieder auf englisch. »Bei diesen Mischlingen ist es immer dasselbe. Ständig müssen sie betonen, wie dumm die Farbigen sind, weil sie sich dann weißer vorkommen.«

»Ich dachte, sie sei Eurasierin.«

»Afro-Eurasierin aus Guinea. Wie die Prozente verteilt sind, weiß ich nicht. Ich weiß bloß, daß sie eine hundertprozentige Landplage ist. Das reinste Fegefeuer wird es in dem Haus sein.«

Damit meinte sie die Tatsache, daß die fünf Frauen am Freitag, dem Stichtag des Unternehmens, in das Haus an der Bahnstraße umzogen. Ich versuchte nicht, Mrs Troppmann zu verteidigen. Wenn Leute in Rassenfragen eine bestimmte Meinung haben, kommt man gegen sie doch nicht an. Dabei war ich überzeugt, daß Mrs Willens auch mich als Mischling erkannt hatte und mich nur duldete, weil ich Englisch sprach. Das ist auch der Grund, warum mich ihre folgende Bemerkung völlig aus der Fassung brachte.

»Ich finde es albern, Sie weiter Mr Simpson zu nennen. Sie heißen Arthur, nicht wahr?«

»Ja, Mrs Willens.«

»Ich heiße Barbara.« Sie seufzte. »Wahrscheinlich

sollte ich jetzt doch einmal nachsehen, was mein Mann macht. Hätten Sie etwas dagegen, mich zu unserer Hütte zu begleiten, Arthur?«

»Natürlich nicht.« Ihre Hütte lag auf der anderen Seite unseres Lagerbezirks, und wenn man hier im Dunkeln herumwanderte, konnte man wirklich etwas nervös werden; rund um einen herum war Dschungel, und hin und wieder hörte man äußerst unangenehme Laute. Trotzdem war ich überrascht. Schließlich befanden wir uns im europäischen Teil, und überall waren *macaques* postiert, die die anderen *macaques* daran hindern sollten, unsere Sachen zu klauen. Außerdem war das hier eine Frau, die Hosen trug und sich ihrer Haut selbst wehren konnte. Ich war sprachlos. Aber so dumm, daß ich mir einbildete, sie wolle irgendein Techtelmechtel mit mir, obgleich ihr Mann in der Nähe war, war ich auch wieder nicht; dazu hätte sie sich bestimmt Goutard ausgesucht. Der einzige Grund, der mir einfiel, war, daß sie keine Lust mehr hatte, die ganze Zeit französisch zu sprechen, und daß sie sich ein paar Minuten in ihrer Muttersprache unterhalten wollte.

In dem Punkt hatte ich recht, aber eben nur in dem einen: Wir unterhielten uns auf englisch.

Als wir das Messezelt verließen, holte ich meine Taschenlampe hervor und knipste sie an.

»Das ist nicht nötig«, sagte sie.

»Wie Sie meinen.« Die Nacht war nicht stockfinster. Durch die Bäume konnte man den Schein der Lagerfeuer sehen, die im Bezirk der Kompanien brannten, und außerdem war zunehmender Mond.

»Abgesehen davon ist es leichter, im Dunkeln zu sprechen.«

»Wirklich? Das ist mir neu.«

»Wenn man das Gesicht des anderen nicht sieht und es nur Worte gibt, dann zählen nur die Worte. Man hört genauer zu. Und die Möglichkeit, sich mißzuverstehen, ist geringer.«

Jetzt war ich gründlich durcheinander. Ich sah sie flüchtig an, wie sie neben mir ging, und konnte gerade den Umriß ihres Gesichtes erkennen. Sie blickte starr geradeaus.

»In Wirklichkeit ist Adrian gar nicht betrunken«, sagte sie.

»Das habe ich auch nicht angenommen. Ich dachte mir gleich, daß er den Betrunkenen nur spielt.«

»Das war sehr gescheit von Ihnen. Adrian sagte schon, daß Sie gescheit seien.«

»Allerdings nicht gescheit genug, um zu ahnen, warum er es tat.«

»Er tat es, damit wir beide uns unterhalten könnten, allein und ohne daß jemand sich wundert, was hier vorgeht. Alle glauben jetzt, daß Sie nur ein hilfsbereiter kleiner Gentleman sind.«

»Und das bin ich nicht?«

»Das könnten Sie sein, Arthur. Hilfsbereit auch für sich selbst. Adrian möchte Ihnen einen geschäftlichen Vorschlag machen.«

»Das klingt interessant, Mrs Willens, und ich höre genau zu; aber wenn Ihr Mann einen geschäftlichen Vorschlag zu machen hat – warum macht er ihn nicht selbst?«

»Das ist eine Vorsichtsmaßnahme, Arthur. Ich werde Ihnen gleich erklären, was ich meine, dann wissen Sie ganz genau, woran Sie sind.«

»Darüber bin ich immer froh, Mrs Willens.« Wir waren

inzwischen zu ihrer Hütte gekommen, und ich verlangsamte meinen Schritt.

»Kommen Sie nur mit«, sagte sie. »Adrian bleibt so lange weg, bis er sieht, daß Sie zur Messe zurückgehen. Wir können es uns bequem machen.«

Die Willens besaßen zwei Klappstühle, und wir setzten uns neben den Hütteneingang. Sie zündete sich eine Zigarette an. Die Flamme des Feuerzeugs blendete.

»Es geht um folgendes, Arthur.« Sie ließ das Feuerzeug wieder zuschnappen. »Ich werde Ihnen ein Geheimnis verraten, und Sie werden dieses Geheimnis für sich behalten. Tun Sie es nicht, weil es Sie so entsetzt, daß Sie glauben, zu Mr Kinck laufen und ihm das Schreckliche erzählen zu müssen, das ich Ihnen erzählt habe, dann werden Sie dastehen wie ein begossener Pudel.«

»Meinen Sie?«

»Ja, weil ich abstreiten werde, Ihnen etwas Derartiges erzählt zu haben. Vielmehr werde ich erklären, daß Sie sich die Geschichte nur aus Bosheit ausgedacht hätten – und um sich selbst zu schützen.«

»Wovor?«

»Mein Mann war betrunken und verschwunden. Sie boten sich an, mir bei der Suche nach ihm zu helfen. Aber dann wollten Sie etwas anderes von mir. Ich konnte Sie abwehren und sagte, ich würde mich bei Major Kinck beschweren. Das tat ich aber nicht, sondern beschloß, alles zu verzeihen und zu vergessen. Sie dagegen beschlossen, sich zu schützen und gleichzeitig Ihren verletzten Stolz zu rächen. Darum sind wir allein hier, Arthur; falls Sie tatsächlich das Gefühl haben, aus der Schule plaudern zu müssen, wird Ihre Aussage gegen meine stehen.«

»Das leuchtet mir ein.«

»Wem wird man Ihrer Ansicht nach wohl glauben?«

»Sie haben sich sehr deutlich ausgedrückt, Mrs Willens. Meiner Ansicht nach dürfte es besser sein, wenn Sie mir Ihr Geheimnis gar nicht erst verraten.« Ich stand auf. »Meiner Ansicht nach wird es für mich sicherer sein.«

Sie rührte sich nicht. »Wer will denn, daß es sicherer ist? Was ich Ihnen erzählen will, kann Sie reicher machen.«

Jetzt wußte ich nicht mehr, was ich tun sollte. Ich blieb einfach stehen. Ihre Zähne schimmerten in der Dunkelheit; lächelnd sah sie zu mir auf. »Sind Sie denn nicht einmal neugierig, Arthur?«

Ich zögerte noch einen Augenblick und setzte mich dann wieder. »Also gut, Mrs Willens – was ist Ihr großes Geheimnis?«

Obgleich wir immer noch englisch sprachen, senkte sie die Stimme, als sie antwortete.

»Ein alter Freund Adrians wohnt in Amari.«

»Ach?«

»Dieser Freund arbeitet für die Ugazi Mining and Development Company – für die UMAD.«

»Interessant!«

»Sie haben recht. Wir trafen ihn zufällig, als wir vor sechs Wochen in Entebbe waren. Er ist Südafrikaner, Geologe. Nennen wir ihn einmal Bill. Adrian kannte ihn aus dem Krieg. Sie waren zusammen bei der Air Force. Bill war in Entebbe, um besondere wissenschaftliche Geräte abzuholen, die von Westdeutschland hingeflogen worden waren. Wir hatten unseren Flug unterbrochen und warteten auf eine Verbindung nach Dschibuti. Bill verbrachte den Abend mit uns, und wir tranken zusammen ein paar Gläser. Dabei fing er an zu erzählen. Mehrere Male gebrauchte er den Begriff ›seltene Erden‹. Und er gab Adrian seine Adresse in Amari.«

»Ist Ihr Mann mit ihm in Verbindung geblieben?«

»Ja. Dazu komme ich jetzt. Wir flogen nach Dschibuti, um uns dort mit einem Amerikaner zu treffen, der in Äthiopien eine Safari durchführen wollte. Adrian war ihm als Organisator empfohlen worden. Alles war geregelt, und wir wollten gerade aufbrechen, als der Amerikaner an irgendeinem Herzleiden erkrankte. Die ganze Geschichte wurde abgeblasen, und wir saßen in der Tinte. Wir waren schon ziemlich in Sorge, als Kinck erschien und Adrian diesen Vorschlag machte. In Dschibuti klang er gar nicht so schlecht, oder?«

»Nein, gar nicht.«

»Trotzdem war Adrian sich nicht ganz sicher. Er ist ein vorsichtiger Mensch. Er telegraphierte an Bill nach Amari, schilderte ihm den Vorschlag und fragte ihn nach seiner Meinung. Am Tag vor unserem Abflug aus Dschibuti bekam er die Antwort. Sie war sehr interessant. Bill wußte natürlich über die SMMAC genau Bescheid. Die SMMAC ist ein großer Konzern, der in verschiedenen neuen Ländern tätig ist, und Bill meinte, daß dieser Konzern für das Geld gut sei. Wissen wollte Bill jedoch, wohin dieser Job uns führen würde. Das wäre sehr wichtig, schrieb er. Und wenn es Mahindi wäre, schrieb Bill, müsse Adrian mit ihm unbedingt in Verbindung bleiben. Verstehen Sie, was das bedeutet?«

»Ja. Er roch den Braten. Hat Ihr Mann seitdem wieder Verbindung mit ihm gehabt?«

»Das ist eine verdammt alberne Frage. Wie sollte er? Deswegen sind Sie jetzt an der Reihe.« Sie legte eine dramatische Pause ein. »Interessiert es Sie, Arthur, wem dieser Fleck seltener Erde gehört?«

»Ich werde von der SMMAC bezahlt.«

»Die UMAD würde Ihnen mehr bezahlen.«

»Die SMMAC ist hier, die UMAD drüben.«

»Haben Sie nicht gehört, wie ich sagte, daß Adrian und Bill zusammen in der Air Force waren?«

»Wahrscheinlich denken Sie dabei an das Funkgerät.«

»Bill sagte, daß die UMAD bei ihrem eigenen Funkverkehr das 22-Megahertz-Band verwendet. Und Adrian meint, Sie könnten auf dieser Frequenz senden.«

»Vielleicht das Funkgerät, Mrs Willens; ich nicht. Ich habe zu dem Gerät keinen freien Zugang. Man paßt hier sehr genau auf.«

»Aber irgendwann haben Sie bestimmt Zugang.«

»Ja – wenn wir im Einsatz sind.«

»Genau das meine ich. Adrian möchte, daß ein vereinbartes Zeichen durchgegeben wird. Wenn er Sie deswegen anspricht – werden Sie ihn anhören?«

»Anhören schon, aber ich kann mir nicht vorstellen . . .«

Sie unterbrach mich abrupt. »Arthur, solange Sie es sich nicht angehört haben, können Sie es natürlich nicht begreifen. Denken Sie nur an zwei Dinge. Wenn die SMMAC gewinnt, wird man Sie auszahlen, sobald die drei Monate vorüber sind, und damit ist Schluß. Dann sind Sie nur einer der weißen Söldner, die einen neuen Job suchen. Wenn die UMAD aber gewinnt und Sie zu denen gehören, die dazu beigetragen haben, sind Sie gut daran. Überlegen Sie es sich.«

»Also gut, Mrs Willens, ich werde es mir überlegen.« Das zumindest war ein Versprechen, das ich einhalten würde.

»Dann ist es vielleicht besser, wenn Sie jetzt zurückgehen. Gute Nacht, Arthur.«

»Gute Nacht, Mrs Willens.«

Goutard sah mich neugierig an, als ich zurückkam. Als ich mir einen dringend nötigen Kognak holte, kam er herüber.

»Du warst lange weg. War Willens dabei?«

»Nein. Wir haben über Australien geredet.«

»Ist das alles? Du verlierst langsam die Verbindung, *Lanzenspitze.*«

Ich war müde, hatte eine Menge Dinge im Kopf, die mich beschäftigten, und der Hinweis auf die ›weißen Söldner‹ hatte mir gar nicht gefallen. In diesem Licht hatte ich mich bisher noch nicht gesehen. Für einen Augenblick verlor ich meine Angst vor Goutard.

»Nenne mich nicht immer *Lanzenspitze*«, fauchte ich.

Hätte ich mich besser gefühlt, wäre ich nicht so erschöpft und verwirrt gewesen, hätte es mir vielleicht Spaß gemacht, wie überrascht Goutard war. Aber es dauerte nicht lange. Im nächsten Augenblick sah er wieder entschlossen und gefährlich aus.

»Wirst du vielleicht schon nervös, mein Freund?« Bösartig musterte er mich von oben bis unten. »Morgen ist es noch nicht soweit, das weißt du. Du hast noch einen ganzen Tag zum Beten.«

»Darum geht es nicht«, sagte ich instinktiv.

»Nicht? Dann muß es also etwas anderes sein. Richtig? Irgend etwas, von dem ich nichts weiß.«

»Nein.«

Er redete weiter, als hätte ich nichts gesagt. »Du hast dich verändert, Arthur. Meiner Ansicht nach solltest du lieber keinen Kognak mehr trinken.« Er streckte die Hand aus und nahm mir das Glas weg. »Du mußt einen klaren Kopf behalten. Komm mit.«

Ich ließ zu, daß er mir das Glas wegnahm und mich am Arm packte. Dann waren wir draußen und gingen langsam zu unserer Hütte. Seine Finger waren wie ein Schraubstock. Erst als wir in der Hütte waren, ließ er mich los.

»Zünde die Lampe an.«

Ich gehorchte. Er saß auf seinem Bett und beobachtete mich. Als die Lampe brannte, nickte er.

»Gut. Worüber hast du mit den Willens nun wirklich geredet?«

»Ich habe nur mit Mrs Willens geredet. Das habe ich schon gesagt. Er war nicht dabei.«

»Weiter. Wir haben doch keine Geheimnisse voreinander, Arthur. Das habe ich schon einmal gesagt.«

Also verriet ich ihm das große Geheimnis. In gewisser Weise war es eine Erleichterung. Während er mir zuhörte, kam sein übliches Grinsen wieder zurück.

»Und ausgerechnet das wolltest du mir nicht sagen?« fragte er, als ich fertig war.

»Solange ich nicht weiß, was Willens vorhat, gibt es nichts zu erzählen.«

»Das nennst du nichts?« Er benahm sich äußerst seltsam. Beinahe rechnete ich damit, daß er ›Verrat‹ schreien und losrennen würde, um Kinck zu berichten.

Ich zuckte die Achseln. »Im Moment kapiere ich noch

nichts. Gehst du jetzt zu Kinck, wird sie behaupten, ich hätte mir die ganze Geschichte ausgedacht, aber das sagte ich schon.«

»Warum sollte ich zu Kinck gehen? Willens ist kein Dummkopf. Das weiß ich. Er ist mein Stellvertreter. Wenn er eine Möglichkeit ausgeknobelt hat, die Geschichte an die UMAD-Leute zu verkaufen, ohne seinen eigenen Kopf dabei zu riskieren, will ich wissen, wie diese Möglichkeit aussieht. Wenn es klappt, könnten wir ruhig einen Teil des Gewinns für uns abzweigen.«

Für einen gerissenen Mann war er in einigen Dingen ausgesprochen dumm. Das reizte mich.

»Welchen Gewinn?« fragte ich ihn. »Wie stellst du dir das vor? Wenn er seinen Freund rechtzeitig warnt, werden die Ugazis alles für unseren Empfang vorbereitet haben. Sie werden sofort Verstärkungen nach Amari bringen. Möglicherweise gibt es Verluste, und die Überraschung ist zum Teufel. Dann gewinnt die UMAD, und die SMMAC verliert. Was passiert dann? Willens wird mit den anderen ausbezahlt und geht nach Amari, um seinen Freund aufzusuchen. Und was sagt der Freund? Das kann ich mir ausmalen. ›Vielen Dank, alter Knabe. Ich bin dir sehr dankbar. Die UMAD übrigens auch. Der Boss hat mir aufgetragen, dich zu einem Drink einzuladen. Was darf es sein?‹ Ende der Story. Man kann eine Information nicht verkaufen, wenn man sie bereits aus der Hand gegeben hat, wenn sie bereits Allgemeinbesitz geworden ist. Diese Art von Geschäft muß man im voraus machen, und außerdem muß man wissen, mit wem man es zu tun hat.«

Er überlegte einen Augenblick und nickte dann. »Wahrscheinlich hast du recht. Wie soll die Sache ablaufen? Was hat er vor?«

»Das werde ich erst wissen, wenn er mir erzählt hat, welches Zeichen ich durchgeben soll. Aber ich will dir erzählen, was ich glaube.«

»Und das wäre?«

»Ich glaube, daß Mrs Willens mir zwar einen Teil der Wahrheit erzählt hat, aber meiner Ansicht nach war das meiste nur halbwahr. Zum Beispiel diese Geschichte mit dem alten Kameraden aus der Air Force. So, wie sie es erzählt hat, klingt die Geschichte komisch. Vielleicht ist der Mann tatsächlich Geologe, aber meiner Meinung nach war er nicht in Entebbe, um eine Luftfracht von wissenschaftlichen Instrumenten abzuholen. Das hat sie nur gesagt, damit ich glaube, daß er ein kleiner Fisch ist. Ich wette, daß er bei der UMAD ein ziemlich hohes Tier ist.«

»Wie kommst du darauf?«

»Mrs Willens sagte, ihr Mann hätte sich mit seinem Freund verabredet, und zwar telegraphisch von Dschibuti aus. Kann man das bei einem Geologen, der, wenn er nicht irgendwo im Busch hockt, als Laufbursche verwendet wird? Das klingt doch komisch. Es gibt nur eine Erklärung: Willens hat einen Vertrag mit der UMAD, und zwar schon seit einiger Zeit.«

»Als Spion, meinst du?«

»Nenne es, wie du willst – Forscher, Berater oder meinetwegen auch Werkschutz. Für die UMAD steht eine Menge auf dem Spiel. Warum sollte die UMAD nicht Leute wie Willens beschäftigen, wenn die SMMAC einen Mann wie Kinck anstellt?«

»Aber Willens ist Tierfänger, Jäger.« Immer noch stellte er sich dumm an.

»Nein – das behauptet er nur.« Fast hätte ich hinzugefügt, daß ich auch behauptet hätte, Offizier bei der Achten Armee gewesen zu sein, daß es aber dadurch nicht wahrer geworden sei. Aber ich konnte mich gerade noch bremsen.

Goutard seufzte. »Vielleicht sollten wir doch lieber mit Kinck reden.«

»Warum?«

»Mein Gott, wenn wir Willens helfen und für uns dabei nichts herausspringt...«

Mir kam wieder eine meiner Ideen.

»Rausspringen vielleicht nicht, aber es könnte eine Art Versicherung sein.«

Er starrte mich an.

»Willens ist unter Druck. Das muß er sein, sonst hätte er mich nicht gebeten, das vereinbarte Zeichen durchzugeben. Kincks Sicherheitsvorkehrungen sind für ihn zu streng. Jetzt kommt er nicht durch. Die Zeit läuft ab. Er muß also ein Risiko eingehen. Das bedeutet, daß er mir vertrauen muß. Das tut er. Eine andere Möglichkeit hat er nicht. Er verrät mir also das vereinbarte Zeichen, das ich durchgeben soll. Und ich werde es durchgeben.«

»Was wirst du? Dann werden sie uns gebührend in Empfang nehmen!«

Ich lächelte. »Falls sie noch Zeit dazu haben. Angenommen, die Sache verzögert sich? Wir könnten daran nichts ändern. Ich täte mein Bestes – mit deiner Hilfe. Kapiert?«

»Nein.«

»Vor ein paar Tagen hast du gesagt, daß die Gefahr, auf Widerstand zu stoßen, für uns größer würde, je länger die Geschichte hinausgezögert würde. Gut – von Willens haben die Leute nichts mehr gehört. Angenommen, sie haben bereits getan, was sie deiner Ansicht nach noch tun könnten. Angenommen, sie haben bereits beschlossen, Amari zu verstärken. Angenommen, sie warten bereits auf uns, und wir gehen in die Falle. Es könnte für uns ganz nützlich sein, wenn wir uns aus der Sache herausreden könnten, wenn wir in jedem Lager einen Fuß hätten. Gewinnt die SMMAC, sind wir auf ihrer Seite; gewinnt die UMAD, sind wir es gewesen, die dazu beigetragen haben.«

Er lachte plötzlich und laut, und dann langte er in seine Gepäcktasche.

»Ich finde, du verdienst doch noch einen Kognak, Arthur«, sagte er leutselig.

Er zog eine Flasche hervor.

5

Der Donnerstag war ein anstrengender Tag, und Troppmann saß mir ständig im Nacken. Erst am späten Nachmittag gelang es Willens, mich allein zu sprechen.

Und das ausgerechnet in der Latrine.

»Wie wäre es mit einem kleinen Spaziergang die Straße entlang?« fragte er unauffällig.

»Einverstanden.«

Er ging hinaus. Auf der Straße, in der Nähe des Wagenparks, wartete er auf mich. Er redete englisch.

»Ein Stück weiter unten ist die Straße ziemlich schlecht«, sagte er. »Keines unserer Fahrzeuge darf im Dreck steckenbleiben. Ich dachte, wir könnten vielleicht nachsehen, ob es sich lohnt, ein paar Leute loszuschicken, die die größten Löcher mit Knüppeln aus dem Unterholz ausfüllen.«

Schweigend marschierten wir los, bis wir vom Fahrzeugpark nicht mehr zu sehen waren.

»Wie Barbara schon sagte, ist die Geschichte nicht schwer«, meinte er dann.

»Nur ziemlich gefährlich.«

»Nicht, wenn man aufpaßt. Jede volle Stunde schalten meine Freunde drüben für zehn Minuten auf die Frequenz, und zwar Tag und Nacht. Ich gebe Ihnen das vereinbarte Zeichen. Sobald Sie eine Bestätigung bekommen, was innerhalb weniger Sekunden der Fall sein dürfte, schalten Sie wieder zurück und geben das Zeichen durch. Mehr als zwei Minuten dürfte die Geschichte nicht dauern. Aber die Sache lohnt sich.«

»Was ist das vereinbarte Zeichen?«

»Es ist verschlüsselt. Ganz einfache Wörter und auf englisch. Sie werden keine Schwierigkeiten haben.«

»Und was bedeuten die Wörter?«

»Sie fordern für morgen Luftaufklärung über dem Gebiet an, das Kinck mit Zone A bezeichnet. Außerdem wird Amari alarmiert.«

»Damit man uns über den Haufen schießen kann?«

»Machen Sie sich darüber keine Gedanken. So weit wird *Lanzenspitze* gar nicht kommen. Sobald Kinck die Flugzeuge sieht, wird er sich ausrechnen können, daß er zu spät kommt. Er wird die Geschichte abblasen. Die

SMMAC möchte genausowenig Wirbel verursachen wie wir.«

»Wir – das heißt: die UMAD?«

»Stimmt. Beide Seiten werden einfach so tun, als wäre nichts passiert. Alles geht äußerst zivilisiert vor sich.«

»Warum haben Sie so lange gewartet? Was klappte nicht?«

»Ich hatte damit gerechnet, daß meine Frau sich frei oder zumindest einigermaßen frei bewegen könnte. Wir haben in Fort Grebanier einen Mann sitzen. Ich war überzeugt, daß sie hinfahren könnte. Aber die Beschränkungen, die Kinck machte, waren ein bißchen zu streng – das war alles. Jetzt sind Sie an der Reihe.«

»Und was springt für mich dabei heraus?«

»Wenn Sie wollen, ein Job bei uns in Amari. Dieselbe Bezahlung wie hier, aber ein Vertrag für ein Jahr und eine Prämie von fünftausend westdeutsche Mark, zahlbar im voraus.«

»Wie weit im voraus?«

»Mein Gott, im Augenblick habe ich das Geld natürlich nicht bei mir.«

Er versuchte, mit einem Lächeln darüber hinwegzugehen, aber es war ein gequältes Lächeln. Und das war verständlich. Einerseits sollte ich ein Risiko eingehen, und andererseits erwartete er von mir, mich auf sein Wort zu verlassen, daß ich das Geld dafür bekommen würde. Als ich sagte, daß er Schwierigkeiten hatte, war das die Untertreibung des Jahres – er war verzweifelt. Hätte ich wirklich die Absicht gehabt, das zu tun, was er wollte, statt die Meldung hinauszuzögern, bis sie nutzlos war, hätte ich ihm ins Gesicht gelacht.

So machte ich bloß ein enttäuschtes Gesicht. »Das klingt nicht sehr befriedigend.«

»Ich habe Ihnen einen persönlichen Schuldschein ausgestellt.« Er zog einen Zettel aus der Tasche.

»Auf UMAD-Papier?«

»Sind Sie verrückt? So was habe ich nicht bei mir. In Kawaida hat Kinck unser ganzes Zeug durchsuchen lassen. Wußten Sie das nicht? Es geschah, während unsere Kennkarten ausgestellt wurden. Ein sehr vorsichtiger Bursche, dieser Kinck. Hier.« Er hielt mir den Schuldschein und einen zweiten Zettel hin. »Das ist die Meldung mit vollständigen Anweisungen, was zu tun ist. Sie können nichts falsch machen. Wichtig ist nur, daß die Meldung heute abend abgeht, und zwar so bald wie möglich. Haben Sie verstanden, Arthur?«

Ich spürte seine Spannung, als ich den Schuldschein und die Meldung an mich nahm. Am liebsten hätte er mir beides nicht gegeben. Vorher wollte er völlig sicher sein, daß ich mitspielte.

»Ich werde mein Möglichstes tun«, sagte ich. »Unser Einsatz beginnt, wenn Ihre Gruppe heute abend abrückt, um den Zollposten zu besetzen. Das wird erst gegen zehn Uhr sein. Wenn Troppmann beschließt, Sie zu begleiten, ist die Geschichte einfach. Wenn er aber zurückbleibt oder Kinck sich hier herumtreibt, werde ich warten müssen.«

»Das ist klar. Aber tun Sie Ihr Möglichstes.«

»Selbstverständlich. Noch etwas: Ich glaube, Goutard ist mißtrauisch geworden.«

»Warum?«

»Er ist von Natur aus mißtrauisch. Er hat gesehen, wie

ich mit Ihrer Frau gesprochen habe. Abgesehen davon sind wir beide seit langer Zeit befreundet. Wir wohnen zusammen in einer Hütte. Er merkt genau, wenn mich irgend etwas beschäftigt. Dauernd stellt er irgendwelche Fragen.«

»Können Sie ihm das nicht ausreden?«

»Sie kennen ihn doch. So leicht kann man ihm nichts ausreden. Aber vielleicht macht er mit.«

»Glauben Sie?«

»Unter denselben Bedingungen.«

»Wenn's sein muß.«

»Ich weiß nicht. Vielleicht ist er einverstanden. Die ganze Geschichte macht ihn nicht gerade glücklich. Ich könnte mal nachfühlen.«

»Seien Sie um Himmels willen vorsichtig.«

»Vorsichtig werde ich schon um meinetwillen sein.«

»Das kann ich mir vorstellen. Aber eines möchte ich Ihnen noch sagen. Für uns beginnt der schwierige Teil, wenn Kinck beschließt, die Geschichte abzublasen und sich zurückzuziehen. Es wird hier eine Menge wütender Gesichter geben, und viele werden so nervös sein, daß leicht ein Schuß losgeht. Wir müssen eisern durchhalten. Wir müssen einen bedrückten Eindruck machen, als sorgten wir uns um unsere Zukunft und seien genauso wütend auf Kinck. Wenn man uns ausbezahlt, lassen wir uns eine Flugkarte nach Entebbe geben. Von da fliegen wir nach Amari. Können Sie mir folgen?«

»Das kann ich.«

»Und jetzt ist es vielleicht besser, wenn wir umkehren.«

Später, in der Hütte, erzählte ich Goutard, was geschehen war, und zeigte ihm den Schuldschein. Gierig befingerte er ihn. Er war in Form eines Zahlungsversprechens ausgestellt, und hätte mein Name nicht draufgestanden, hätte Goutard ihn meiner Überzeugung nach wahrscheinlich sofort eingesteckt.

»Er ist bereit, dasselbe für dich zu tun«, sagte ich.

»Das hoffe ich schwer.« Sein Grinsen wurde breiter. »Dann hat er heute abend wenigstens zu tun, wenn wir am Zollposten warten.«

Mein Magen zog sich zusammen. Ich hatte fast vergessen, daß wir in wenigen Stunden nicht mehr reden, sondern handeln würden. Und ich zwang mich zur Konzentration.

»Wir müssen jetzt entscheiden«, sagte ich, »wann ich die Meldung durchgebe. Offensichtlich nicht heute abend, aber wie lange soll ich morgen noch warten?«

Er überlegte einen Augenblick und holte seine Karte heraus. »Angenommen, wir haben bei der ersten Straßensperre keine Schwierigkeiten, dann werden wir gegen sieben in diesem Sikafu sein. Wenn wir die Telefonverbindung rechtzeitig unterbrechen – und ich habe vor, das selbst zu erledigen –, bedeutet das, daß bis sieben kein Alarm durchgegeben wird. Sikafu ist ein kleines Nest, aber vielleicht haben die trotzdem ein Funkgerät. Meiner Ansicht nach müssen wir damit rechnen, daß die Nachricht ab sieben nach Amari durchsickern wird. Natürlich nur bruchstückweise, weil die Affen nicht logisch denken können. In Amari werden sie daraufhin dauernd im Kreise herumrennen und versuchen, sich etwas auszudenken. Bis dahin müßten wir allerdings bereits in Matata, ungefähr auf der halben Strecke, sein. Aufklärungsflugzeuge könnten Kinck in diesem Stadium nicht mehr dazu bringen, das Unternehmen abzublasen. Wenn die anderen ihm beim Vormarsch Widerstand leisten, könnten die Dinge anders verlaufen, aber das müssen wir riskieren. Meiner Schätzung nach werden sie mindestens vier Stunden brauchen, um überhaupt zu reagieren. Wenn wir aus Sikafu hinaus sind, könntest du die Meldung durchgeben, sobald du Gelegenheit hast. Aber beeile dich nicht allzu sehr.«

»Bestimmt nicht – da brauchst du dir keine Gedanken zu machen.«

Ich sprach diese Worte gefühlvoll aus, und er grinste mich an.

»Das tue ich auch nicht. Ich wollte bloß folgendes sagen: die Meldung ist nur eine Art Versicherung, falls die Geschichte schiefgeht. Wenn es aussieht, als klappte alles, könnte es besser sein, die Meldung überhaupt nicht durchzugeben. Aber das mußt du selbst wissen. Entscheide dich nur nicht zu schnell. Denke dran, daß du Profi bist. Du weißt doch Bescheid.«

Ich nickte. Was hätte ich sonst tun können? Wie üblich traf er die Entscheidungen, während ich die Drecksarbeit erledigen mußte.

»Ja«, sagte ich, »ich weiß Bescheid.«

6

Am selben Abend um neun begann unser Einsatz.

Soweit *Lanzenspitze* davon betroffen war, bedeutete es, daß Sergeant Musa das schwere Maschinengewehr auf den Befehlswagen montierte, während Troppmann und ich die

Sprechfunkgeräte noch einmal überprüften. Dann nahm Troppmann das Vorhängeschloß vom großen Funkgerät und schloß die lange Peitschenantenne an. Er überprüfte das Gerät und gab mir das Schloß.

Vielleicht sollte ich noch erwähnen, daß es nicht, wie es aussehen könnte, ein Akt des Vertrauens war. Der Generator, mit dem das Funkgerät betrieben wurde, war an die Batterie des Wagens angeschlossen und machte ein lautes jaulendes Geräusch. Hätte ich tatsächlich die Absicht gehabt, die Meldung von Willens an diesem Abend durchzugeben, hätte ich mir irgend etwas einfallen lassen müssen, um Sergeant Musa zu bluffen. Er war natürlich ein vollendeter Dummkopf, aber trotzdem wäre es schwierig gewesen, ihm zu erklären, warum ich das Gerät eingeschaltet hatte, wenn ich eigentlich schlafen sollte. Deswegen war ich froh, daß diese Notwendigkeit gar nicht erst auftauchte.

Kurz nach neun waren Goutard und Willens mit dem Beladen ihrer Lastwagen fertig. Dann erschien Kinck, und wie üblich gingen sie die Befehle noch einmal durch.

Goutard und seine Gruppe hatten an diesem Abend nichts zu tun, außer den Zollposten von Mahindi zu besetzen, der bereits früher geräumt worden war. Wie Willens gesagt hatte, war es ein Kinderspiel. Trotzdem merkte ich genau, wie die Spannung langsam stieg; wahrscheinlich war es zwar bloß meine eigene Spannung, aber ich hatte das Gefühl, daß sie auch bei den anderen immer größer wurde. Barbara Willens war da, um sich von ihrem Mann mit einem Kuß zu verabschieden. Beide gaben sich große Mühe, mich nicht zu bemerken.

Auf ein Zeichen von Kinck fuhren die beiden Lastwagen an und die Nebenstraße hinunter. Ihre Scheinwerfer waren eingeschaltet, und wir sahen ihnen nach, bis sie zwischen den Bäumen verschwanden. Dann ging Kinck mit mir und Troppmann zum Befehlswagen, und ich schaltete das Sprechfunkgerät ein.

Nach etwa zehn Minuten war Goutards quakende Stimme aus dem Lautsprecher zu hören.

»*Amboß* an *Lanzenspitze.*«

»Sprechen, *Amboß.*«

»Biegen jetzt in die Straße nach Matendo ein.«

»Verstanden.«

Zwanzig Minuten vergingen.

»*Amboß* an *Lanzenspitze.*« Goutards Stimme war diesmal leiser.

»Sprechen, *Amboß.*«

»Nähern uns dem Ziel. Scheinwerfer abgeschaltet.«

»Verstanden.«

»Keine weiteren Meldungen. Bis später. Ende.«

Ich schaltete das Sprechfunkgerät aus.

Wir waren in den Krieg gezogen.

V
Ein Kampftag

I

In Kundi sind die beiden Stunden vor Anbruch der Morgendämmerung die erträglichsten des ganzen Tages. Es ist kühler als zu irgendeiner anderen Zeit. Die nächtlichen Insekten sind entweder vollgefressen oder müde, und die tagsüber fliegenden Sorten sind noch nicht aufgewacht. Manchmal weht ein leichter Wind, und dann läßt sogar der Gestank eine Zeitlang nach. Man hat das Gefühl, ungefährdet atmen zu können.

So ungefähr war es, als wir uns am folgenden Morgen zum Abmarsch bereit machten. Hätte mein Herz nicht so unangenehm geklopft, wäre ich mir fast wie ein Mensch vorgekommen.

Bis auf die Decken und Rucksäcke der Offiziere war alles bereits am vorigen Tag verpackt worden, so daß die Lastwagen, obgleich es noch ganz dunkel war, schnell beladen und abfahrtbereit waren. Neben unseren Waffen und unserer Ausrüstung hatten wir Munition, Kanister mit abgekochtem Wasser, Verpflegung für vierundzwanzig Stunden und Verbandszeug bei uns.

Beim Frühstück im Messezelt stellten wir fest, daß der Doktor aus Kawaida zu uns gestoßen war. Er sollte beim Gros mitfahren. Der Doktor war ein ziemlich junger Mann mit schmalen Lippen und spaßigem Ton. Er sagte, er wäre da, um die Fetzen aufzusammeln, und bat uns scherzhaft, ihm nicht allzu viel Arbeit zu machen. Daß die Situation ihm offenbar Spaß machte, ging mir auf die Nerven.

Außerdem hatte ich mich noch mit Barbara Willens zu beschäftigen. Absichtlich hatte ich es vermieden, in ihrer

Nähe zu sitzen, weil ich wußte, daß sie hören wollte, ob ich die Meldung durchgegeben hätte. Und tatsächlich versuchte sie immer wieder, meine Aufmerksamkeit zu erregen. Schließlich sah ich sie mit einem nichtssagenden Lächeln an. Wenn sie dieses Lächeln als Bestätigung auslegen wollte, war das ihre Angelegenheit. Mit Worten wollte ich ihr nicht erklären, daß ich die Meldung bereits durchgegeben hätte. Es ist albern, direkt zu lügen, wenn eine Möglichkeit besteht, daß man später erwischt wird.

Ich beendete das Frühstück, ging zum Wagenpark zurück und ließ Sergeant Musa die Ladung noch einmal überprüfen. Ich hoffte, mich durch Beschäftigung irgendwie abzulenken. Die Folge war, daß der Befehlswagen vor allen anderen auf der Straße stand und abfahrbereit war. Troppmann war hoch erfreut, aber es bedeutete, daß wir warten mußten.

Die Reihenfolge unseres Aufbruchs war folgende: zuerst Troppmann in seinem Jeep, dann ich, der den Befehlswagen fuhr, mit Sergeant Musa am Maschinengewehr und unseren beiden *macaques* hinten auf der Ladefläche. Folgen sollten mir dann die Lastwagen von Barrières Gruppe *Hammer*. Fünf Minuten später kamen dann die ersten Wagen des Gros. Dieser Abstand sollte bleiben, bis wir die Flußstraße erreicht hatten. Danach sollten *Lanzenspitze* und die Aufklärungsgruppe vorstoßen.

Unsere Absicht war, die Mahindi-Straßensperre kurz vor dem ersten Tageslicht zu erreichen. Genau um fünf Uhr dreißig gab Kinck das Zeichen, und wir fuhren an.

Mein Sprechfunkgerät hatte ich auf den Sitz neben mir gelegt, und als ich in die Straße nach Matendo einbog, schaltete ich es ein. Wenige Minuten später begann ich zu rufen.

»*Lanzenspitze* an *Amboß.*«

Goutards Stimme antwortete: »Sprechen, *Lanzenspitze.*«

»Sind auf der Straße nach Matendo und rücken vor. Werden in etwa zehn Minuten eintreffen.«

In diesem Moment meldete sich Troppmanns Stimme. »Alles in Ordnung, *Amboß*?«

»Alles in Ordnung und abmarschbereit. Bisher auf der anderen Seite kein Lebenszeichen.«

»Gut. Haben Sie Scheinwerfer eingeschaltet?«

»Nein.«

»Unsere werden Sie bald sehen.«

Troppmann, der vor mir fuhr, legte Tempo zu.

Wenige Minuten später erkannte ich die Stelle wieder, wo wir angehalten hatten, als wir die Straßensperren beobachteten, und wußte, daß wir gleich da waren.

Die Straße beschrieb einen leichten Bogen; ich sah die Kreuzung unmittelbar vor uns. Troppmann bog scharf nach rechts, ich folgte. Barrière und Ruys hatten inzwischen aufgeschlossen und waren unmittelbar hinter mir.

Dieser Teil der Flußstraße war schnurgerade, und im Licht von Troppmanns Scheinwerfer sah ich die Mahindi-Sperre, als sie noch etwa zweihundert Meter entfernt war. Goutards Lastwagen waren rechts neben der Straße unter Bäumen geparkt. Als wir herankamen, ging der Schlagbaum in der Mitte hoch. Wer ihn öffnete, sah ich nicht. Troppmanns Jeep schlängelte sich zwischen den bemalten Ölfässern ohne Schwierigkeit hindurch. Ich mußte langsamer fahren, und die schweren Lastwagen hinter mir noch langsamer. Damit hatten wir aber gerechnet, und Troppmann wartete nach der Sperre auf uns. Dem Plan gemäß sollten wir gleichzeitig, mit dröhnenden Hupen und soviel Lärm, wie jeder nur machen konnte, beim Ugazi-Posten vorfahren.

Dieser Teil klappte auch tadellos.

Als Ruys' Lastwagen durch die Sperre war, gab Troppmann Gas und fing an zu hupen. Das war das Zeichen. Mit dröhnenden Motoren rasten wir zum Ugazi-Posten und hielten mit quietschenden Bremsen und ohrenbetäubendem Hupen.

Wenn ich in diesem Ugazi-Posten gewesen wäre, hätte ich wahrscheinlich geglaubt, das Ende der Welt sei gekommen, und wäre drinnen geblieben. Wäre ich der Wachposten gewesen und hätte der Lärm mich geweckt, wäre ich ohne zu zögern losgerannt und hätte Deckung gesucht.

Aber ich bin eben kein Ugazi.

Der Wachtposten griff nach seinem Gewehr, rannte auf die Fahrbahn und fing an, den ersten besten Wagen zu beschießen.

Da Troppmann mit seinem Jeep in die Straßensperre und bis zum Schlagbaum durchgefahren war, war der erste beste Wagen auf der Straße mein eigener.

Einen einzigen Schuß konnte er abgeben, der einen der beiden Rückspiegel zertrümmerte, und dann lud er gerade sein Gewehr durch, um zum zweiten Mal zu schießen, als Sergeant Musa mit dem Maschinengewehr das Feuer eröffnete.

Noch nie hatte ich erlebt, daß ein Mensch auf diese Weise getötet wird. Es war, als hätte eine riesige Faust ihn getroffen und von den Füßen gerissen, so daß er in einem Bogen rücklings auf der Straße landete.

In diesem Augenblick kamen die Männer des Postens herausgestolpert.

Als Sergeant Musa sein Maschinengewehr herumschwenkte, brüllte ich ihm zu, nicht zu schießen. Erstaunlicherweise tat er es auch nicht – dafür tat es ein anderer. Von rechts kam ein Feuerstoß aus einer Uzi, und im Eingang des Postens ging ein Mann in die Knie.

Plötzlich war alles vorbei. Die Hupen hatten aufgehört zu blöken, und ich hörte, wie ein Mann im Gebäude des Postens irgend etwas in einer Sprache brüllte, die ich nicht verstand. Dann war Willens da, der den anderen anschrie, während Goutard, die Uzi liebevoll im rechten Arm, am Straßenrand entlang zu Troppmanns Jeep ging.

Auch für mich schien es ungefährlich zu sein, aus dem Wagen zu steigen.

Willens und zwei seiner *macaques* trieben die Gefangenen aus dem Haus. Ich ging zu Troppmann und Goutard.

»Die Verbindung ist unterbrochen«, sagte Goutard gerade. »Soll ich den Apparat zerschlagen?«

»Nein, vielleicht können wir ihn später noch verwenden.« Troppmann sah mich. »Haben Sie das Feuer eröffnet, Simpson?«

»Das war Sergeant Musa. Der Posten schoß zuerst.«

»Irgendwelche Schäden?«

»Nichts Besonderes.«

»Geben Sie an Kinck durch, was passiert ist. Zwei Tote, der Rest gefangen. Auf unserer Seite keine Verluste. Sein erster Lastwagen müßte in einer Minute hier sein. Dann fahren wir weiter.«

Tatsächlich näherte sich der erste Wagen des Gros bereits der Mahindi-Straßensperre.

Ich versuchte das blutige Durcheinander auf der Fahrbahn nicht zu sehen, als ich zum Befehlswagen zurückging; aber ganz gelang es mir nicht, und plötzlich setzte die Reaktion ein. Sergeant Musa stand da, schlug sich an die Brust und erzählte jedem, was er für ein großartiger Schütze sei. Ich wollte ihn anbrüllen, das Maul zu halten, konnte es aber nicht. Es gelang mir nur noch, mich zu meinem Fahrersitz durchzudrängeln.

Als ich meinen Bericht durchgegeben hatte, verfärbte sich der Himmel hinter uns in ein farbiges Rosa, und dann ging die Sonne auf. Dafür war ich dankbar. Der neue Tag schien wegzuwischen, was gerade im Schein der Scheinwerfer und in der Dunkelheit passiert war. Trotzdem wünschte ich, irgend etwas tun zu können, damit meine Beine zu zittern aufhörten.

Der Schlagbaum ging hoch, und wir fuhren durch die Straßensperre in die Republik Ugazi.

2

Sikafu erreichten wir kurz nach sieben.

Unterwegs war nichts passiert. Wir kamen durch eine Reihe von Dörfern, die auf der Karte nicht eingezeichnet waren; die Eingeborenen ließen alles stehen und liegen, drehten sich um und starrten uns nach. Sie sahen genauso aus wie die Leute auf der anderen Seite der Grenze, in Mahindi. Kinck hatte gesagt, sie wären uns freundlich gesinnt. Auf mich machten Sie weder einen freundlichen noch einen unfreundlichen Eindruck; sie wirkten nur leicht überrascht. Die Ziegen kümmerten sich überhaupt nicht um uns.

Sikafu liegt an der Spitze einer Bucht, die zwei Streifen Sumpfland voneinander trennt; an diesem Teil des Flußufers machen die Fischerboote fest, um ihren Fang hereinzuholen. Sikafu ist ein Marktflecken und hat deshalb eine Polizeistation. Außerdem hat es einen eigenen Geruch; zu dem Gestank, der aus den umliegenden Sümpfen aufsteigt, kommt der atemberaubende Gestank von getrocknetem Fisch.

Die Sonne stand seit fast einer Stunde am Himmel, und als wir den Marktplatz erreichten, herrschte dort bereits lebhafte Geschäftigkeit. Es gab nur zwei oder drei Stände, denn die meisten Dinge, die zum Verkauf angeboten wurden – Gemüse, Obst und natürlich getrockneter Fisch –, lagen auf Matten, die im Staub ausgebreitet waren, daneben hockten die Händler. In der Mitte des Ganzen stand auf einem kleinen hölzernen Podest ein barfüßiger Ugazi-Polizist in Shorts, einen weißen Tropenhelm mit einer Messingspitze auf dem Kopf. Bewaffnet war er mit einem Holzknüppel.

Niemand bemerkte uns, bis Troppmann seinen Jeep anhielt und ich hinter ihm stoppte. Barrières Lastwagen fuhr gerade auf den Marktplatz, als der Polizist sich umdrehte.

Ungläubig starrte er uns an. Es war ein großer Mann mit glänzender Haut, ein Bantu. Ich sah, wie sein Blick von Troppmann zu mir, dann zu Sergeant Musa, dem Maschinengewehr und dem Lastwagen wanderte, der, besetzt mit bewaffneten Männern, hinter uns hielt. Sein Unterkiefer klappte herunter; er erstarrte. Sergeant Musa lachte vor sich hin.

In diesem Moment knallte ein Schuß. Wahrscheinlich hatte einer von Barrières Gaunern das Gefühl gehabt, unsere Ankunft würde nicht genügend zur Kenntnis genommen, und beschlossen, die Situation von Grund auf zu ändern. Oder der Schuß war zufällig losgegangen. Wo das Geschoß einschlug, weiß ich nicht. Ich glaube nicht einmal, daß jemand getroffen wurde, aber der Schuß hatte unmittelbare Folgen.

Köpfe drehten sich, jemand kreischte auf, und dann brach eine Panik aus. Plötzlich kreischten und schrien alle und versuchten, vom Marktplatz wegzukommen. Einige Händler warfen sich, das Gesicht nach unten, zu Boden und fingen an, auf dem Bauch wegzukriechen, andere lagen im Staub und versuchten ihre Waren zu retten. Einer der Stände wurde umgestürzt. Ich sah, daß eine alte Frau in einer Burka unter ihm begraben wurde.

Nur der Polizist blieb regungslos stehen und starrte uns von seinem Podest aus an, als merkte er von dem Höllenlärm überhaupt nichts.

Troppmann nickte ihm zu.

Der Mann stieg vom Podest, stolperte über eine Gemüsepyramide, die zusammenstürzte, und kam näher.

Troppmann mußte schreien, um sich verständlich zu machen. Er sagte irgend etwas, das so ähnlich klang wie:

»Polisi iko wapi?«

Wie betäubt zeigte der Polizist zum anderen Ende des Marktplatzes.

Mit einer Handbewegung forderte Troppmann ihn auf vorauszugehen.

Der Polizist ging in die Richtung, die er uns gezeigt hatte. Troppmann setzte den Jeep in Gang, und wir fuhren ebenfalls an. Jenseits des Marktplatzes war das Ufer, und am Ufer befanden sich mehrere baufällige Holzhäuser, die mit Rohr gedeckt waren. Auf dem Fluß lag ein großer Bagger vor Anker, neben ihm ein Schlepper.

Die Polizeistation hatte Wände aus Lehmziegeln und ein Wellblechdach. Die Fensterhöhlen waren mit dickem Maschendraht verschlossen. Während wir uns langsam der Station näherten, kam ein zweiter Polizist, der eine flache Schirmmütze trug, aus dem Gebäude. Er war umgeben von einer Gruppe schreiender und wild gestikulierender Menschen, die auseinanderstoben und wegrannten, als sie uns sahen. Die Schirmmütze, die am liebsten ebenfalls weggerannt wäre, zögerte, hob dann beide Hände und erwartete ihr Schicksal.

Troppmann griff nach seiner Uzi, stieg aus dem Jeep und winkte mir, ihm zu folgen. Als ich bei ihm war, trieb er die beiden Polizisten ins Gebäude.

Die Station bestand aus einem einzigen großen Raum, von dem mit Maschendraht ein Teil als Haftzelle abgetrennt war. Im anderen Teil standen ein zerschrammter Tisch, drei Stühle, ein alter Schrank und ein Fahrrad.

Mit scharfer Stimme stellte Troppmann eine Frage. Der zweite Polizist schloß den Schrank auf und holte eine verrostete Flinte und ein Armeegewehr heraus. Er erhielt Befehl, beides auf den Tisch zu legen. Dann folgten weitere Fragen und Antworten, von denen ich nichts verstand, ausgenommen das Wort *telephoni,* das mehrmals fiel. Schließlich nahm Troppmann das Schloß aus dem Gewehr, und wir gingen.

»Sie behaupten, es gäbe hier kein Telefon«, sagte er, als wir zu den Fahrzeugen zurückgingen. »Wenn sie Verbindung mit Amari brauchen, müssen sie einen Boten mit dem Fahrrad nach Matata schicken.« Neben seinem Jeep blieb er stehen und betrachtete nachdenklich den Bagger. »Wenn ich nur wüßte, ob das Ding irgendeine Art von Funkgerät hat.«

Auf dem Schlepper war Wäsche zum Trocknen aufgehängt. »Wenn die Schlepperbesatzung an Bord wohnt«, sagte ich, »hat sie bestimmt irgendwie Verbindung mit dem Festland.«

»Das festzustellen würde zu lange dauern. Wir müssen es riskieren. Melden Sie Kinck alles, und dann fahren wir weiter.«

Zum ersten Mal benutzte ich an diesem Tag das große Funkgerät.

»*Lanzenspitze* an *Waffenschmied.* Erstes Ziel erreicht. Sind wieder abmarschbereit. Ende.«

»*Waffenschmied* an *Lanzenspitze.* Irgendwelche Ausfälle? Ende.«

»Keine Ausfälle. Polizei anscheinend zur Zusammenarbeit bereit. Ende.«

»Ausgezeichnet. Dann also weiter. Ende.«

Zu diesem Zeitpunkt hatte ich keine Möglichkeit, die Meldung von Willens durchzugeben, selbst wenn ich es gewollt hätte. Troppmann stand neben dem Wagen und hörte jedes Wort, das ich sagte. Nach einer kurzen Unterhaltung über die Sprechfunkgeräte fuhren wir dann wieder an.

Inzwischen war es sehr heiß und stickig geworden. Links von uns befand sich nichts als Sumpf, rechts dichter Dschungel. Die Straße hatte keine feste Oberfläche, so daß Troppmanns Jeep eine riesige Staubwolke aufwirbelte, und der Staub vermengte sich mit dem Schweiß. Soweit es mir überhaupt möglich war, im Augenblick über etwas froh zu sein, war ich froh, daß ich nicht auf einem der Lastwagen hinter mir saß. Wir fuhren an einem Bus vorbei, der uns entgegenkam – er mußte von der Straße hinunter, um uns vorbeizulassen –, und an ein paar Radfahrern, aber sonst war nur wenig Verkehr.

Matata liegt an der Flußstraße, an der Kreuzung der beiden Straßen, die ins Innere führen. Es ist zwar nur eine Nebenstraße, über die man in das Gebiet der Kakaoplantagen gelangt, aber in einem Land mit so wenigen Straßen muß jede Stadt an einer Kreuzung schnell wachsen. Nach Troppmann war Matata in der Kolonialzeit eine Art von Kreisstadt gewesen, und in ihrer Umgebung hatten damals sogar dreißig Europäer auf Plantagen in den nahe gelegenen Hügeln gelebt.

Der Dschungel lichtete sich, und so konnte man einen flüchtigen Blick auf die Hügel und Berge werfen, die rechts, weit im Innern des Landes, lagen. Wir kamen durch ein kleines Dorf. Etwa einen Kilometer lang stieg die Straße leicht an. Von der Kuppe aus konnten wir die Dächer von Matata und den Bogen des Flußlaufes erkennen, den die Karte zeigte.

Eine kurze, leicht abfallende Strecke folgte, dann waren wir wieder auf ebener Strecke und passierten eine Reihe von Gärschuppen für Kakaobohnen. Vor uns lag eine Kurve, dann tauchte ein Verkehrzeichen mit den Wörtern *NJIA ZAPITANA* auf. Was das bedeutete, ahnte ich nicht.

Das erste Anzeichen, daß irgend etwas nicht klappte, war für mich, daß Troppmann, der gerade in die Kurve einbog, plötzlich auf die Bremsen trat, den Jeep von der Straße herunterriß und sofort zurücksetzte. Im gleichen Augenblick ertönten Gewehrschüsse.

Ich bog von der Straße ab, stoppte und schaltete das Funksprechgerät ein. Kurz danach war Troppmanns Stimme zu hören:

»*Lanzenspitze* an *Hammer* und *Amboß*. Anhalten und Befehle abwarten. Vor uns eine Straßensperre. Wir klären auf und entscheiden, was wir tun. Verstanden?«

Während Barrière und Goutard die Durchgabe bestätigten, sah ich, daß Troppmann mir zuwinkte, ich solle zu ihm kommen. Ich griff nach meiner Uzi und stieg aus. In den Beinen hatte ich ein merkwürdiges Gefühl, fast so, als gehörten sie nicht mir, aber dann ging ich am Straßenrand entlang zum Jeep, aus dem Troppmann heraussprang.

»Irgend jemand hat denen Bescheid gesagt«, meinte er. »Aber das läßt sich nicht ändern. Wir haben es nicht mehr weit.«

»Was für eine Straßensperre ist es?«

»Das werden Sie gleich selbst sehen.«

Er zwängte sich durchs Unterholz in einer Richtung, die parallel zur Straße verlief. Ich folgte ihm etwa fünfzig Meter; dann wandte er sich etwas nach links, also etwa zur Mitte der Kurve hin. Während er weiterging, duckte er sich immer mehr. Ich tat dasselbe.

Als wir die Straße fast erreicht hatten, kauerte er nieder und sah durch die Blätter. Ich kroch neben ihn.

Jetzt konnte ich die Straße entlang sehen. Die Straßensperre war rund zweihundert Meter entfernt und bestand aus einem Autobus wie dem, dem wir vorhin begegnet waren. Er war quer über die Straße gestellt, und zwar an einer Stelle, wo sich an beiden Seiten Bäume befanden. Es war unmöglich, den Bus zu umfahren, denn die Bäume versperrten den Weg. Wenn wir weiter wollten, mußte der Autobus weggeräumt werden.

Troppmann machte sich noch etwas kleiner, nahm die Uzi ab und lud durch. Dann stellte er den Kipphebel auf *›automatic‹*.

»Mal sehen, was da vorne los ist«, sagte er. »Beobachten Sie die linke Seite.«

Er hob die Maschinenpistole an die Schulter, beugte sich etwas vor und gab drei kurze Feuerstöße ab, einen links vom Autobus, einen auf den Autobus und einen rechts davon.

Obgleich der Lärm mich zusammenfahren ließ, hielt ich die Augen offen und sah, wie Blätter und Staub hochspritzten, als die Geschosse ins Unterholz einschlugen. Außerdem sah ich für einen kurzen Moment einen Menschen, der schnell hinter einem Baumstamm Deckung suchte.

In meinen Ohren rauschte es noch, als die Antwort kam, eine ungleichmäßige Gewehrsalve. Sie schien nicht auf uns gezielt, machte jedoch unheimlichen Lärm. Als das Feuer aufhörte, sah ich, daß einer der Büsche sich bewegte.

Troppmann rutschte zurück und hockte sich neben mich.

»Was haben Sie gesehen?«

»Links sind ein paar Leute im Gebüsch. Einer steht hinter dem dicken Baum.«

»Sie haben etwa ein Dutzend Schüsse abgegeben. Mehr

Schützen werden es wahrscheinlich auch nicht sein. Die Sache läßt sich schnell und leicht erledigen.«

Wir kehrten auf dem gleichen Weg zurück, den wir gekommen waren. Ich persönlich hatte keine Ahnung, wie so was schnell und leicht zu erledigen war. Wenn die Lastwagen weiterfuhren, bekamen sie Treffer in den Kühler und die Fahrer Treffer in den Kopf. Wenn die Männer ohne Wagen kamen, wurden sie abgeschossen, sobald sie sichtbar wurden. Wenn sie sich aber an den Flanken vorbeiarbeiten mußten, wie man es ihnen gezeigt hatte, würde es den ganzen Tag dauern.

Kaum waren wir wieder beim Jeep, fing Troppmann an, Befehle zu erteilen.

Zu mir sagte er: »Nehmen Sie Verbindung mit Kinck auf. Melden Sie ihm die Lage. Sagen Sie ihm, daß wir die Sache in wenigen Minuten bereinigt haben. Und schikken Sie Sergeant Musa zu mir.«

Dann griff er nach seinem Sprechfunkgerät und rief Barrière. Ich wartete nicht erst ab, was er zu Barrière sagte. Ich fand, der Zeitpunkt sei gekommen, die Meldung von Willens durchzugeben, und jetzt hatte ich auch die Gelegenheit dazu.

Ich stieg auf die Ladefläche und befahl den beiden *macaques,* abzusteigen und aufzupassen.

Zuerst erreichte ich Kinck und berichtete ihm genau, was Troppmann gesagt hatte, ohne allerdings meine Befürchtungen angesichts der Situation zu erwähnen. Kinck selbst schien keine Befürchtungen zu haben. Ruhig sagte er, das Gros wäre gerade dabei, Sikafu zu verlassen, und ich sollte mich wieder melden, wenn die Sperre beseitigt sei.

Meiner Uhr nach war es genau drei Minuten nach zehn.

Als er ›Ende‹ gesagt hatte, schaltete ich den Frequenzwähler auf zweiundzwanzig Megahertz. Kein Mensch beobachtete mich. Meine beiden *macaques* sahen zu, wie Barrières Leute irgend etwas von seinem Lastwagen abluden, der hinter uns stand. Ich holte den Zettel aus der Tasche, den Willens mir gegeben hatte.

Ich brauchte nur zu sagen: »Janson Zwei. Ende«, und dann mußte ich auf Empfang schalten. Das tat ich dreimal, bevor ich eine Antwort erhielt. Als sie kam, war sie sehr laut und deutlich.

»Hier Janson Zwei. Sie kommen über Kanal fünf. Sprechen Sie. Ende.« Die Stimme redete englisch und hatte einen Akzent wie Willens.

Ich legte den Hebel um und las die Meldung vor. Sie begann: »Sofort, Exekutive von Fielder.« Der Rest bestand in Kodewörtern, die keinen Sinn ergaben.

Als ich fertig war, sagte ich »Ende«, und die Stimme wiederholte die Meldung noch einmal. »Ist es so richtig?« sagte sie zum Schluß.

»Richtig. Ende.«

»Kommen Sie damit nicht ein bißchen spät, Fielder? Ende.«

»Hier ist nicht Fielder. Sie haben jetzt Ihre verdammte Meldung. Der Rest liegt bei Ihnen.«

»Wer spricht denn?«

Ich antwortete, er könne mich kreuzweise, und schaltete ab. Ich schwitzte und zitterte so, daß meine Finger auf dem Schalter ausrutschten. Das war in gewisser Weise mein Glück, weil ich dadurch erinnert wurde, den Frequenzwähler wieder auf das Band zurückzuschalten, das Kinck benutzte.

Meine Hand lag immer noch auf dem Gerät, als ein ohrenzerreißender Knall ertönte, so daß ich aufsprang und mir die Handknöchel aufschürfte. Ein Granatwerfer hatte unmittelbar vor mir auf der Straße das Feuer eröffnet. Barrière beaufsichtigte es. Ein Soldat mit einem Funksprechgerät hockte neben ihm. Als ich mich umblickte, sah ich, daß Ruys weiter hinten einen zweiten Granatwerfer aufgebaut hatte. Krachend detonierte die Granate, ein ganzes Stück von uns entfernt, auf der Straße.

Ich kletterte wieder auf den Fahrersitz des Wagens und schaltete mein Funksprechgerät ein. Troppmann war wieder an der Stelle, von der aus wir die Straße beobachtet hatten, und leitete das Feuer der Granatwerfer.

Barrière und Ruys hatten je etwa zehn Schuß abgegeben, als aus der Richtung der Sperre das Rattern eines langen Feuerstoßes aus einer Uzi ertönte und Troppmanns Stimme durchkam: »Das wär's, *Hammer*. Feuer einstellen.« Und dann lachte er doch tatsächlich. »Bringen Sie den Wagen her, *Lanzenspitze*.«

Ich fuhr an und bog in die Kurve ein. Troppmann stand neben dem Autobus und beobachtete Sergeant Musa, der hinter dem Lenkrad saß und herauszufinden versuchte, wie der Motor anzulassen war. Auf der einen Seite lag ein Toter, dem der halbe Kopf weggerissen war. Er steckte in einer Art Uniform, und seine Hände umklammerten immer noch sein Gewehr.

Troppmann wechselte das Magazin seiner Uzi. Als ich neben ihm hielt, warf er das leere Magazin auf die Pritsche des Wagens.

»Was ist passiert?« fragte ich einfältig.

»Was glauben Sie wohl?« Er grinste. »Die haben gemerkt, daß es kein Spaß ist, von Granatwerfern beschossen zu werden. Die übriggeblieben sind, versuchten wegzurennen. Aber wir haben sie erwischt. Vielleicht ist es besser, wenn Sie den Bus von der Straße fahren. Bei Musa dauert es bestimmt noch die ganze Nacht. Und dann melden Sie Kinck, was los war. In fünf Minuten sind wir wieder marschbereit.«

Er ging die Straße zurück, um seinen Jeep zu holen.

Ich tat, was man mir befohlen hatte. Von oben, vom Fahrersitz des Autobusses aus, konnte ich deutlicher erkennen, was die Granatsplitter angerichtet hatten. Ich versuchte, nicht hinzusehen. Granaten reißen keine tiefen Krater in die Erde, aber auf Menschen haben sie eine gräßliche Wirkung.

3

Als wir nach Matata kamen, war es zehn Uhr dreißig.

Die Flußstraße war zugleich die Hauptstraße der Stadt. Sie war menschenleer. Aus Hütten und Häusern wurden wir verstohlen beobachtet, als wir vorbeifuhren.

Sergeant Musa war beleidigt.

»Die gehören doch zu uns«, knurrte er. »Man hat ihnen gesagt, daß wir kommen. Sie sollten uns begrüßen.«

Aus dem Augenwinkel konnte ich deutlich sehen, wie er an dem Maschinengewehr herumfingerte. Ich persönlich fand den Mangel an Begeisterung in Matata ganz verständlich. Hätte ich zu ihnen gehört, hätte ich Sergeant Musa nicht einmal heimlich beobachtet; ich hätte meinen Kopf unten behalten.

Im Zentrum von Matata lag ein Platz, ähnlich dem

einer kleinen französischen Provinzstadt mit einer steinernen *mairie* an einer Seite. Ich rechnete damit, daß Troppmann halten würde, was er jedoch nicht tat. Wahrscheinlich glaubte er, sich durch das Abschlachten der Männer an der Straßensperre bereits genügend mit der örtlichen Polizei herumgeschlagen zu haben, und da die Nachricht vom Einmarsch bereits durchgekommen war, war es nicht mehr wichtig, die Verbindungen zu unterbrechen.

Gegen elf waren wir achtzehn Kilometer von Amari entfernt, in der Nähe eines Nestes namens Domo. Und dort gerieten wir plötzlich und zum ersten Mal in ernsthafte Schwierigkeiten.

Domo ist ein Fischerdorf an einer seichten Bucht, die der bei Sikafu ähnelt; sie ist aber schmaler und länger. Etwa einen Kilometer weit schlängelt sie sich landeinwärts, und die Flußstraße überquert sie auf einer Betonbrücke.

Die schnell und behelfsmäßig errichtete Straßensperre in der Nähe von Matata hatte bereits darauf schließen lassen, daß die Nachricht über unseren Vormarsch von Sikafu aus gefunkt worden war. Das bedeutete, daß die Behörden in Amari weniger als zwei Stunden Zeit gehabt hatten, um Gegenmaßnahmen zu ergreifen, wenn wir die Brücke bei Domo erreicht hatten. Das Warnsignal, das ich durchgegeben hatte, war noch keine Stunde alt. Nach Goutard mußten die Leute immer noch im Kreis herumrennen und versuchen zu entscheiden, was sie – wenn überhaupt – tun sollten. Vielleicht taten die meisten das auch; aber einer hatte unglücklicherweise aufgehört, einfach herumzurennen, und war auf den Gedanken gekommen, Soldaten zu der Brücke zu schicken, bevor wir hinkamen.

Das letzte Stück vor der Brücke war die Straße etwa einen Kilometer lang völlig gerade. Auf beiden Seiten lagen Kakaoplantagen, die allerdings nicht mehr kultiviert wurden – das heißt, daß das Unterholz unter den Bäumen wild wucherte. Die Folge war, daß man nicht erkennen konnte, was in ihm verborgen war. Es war die ideale Stelle für einen Hinterhalt. Hätten sie mit dem Eröffnen des Feuers noch ein bißchen länger gewartet, hätten sie die meisten von uns einfach abschießen können.

Aber zum Glück waren ihre *macaques* genauso schießfreudig wie unsere.

Troppmanns Jeep erwischte es zuerst. Irgend jemand gab zwei kurze Feuerstöße mit einer automatischen Waffe ab, und ich sah, wie Troppmann ins Schleudern geriet. Einen Moment fing er den Jeep auf, dann fuhr er von der Straße nach rechts mitten in das Unterholz.

Ich trat auf die Bremse, drückte den Rückwärtsgang hinein und gab Gas. Goutards Lastwagen war nur rund siebzig Meter hinter mir; hätte er nicht ebenfalls gestoppt und sofort zurückgesetzt, hätte ich ihn gerammt. Er besaß ebenfalls die Geistesgegenwart, sofort von der Straße herunterzufahren. Bei mir brauchte es bis zu der Erkenntnis, daß ich neben der Straße besser aufgehoben war als auf ihr, weitere fünf Sekunden und einen neuen Feuerstoß. Aber mit Sergeant Musa neben mir, der wie ein Wahnsinniger blindlings in die Gegend feuerte, war es schwierig, richtig zu denken.

Kaum hatte ich den Wagen zum Halten gebracht, sprang ich heraus und verschwand hinter dem Lastwagen.

Weiter vorn, neben der Straße, zeigte eine langsam aufsteigende Dampfwolke, wo Troppmanns Jeep stand. Dann sah ich Troppmann, der im Unterholz dahinter kauerte. Er hatte seine Uzi in der Hand und schien nicht verwundet zu sein.

Goutard kam von hinten. »Gib ihm Feuerschutz«, fauchte er. »Sie sind auf der anderen Seite, zirka dreihundert Meter weiter.«

»Vielleicht sind sie auf beiden Seiten.«

»Das werden wir bald wissen. Erst müssen wir ihn da rausholen.«

Der Befehlswagen war in einem Winkel zum Stehen gekommen, der es unmöglich machte, das Maschinengewehr auf die Straße zu richten; er mußte also erst anders hingestellt werden. Ich wollte gerade einsteigen, aber Goutard stieß mich beiseite und machte es selbst. Dann schob er Sergeant Musa beiseite und übernahm das Maschinengewehr. Wenige Sekunden später hämmerte es los, und ich sah, wie das Unterholz auseinander spritzte, wo die Geschosse einschlugen. Von weiter hinten beteiligten sich die beiden schweren Maschinengewehre der anderen Lastwagen. Troppmann begann, sich in unsere Richtung zu bewegen; er kroch, rannte und tauchte auf unserer Seite der Straße zwischen dem Gebüsch hindurch. Es herrschte solcher Lärm, daß man unmöglich sagen konnte, ob der Feind auf ihn schoß oder nicht. Jedenfalls wurde er nicht getroffen. Zerschrammt, atemlos und schwitzend landete er bei uns.

Barrière und Willens kamen näher, als Goutard vom Lastwagen kletterte.

»Sind sie auf beiden Seiten?« wollte Barrière wissen.

»Ja, aber der größte Teil auf der linken.« Troppmann spuckte aus, wischte sich Blut aus dem Gesicht und fing an, über den Verlust seines Jeeps zu fluchen.

Dann war Willens neben mir und flüsterte mir drängend etwas ins Ohr.

»Haben Sie das Signal durchgegeben?«

»Ja.«

»Wann?«

»Heute früh.« Ich wollte nicht, daß er fragte, wie früh, und so sagte ich schnell: »Wo sind die Aufklärungsflugzeuge, von denen Sie geredet haben?«

Er kam nicht dazu, mir zu antworten. Troppmann hatte begonnen, Befehle zu erteilen.

»Wenn ihr sie aufstöbert, laßt euch nicht aufhalten. Sie stecken nicht tief drin. Versucht erst, in die Nähe der Brücke zu kommen, bevor ihr anfangt, sie auszuräuchern. Wir halten die Straße von hier aus unter Feuer, bis ihr an ihnen vorbei seid. Dann stoßen wir durch.«

Eine Zeitlang herrschte verhältnismäßige Stille, während *Hammer* und *Amboß* sich zu Fuß zwischen den Kakaobäumen durcharbeiteten und den Gegner einkreisten. Dann merkte der Feind, was los war, und reagierte. In der Ferne waren Rufe, dann Schüsse und Feuerstöße zu hören. Ich saß hinten auf dem Befehlswagen und meldete Kinck, was passiert war, als Troppmann, der das Maschinengewehr übernommen hatte, das Feuer auf irgend etwas eröffnete, das sich auf der Straße bewegte. Der Lärm unmittelbar neben mir übertönte meine Stimme. Ich schrie, daß ich mich später melden würde, und schaltete ab.

Durch einen vorsichtigen Blick über den Kasten für das Funkgerät hinweg sah ich, was passierte.

Kurz vor der Brücke hatten einige Leute des Gegners einen kleinen Lastwagen auf die Straße geschoben und versuchten, ihn als Deckung zu benutzen, um die Straße von links nach rechts zu überqueren. Er war aber nicht lang genug, und zwei, die es versucht hatten, lagen schon auf der Fahrbahn; das MAG hatte sie erwischt. Sie trugen dschungelgrüne Uniformen und Helme. Ein Helm war heruntergefallen und rollte weg, als sein Besitzer zu Boden ging. Während ich zusah, setzte der Lastwagen sich langsam in Bewegung – offenbar versuchten sie jetzt, ihn von der anderen Seite hinüberzuschieben –, und wieder eröffnete Troppmann das Feuer.

Die Geschosse ließen den Staub unter den Rädern des Lastwagens hochspritzen, der plötzlich stehenblieb und dann langsam zurückrollte. Troppmann stellte das Feuer ein, und im nächsten Augenblick wurde das Sprechfunkgerät lebendig.

»*Amboß* an *Lanzenspitze*. Wir sind in Stellung und können die Brücke unter Kontrolle halten.« Das war die Stimme von Goutard.

Troppmann ließ die Straße nicht aus den Augen. »Rufen Sie *Hammer*«, sagte er zu mir.

Aber Barrière hatte Goutards Meldung gehört. »*Hammer* an *Lanzenspitze*«, sagte er. »Ich kann auf meiner Seite die Brücke noch nicht unter Kontrolle halten. Gebt mir noch ein paar Minuten Zeit.«

Troppmann nickte. »Sagen Sie ihm, daß es o.k. ist. Und wir machen uns jetzt fertig.«

Sergeant Musa und unsere beiden *macaques* hatten sich vom Unterholz aus mit ihren Gewehren am Lärm beteiligt. Ich schrie ihnen zu, wieder in den Lastwagen zu steigen, und kletterte mit dem Funksprechgerät auf den Fahrersitz.

»Wenn wir fahren, dann bitte schnell«, sagte Troppmann. »Ich habe keine Lust, in ein Kreuzfeuer zu geraten.« Dann zögerte er und schien einen Entschluß zu fassen. »Wir warten nicht länger auf *Hammer.* Wir fahren sofort los.«

»Sofort? Soll ich den anderen Bescheid sagen?« Was konnte mir nur noch einfallen, um den gräßlichen Moment hinauszuzögern.

»Das erledige ich. Hören Sie auf zu reden, geben Sie Gas und halten Sie erst, wenn wir an der Brücke sind.« Der Verlust seines Jeeps hatte seine Laune nicht gerade verbessert.

»Aber . . .«

Er sah mich scharf an. »Fahren Sie los oder steigen Sie aus!«

Ich wollte weder das eine noch das andere; ich wollte gar nichts. Aber auf seine Weise jagte Troppmann mir noch mehr Angst ein als Goutard. Ich legte den Gang ein.

Im gleichen Augenblick meldete sich Barrière.

»*Hammer* an *Lanzenspitze.* Habe meine Stellung erreicht.«

Troppmann antwortete: »*Lanzenspitze* an *Hammer* und *Amboß.* Langsam vorrücken und ausräuchern. An der Brücke neu formieren.«

Ich fuhr los.

Bis zur Brücke war es weniger als ein Kilometer. Bei meinem Tempo konnte es nicht mehr als eine Minute gedauert haben, aber es war eine sehr lange Minute. Ich fuhr am zusammengeschossenen Jeep und dann am Lastwagen vorbei, neben dem die Toten lagen. Dieser zweite Abschnitt schien kein Ende nehmen zu wollen, weil ich versuchte, nicht zu den Toten hinzusehen, mit dem Resultat, daß ich sie fast überfuhr. Überall standen Kakaobäume und schlossen mich ein. Von dort kam das Knattern automatischer Waffen, das das Dröhnen des Motors und das ohrenzerreißende Krachen der Handgranaten grell übertönte. Ich hatte das Gefühl, und genauso hörte es sich auch an, als schössen alle auf mich, einzig und allein auf mich, und wenn das egozentrisch klingt, kann ich es nicht ändern. Ich hatte das Gefühl, genau im Mittelpunkt zu stehen und – um ganz offen zu sein – ohne jeden Schutz dazustehen. Hätte ich seit dem Frühstück irgend etwas gegessen, wäre es mir jetzt bestimmt hochgekommen. Ob die Leute nun tatsächlich auf mich zielten oder nicht – die Tatsache, daß ich die Brücke erreichte, ohne getroffen zu werden, betrachtete ich als nichts Geringeres als ein Wunder.

Kaum bremste ich, sprang Troppmann schon ab und beobachtete die hinter uns liegende Straße.

Immer noch hörte man Schüsse, und obgleich das Geländer an den Seiten der Brücke nicht allzu hoch war, schien es dahinter sicherer, als im Lastwagen sitzen zu bleiben. Ich stieg aus und ging zu Troppmann.

»Mal sehen, was los ist«, sagte er und ging den Weg zurück, den wir gekommen waren. Ich folgte ihm widerwillig. Ich konnte mir vorstellen, was los war, und hatte bereits mehr als genug gesehen.

Am Ufer der Bucht stießen wir auf Goutard und Barrière. Sie standen da und unterhielten sich seelenruhig mit einem Weißen in der dschungelgrünen Uniform des Gegners. Hinter ihnen hockten vier Gefangene, die Barrière von einigen seiner *macaques* bewachen ließ.

Als wir herankamen, drehte der fremde Weiße sich um, erkannte Troppmann und sah ihn mit bitterem Lächeln an.

»Ach – Sie«, sagte er. »Das hätte ich mir denken können.«

Troppmann lachte. »Was ist los, Jean-Pierre? Ist Ihnen das Spiel diesmal zu sehr an die Nieren gegangen?«

»Wie soll man mit diesen dämlichen Idioten schon groß mitspielen?« Keiner hatte ihm die Maschinenpistole abgenommen. Er machte eine ärgerliche Bewegung mit ihr. »Hackfleisch hätten wir aus Ihnen machen sollen.«

»Sie haben Pech gehabt«, sagte Troppmann großzügig. »Unsere Bande ist um kein Haar besser. Habt ihr euch schon vorgestellt? Das hier ist Captain Velay, der diesmal im falschen Boot sitzt.«

Velay nickte uns mürrisch zu, als wir ihm vorgestellt wurden. Er war ein schwerer Mann mit breiten Schultern, rosiger Haut und einer langen spitzen Nase. An seiner linken Hand fehlten zwei Finger.

»Seid ihr euch eigentlich klar darüber, auf was ihr euch da einlaßt?« fuhr er fort. »Der SMMAC wird es gar nicht passen, wenn wir die Erzkähne nicht mehr aus Matendo hinauslassen. Und das werden wir bestimmt, darauf können Sie sich verlassen. Schwer ist es für uns nicht. Wenn nötig, werden sie versenkt. Der UMAD geht es ums Geschäft.«

»Uns auch, Jean-Pierre.«

In diesem Augenblick erschien Willens, um leicht erschöpft zu melden, daß wir vier Ausfälle einschließlich eines Toten hätten. Der Tote hatte sich mit einer Handgranate selbst in die Luft gesprengt.

Willens sah Velay nicht an, und Velay schien Willens nicht zu sehen; es war ziemlich klar, daß die beiden sich kannten. Troppmann schien jedoch nichts zu merken.

»Wie viele haben denn Sie verloren?« fragte er Velay.

»Fünf oder sechs Tote, glaube ich. Einen oder zwei Verwundete. Was werden Sie mit den Gefangenen machen?«

»Was werden die Gefangenen machen, wenn wir sie entwaffnen und laufen lassen?«

»Wahrscheinlich erst Ihre Verwundeten umbringen und dann nach Amari zurückkehren.«

»Unsere Verwundeten nehmen wir mit. Vielleicht sagen Sie Ihren Männern lieber, daß sie sich verstecken und unser Gros passieren lassen sollen, bevor sie losgehen.«

Velay zuckte die Schultern.

»In Ordnung. Und was geschieht mit mir?«

»Leider brauche ich Ihren Lastwagen, Jean-Pierre. Sie haben mir meinen Jeep zerschossen. Wie wäre es, wenn Sie mich begleiteten?«

»Aber nicht, wenn Sie glauben, Sie brauchten bloß drauflos zu fahren. Damit kommen Sie jetzt nicht durch. Dann gehe ich lieber zu Fuß.«

»Wo wird man versuchen, uns aufzuhalten?«

»Bei der Brauerei. Und Sie können mir glauben – man wird Sie aufhalten. Dafür habe ich selbst gesorgt. Wir haben schwere Maschinengewehre.«

»Wir haben Granatwerfer und Maschinengewehre.«

»Es ist ein Stahlbetonbau.«

»Dann werden wir ihn umgehen.«

»Versuchen können Sie es.« Velay überlegte einen Augenblick. »An Ihrer Stelle würde ich mich nicht mehr an die Hauptstraße halten, sondern querfeldein zur Ebony Road durchstoßen.«

»Mit welchem Ziel?«

»Haben Sie eine Karte?«

Troppmann zog seine Karte hervor, und Velay deutete auf die Nebenstraße, die östlich der Stadt eine kurze Strecke in die Hügel führte.

»Von da aus«, erklärte er, »können Sie über die Versuchsstation des Landwirtschaftsministeriums die Stadt erreichen und bis hierher vorrücken.«

Er setzte die Mündung seiner Pistole auf die Karte.

»Und was könnte mich da aufhalten?« fragte Troppmann.

»Die Kaserne.«

»Herzlichen Dank, alter Freund. Haben die auch schwere Maschinengewehre?«

»Natürlich. Aber an dieser Stelle sind Sie dann wenigstens schon in der Stadt. Sie haben Ihren Auftrag erfüllt. Überlassen Sie Kinck den Rest. Er hat heute noch nichts getan.«

»Ich habe Befehl, Amari einzuschließen. Nennen Sie das einschließen?«

»Hören Sie zu, mein Freund.« Velays Ton klang mühsam unterdrückt und geduldig. »Sie wollen keine Verluste, und wir auch nicht. Zweifellos wird es Ihnen gelingen, Amari für einige Tage zu besetzen. Aber dann wird man Sie mit Sicherheit zwingen, die Stadt wieder zu verlassen. Man wird Druck anwenden, und die Vernunft wird siegen. Warum sollten wir nicht jetzt schon vernünftig sein?«

Mein Herz erwärmte sich für Velay. So etwas hörte ich gern. Ich glaubte, daß er es ehrlich meinte.

Zu meinem Erstaunen lachte Troppmann. »Sie wollen doch einen alten Kameraden nicht auf den Arm nehmen, Jean-Pierre?«

Velay machte ein leicht beleidigtes Gesicht. »Wie Sie meinen«, sagte er eingeschnappt. »Sie haben mich nach meinem Rat gefragt.«

»Vielleicht werde ich später darauf zurückkommen, aber ich glaube, wir sollten uns erst einmal Ihre Brauerei ansehen.«

Velay zuckte die Schultern, als wollte er mit der ganzen Geschichte nichts mehr zu tun haben. Ich fühlte mit ihm. Im Augenblick beschränkte sich mein Interesse für Brauereien allein darauf, daß ich dringend etwas zu trinken brauchte.

Troppmann fing wieder an, Befehle zu geben. Ich wurde natürlich zum Befehlswagen zurückgeschickt, um Kinck Bescheid zu sagen. Unterwegs warf ich einen Blick auf meine Uhr.

Ich glaubte, sie wäre stehengeblieben. Es war erst elf Uhr vierzig.

4

Die Brauerei von Amari ist das erste größere Gebäude, auf das man am Stadtrand stößt; die Wörter BRASSERIE TEMBO sind in blauer Farbe auf die Straßenfront gemalt. Die Brauerei liegt da, wo die Straße sich teilt und auf der einen Seite zum Ufer abfällt, wo die Ebenholzstämme aus den Hügelwäldern verladen werden, während der andere Teil in das Zentrum der Stadt führt. Bei Nestern wie Amari ist der Übergang vom Land zur Stadt gewöhnlich ziemlich abrupt. Kurz vor der Straßengabelung lag links ein Dorf aus Magungu-Hütten, und dann sah man rechts die Brauerei mit der aufgemalten Aufschrift. In dieser Umgebung wirkte sie ausgesprochen deplaciert.

Troppmann, der mit Velay in dessen Lastwagen saß, hielt knapp vor der Straßengabelung. Hätte es in der Brauerei schwere Maschinengewehre gegeben, wie Velay behauptet hatte, konnten sie das ganze Gelände bestreichen. Troppmann hatte aus dem zerschossenen Jeep sein Sprechfunkgerät gerettet, und jetzt hörte ich, wie er Barrière rief.

»*Lanzenspitze* an *Hammer*. Ich möchte, daß Sie einen Trupp vorschicken, der das Feuer auf sich lenken soll.«

»O.k. Wer gibt mir Feuerschutz?«

»Wir. Der Befehlswagen folgt mir.«

Sergeant Musa leckte sich die Lippen und legte einen neuen Munitionsgurt ein. Mein Magen drehte sich um.

Am Rand des Dorfes, links von Troppmann, zog sich ein dünner Baumgürtel hin. Troppmann fuhr von der Straße ab unter diese Bäume. Ich folgte. Das Gelände gehörte noch zum Dorf, und als wir näher kamen, rannten überall Hühner herum. Auf dem unebenen Boden konnten wir nur langsam fahren, und einer meiner *macaques* nutzte dies aus, um abzuspringen und eines der Hühner einzufangen. Er schlachtete es nicht gleich, sondern band ihm die Beine mit einer Ranke zusammen und warf das gakkernde Bündel hinten auf den Wagen. Ich hätte gern gewußt, ob er noch lange genug leben würde, um es zu essen.

Trotz der Bäume fing ich an, mir ziemlich schutzlos vorzukommen. Troppmann befand sich auf fast gleicher Höhe mit der Straßengabelung, und die Brauerei lag uns gegenüber keine vierhundert Meter mehr entfernt. Wenn wir nicht aufpaßten, so überlegte ich, würden wir es sein, die das Feuer auf sich zogen.

Troppmann hielt. Ich wendete den Lastwagen ein bißchen, damit Sergeant Musa freies Schußfeld auf die Brauerei hatte, und hielt ebenfalls. Dann stieg ich aus dem Wagen. Hinter dem Lastwagen würde es bald sicherer sein als in ihm.

Durch die Bäume konnte ich jetzt Barrière und ein halbes Dutzend seiner Leute erkennen, die sich der Brauerei auf der anderen Straßenseite näherten. Wo die Straße sich teilte, lag ein V-förmiger Hügel, der mit Büschen bewachsen war. An der Gabelung war das die einzige Deckung. Plötzlich rannten Barrière und zwei andere Männer über das freie Gelände in Richtung des Hügels.

Aus der Brauerei kam ein Feuerstoß, Geschosse rissen die Fahrbahn auf, aber unverletzt erreichte Barrière den Hügel. Er duckte sich dahinter und winkte den anderen, ihm zu folgen. Das taten sie, und wieder wurde aus der Brauerei gefeuert. Diesmal sah ich das Mündungsfeuer. Sergeant Musa hatte es ebenfalls gesehen. Er stieß einen Schrei aus und begann, das Feuer zu erwidern.

Das Brauereigelände war von einem hohen Metallzaun umgeben, und das Feuer kam von zwei Stellen links vom Haupteingang; die Leute schossen durch Löcher im Zaun.

Und dann kam mir eine meiner Ideen. Mir fiel wieder

ein, was Velay gesagt hatte, als Troppmann von Granatwerfern geredet hatte – daß die Brauerei ein Stahlbetonbau sei. Damals schien das ein Argument zu sein. Jetzt merkte ich, daß es keins war. Beton ist kein Schutz, wenn man nicht dahinter sitzen kann. Angesichts der fensterlosen Fassade der Brauerei war klar, daß man zuerst Schießscharten in die Mauer brechen mußte, wenn man sie als Stützpunkt verwenden wollte. Aber dazu brauchte man Zeit, und die hatte man hier nicht mehr gehabt.

Ich ging zum Funksprechgerät und berichtete Troppmann meine Idee.

»Erstaunlich!« sagte er. »Ist Ihnen das gerade eingefallen?« Er lachte albern. »Das muß ich Captain Velay erzählen.«

Natürlich versuchte er, so zu tun, als wäre er schon lange auf diese Idee gekommen, aber ich ließ mich nicht täuschen. Jedenfalls handelte er aufgrund meines Vorschlags. Zehn Minuten später zerfetzten die Geschosse der Granatwerfer den Gegner, soweit er sich auf dem Brauereigelände befand.

Natürlich tat mir das leid, aber im Krieg ist kein Platz für Gefühl und halbe Sachen. Wie mein Vater zu sagen pflegte: »Aufgabe des Soldaten ist es, den Feind zu bekämpfen und ihn nicht bloß anzufurzen.«

Barrières Gruppe hatte dann die Aufgabe, die Brauerei zu säubern, während der Rest weiter in die Stadt vorstieß.

Als ich Kinck das meldete, erfuhr ich auch von ihm Neuigkeiten. Das Gros war auf der Straße außerhalb von Matata von drei Flugzeugen angegriffen worden. Die Flugzeuge waren über den Fluß angeflogen. Verluste hatte es nicht gegeben, aber die Kolonne war durcheinander geraten, und deshalb würde es zwei Stunden dauern, bis sie nachkam – vielleicht auch länger, wenn der Luftangriff wiederholt wurde.

Troppmann schnitt ein Gesicht, als ich ihm Bericht erstattete.

Ich wußte, weshalb.

Wenn Barrière mit seinem Trupp die Brauerei gesäubert hatte, sollte er zum Flußufer durchstoßen und sich dort festsetzen oder es zumindest versuchen. Der Befehl lautete, Kais, Treibstofflager und sämtliche Boote, die dort lagen, zu besetzen und den ganzen Schiffsverkehr auf dem Fluß zu unterbinden. Solange sie nicht auf Widerstand stießen, konnten sie es möglicherweise schaffen, aber dazu brauchten sie jeden Mann. Somit blieb allein Goutards Trupp, um mit der Kaserne und der dort sitzenden Garnison fertigzuwerden. Das war in Ordnung, solange die Garnison nichts anderes tat, als das Kasernengelände zu verteidigen. Wenn sie aber merkten, daß wir nicht sofort angriffen, und uns angriffen, bevor das Gros eintraf, dann steckten wir ziemlich in der Klemme.

Kurz vor dem Hauptplatz hatten wir in einer von Bäumen gesäumten Straße mit heruntergekommenen zweistöckigen Häusern gehalten. Ein paar davon waren Wohnhäuser, die meisten aber Läden, winzige Cafés und Bars. Europäisch gekleidete Schwarze standen in Gruppen vor den Cafés und starrten uns an. Angst schienen sie nicht zu haben; einige lachten sogar und machten Witze. Nicht wenige waren offensichtlich betrunken.

Im Gegensatz zu Sikafu und Matata hatten wir hier nicht mehr das Gefühl, Herr der Lage zu sein. Ganz im Gegenteil hatte ich das Gefühl, daß wir uns einen größeren Brocken zugemutet hatten, als wir schlucken konnten, und daß jeden Moment irgend etwas ausgesprochen Unerfreuliches passieren konnte. Vielleicht klingt es dumm, aber wie ich so dastand und wartete, daß Troppmann sich entschlösse, etwas zu tun, hätte es mich nicht im geringsten überrascht, wenn plötzlich Polizisten aufgetaucht wären und uns alle verhaftet hätten.

Goutards Trupp war schon losgefahren, um die Lage bei der Kaserne auszukundschaften, und Troppmann beschloß, sich dem Trupp anzuschließen.

Wir entfernten uns vom Platz und fuhren eine kurze Strecke bergauf, an der Mauer eines Kolonialfriedhofes entlang. Dicht an der Mauer, am Straßenrand, standen Goutards Lastwagen.

Wir hielten hinter ihnen. Als ich aus meinem Wagen kletterte, dröhnte sehr niedrig und schnell ein Flugzeug über uns hinweg. Flüchtig sah ich an den Tragflächen die Farben von Ugazi, dann war es verschwunden. Bomben warf es keine ab. Wahrscheinlich wollte der Pilot bloß nachsehen, ob die Ugazi-Fahne noch über der Kaserne wehte.

Das tat sie.

Goutard hatte seinen Trupp innerhalb des Friedhofs hinter der zerbröckelnden Mauer, genau gegenüber der Kaserne, verteilt. Er warnte uns, die Köpfe unbedingt unten zu behalten. Die Garnison hätte gezeigt, daß sie sowohl wachsam als auch nervös sei. Auf dem Dach stünden zwei Maschinengewehre und feuerten, sobald sich irgend etwas regte. Das Feuer wäre nicht allzu genau, aber passieren könne immer etwas. Willens baute seine Maschinengewehre auf, um das Haupttor und die freie Fläche davor unter Beschuß nehmen zu können. Er machte den Vorschlag, mit seinen eigenen Maschinengewehren das Leben für die Leute auf dem Dach etwas gefährlicher zu machen und ihre Begeisterung zu dämpfen. In der Friedhofsmauer hatte er ein Loch entdeckt, und ständig blickte einer von uns hindurch.

Rund zweihundert Meter entfernt, am Ende eines Platzes, der staubig und vollkommen kahl war, stand eine lange hohe Steinmauer mit einem Torbogen in der Mitte. Das Gebäude dahinter ähnelte eher einem Gefängnis. Die Helme der Maschinengewehrschützen auf dem Dach waren gerade noch zu sehen. Am Fahnenmast über ihnen wehte die grün-weiße Ugazi-Flagge. Der gefängnishafte Eindruck wurde nur durch eine riesige rote Bougainvillea gemildert, die den Torbogen und einen Teil der Mauer überwucherte.

Troppmann sah Captain Velay an. »Wer befehligt die Garnison?« fragte er.

»Colonel Ngozi.«

»Weiße Offiziere?«

»Nein.«

»Was wird er tun, Jean-Pierre? Wird er einen Ausfall versuchen?«

»Das bezweifle ich. Er wird durchhalten, bis Verstärkungen über den Fluß gesetzt werden.«

»Ist er für Geld empfänglich?«

»Vielleicht.« Velay lächelte tückisch. »Wollen Sie, daß ich ihn frage?«

»Das ist reizend von Ihnen, Jean-Pierre, aber mir ist es lieber, wenn er im Moment unsere Stärke nicht kennt. Er könnte sonst auf die Idee kommen, einen Ausbruch zu riskieren. Später vielleicht, wenn das Gros hier eingetroffen ist – dann können Sie ihn fragen.«

Velay seufzte. »Ich wollte Ihnen nur behilflich sein.«

»Natürlich.«

Am Fluß wurde geschossen. Kurz darauf war es wieder zu hören. Troppmann wandte sich zu mir.

»Fragen Sie Barrière, wie er vorankommt.«

Während ich wegkroch, blieb es ruhig. Die Schießerei schien die Leute auf dem Kasernendach anzufeuern. Man hörte das Hämmern der Maschinengewehre, und abgerissene Zweige regneten von den Bäumen auf mich herab.

Ich war heilfroh, vom Friedhof weg und wieder zum Lastwagen zu kommen.

Statt Barrière erwischte ich Ruys. Er war ziemlich außer Atem.

»Einige Schwierigkeiten«, sagte er. »In einem Gebäude am Ufer, an der Westecke des Platzes, sitzen ein paar Männer. Wahrscheinlich ist es die Präfektur. Sie haben Gewehre. Wir sind hier mehr oder weniger festgenagelt. Wir haben versucht, seitlich vorbei zu kommen, aber das geht nicht. Und René ist verwundet.«

René war Barrière. »Schwer?«

»Nein, aber es ist ein Beinschuß, und er ist außer Gefecht gesetzt. Uns geht es im Moment gut, aber den Fährkai können wir nicht überblicken. Erst muß jemand das Gebäude vom Platz aus ausräuchern.«

»Ich werde Troppmann Bescheid sagen.«

Widerwillig ging ich wieder zum Friedhof und erstattete Troppmann Bericht. Goutard und Velay hörten zu, als ich meine Meldung machte.

»Das sind unsere Leute«, sagte Velay schnell. »UMAD-Angestellte. Zivilisten.«

»Was machen die in der Präfektur?« wollte Troppmann wissen.

»Was der Präfekt und seine Angestellten hätten tun sollen, wenn sie nicht über den Fluß geflohen wären.«

»Sind diese Leute Europäer?«

»Zwei Europäer und drei *évolués*.« Damit meinte er ›zivilisierte‹ Männer. Diese Bezeichnung gilt für jeden Afrikaner – vom Angestellten, der gerade eine Schreibmaschine bedienen kann, bis zum Anwalt mit Universitätsexamen –, der kein gewöhnlicher *macaque* ist.

»Können Sie denen nicht zureden, daß sie vernünftig sein sollen?«

Aber Velay hatte es aufgegeben, so zu tun, als wollte er uns helfen. »Die Leute sind ausgesprochen vernünftig«, sagte er. »Man hält Sie hier auf, und man hält Sie dort unten auf. Wenn Kinck bis heute abend nicht eintrifft, ist es möglich, daß Sie morgen möglichst schnell verschwinden müssen. Wir sind Freunde, ja, aber im Augenblick keine Kameraden. Erwarten Sie etwa im Ernst, daß ich Ihnen auch noch helfe?«

Die letzte Bemerkung schien Goutard zu ärgern. Aus seiner Kehle kam dasselbe gurgelnde Geräusch wie damals, bevor er auf Kapitän Van Bunnen losging. »Ich werde sie schon rausjagen«, sagte er.

Troppmann starrte ihn einen Augenblick an. »Sie können hier keine Leute abziehen.«

»Von hier brauche ich auch keine. Beim Befehlswagen sind noch drei, und dazu Arthur. Wenn die anderen bloß Gewehre und Flinten haben, genügt mir das völlig.«

Beide sahen mich an. Goutard machte ein verkniffenes Gesicht. Ich hätte schreien können, aber eine Antwort fiel mir nicht ein. Ich zuckte die Schultern.

Troppmann sah mich immer noch zweifelnd an, nickte aber dann. »Also gut. Aber legt sie nur um, wenn es nicht anders geht. Ich werde Ruys Bescheid geben, daß ihr unterwegs seid.«

Es paßte mir gut, daß wir auf allen vieren kriechen mußten, um heil vom Friedhof wegzukommen. Ich glaube nämlich nicht, daß ich aufrecht hätte gehen können.

5

Der Hauptplatz von Amari ist nur an drei Seiten von Gebäuden eingeschlossen. Die vierte Seite bildet das Flußufer, wo die größeren Passagierschiffe und Fährboote festmachen. An der einen Seite steht eine Kirche, die der katholischen Mission gehört, und ein Hotel mit einer großen Veranda. Die anderen Gebäude sind Büros der Provinzregierung oder irgendwelcher Firmen. Auf dem Fleckchen Erde in der Mitte stehen ein paar Akazien und ein steinernes Denkmal, umgeben von einem ungepflegten Beet mit Cannalilien.

Von Goutard instruiert, der neben mir saß, fuhr ich langsam auf den Platz und hielt dann, damit er sich orientieren konnte. Ziemlich viele Leute waren da, aber mit Ausnahme einiger Betrunkener in der Nähe des Denkmals hatten sie sich auf der rechten Seite, vor der Kirche, versammelt. Die Präfektur war das letzte Gebäude auf der linken Seite, und die Fahrbahn vor ihr war leer. Sollte es zu irgendeinem Schauspiel kommen, wollten die Leute ihm lieber aus sicherer Entfernung zusehen.

Goutard befahl mir weiterzufahren, mich links zu halten und in der Nähe des Haupteingangs zur Präfektur zu stoppen. Und langsam sollte ich fahren. Ich tat wie befohlen. Ich hatte zu große Angst, etwas anderes zu tun.

Als wir näher kamen, merkten sogar die Betrunkenen beim Denkmal, daß es vielleicht klüger sein könnte, sich ein wenig zurückzuziehen. Drohend schwenkte Goutard das MAG in ihre Richtung; einige rannten weg.

Die Präfektur hatte zwei Stockwerke und beherrschte das ganze Flußufer. Selbst ich sah, daß ein paar entschlossene Männer mit Gewehren im oberen Stockwerk es jedem unmöglich machen konnten, sich dem Gebäude zu nähern. Nirgends war auch nur die kleinste Deckung. Barrière hätte gepanzerte Mannschaftstransportwagen benötigt, um ohne Verluste hinzukommen.

Ich hatte den Eindruck, daß wir mindestens einen Panzer brauchten, um in die Präfektur zu gelangen. Sämtliche Fenster des Erdgeschosses waren vergittert und verrammelt. Die große Doppeltür des Eingangs sah ausgesprochen abweisend aus.

Goutard schien unbeeindruckt. Als ich stoppte, griff er nach dem Sprechfunkgerät und rief Ruys.

»Wir sind auf dem Platz und gehen gleich rein.«

»Gut.«

»Ich fange mit Handgranaten an. Wenn ihr sie hört, möchte ich, daß ihr die Typen da oben beschäftigt. Ich habe keine Lust, daß sie uns von oben einheizen. Je mehr Lärm, desto besser. Mit allem, was ihr habt. Klar?«

»Klar«, sagte Ruys. »Aber vorher muß ich einiges vorbereiten.«

»Genügen zwei Minuten?«

»Zwei Minuten genügen. Dann sind wir soweit.«

Goutard wandte sich zu mir. »Wir lassen einen Posten beim Wagen. Am besten Musa. Vorgehen tun wir in der üblichen Weise – zuerst Handgranaten, dann sofort hinterher.« Er lachte vor sich hin. »War es nicht Ruys, der sagte, solche Kämpfe würde es nicht mehr geben?«

»Ja. Aber sollten wir nicht lieber ein bißchen vorsichtiger sein?«

»Vorsichtiger?«

»Ich habe noch den Schuldschein von Willens. Hast du nicht auch einen gekriegt? Es wäre doch sehr schön, wenn wir sie einlösen könnten, oder?«

Er zögerte, aber nicht lange. »Jetzt geht es um uns oder sie.«

»Ich habe die Meldung von Willens durchgegeben.«

»Das war unnötig. Aber welche Rolle spielt das jetzt schon? Das war nur eine Rückversicherung. Das hast du selbst gesagt. Jetzt brauchen wir keine Rückversicherung mehr.«

»Wirklich nicht?« Ich konnte meinen Ohren nicht trauen.

»Wozu? Wir werden siegen. Los. Fangen wir an.«

Wir stiegen aus, und er fing an, seinen Brotbeutel mit Handgranaten vollzustopfen. In jede seiner Hosentaschen kamen gefüllte Uzi-Magazine. Automatisch machte ich es ihm nach. Es war, als hätte ich keinen eigenen Verstand mehr. Ich kann mich nicht einmal genau erinnern, was in den nächsten Minuten passierte. Ich weiß nur, daß ich ausgesprochen dringend aufs Klo mußte und es schwierig war, an irgend etwas anderes zu denken. Ich hörte, wie Goutard Sergeant Musa Befehle gab, und sah ihn auf seine Uhr schauen. Dann stolperte ich hinter ihm her, an der schimmeligen Mauer unter den vergitterten Fenstern der Präfektur entlang. Wir waren dicht vor dem Eingang, als er stehenblieb. Fast wäre ich in ihn hineingerannt. Er hatte seine Uzi über die Schulter gehängt und in jeder Hand eine Handgranate. Mit den Zähnen riß er die Zündschnüre ab.

Ich sah, wie er zwei Handgranaten vor die Tür warf und sich dann eng an die Mauer preßte. Der Druck der doppelten Explosion war wie ein Schlag auf den Kopf. Durch das Singen in meinen Ohren konnte ich vom Ufer her das Schießen schwerer Maschinengewehre hören. Plötzlich wurde es vom Feuerstoß einer Uzi übertönt. Es war die Uzi Goutards, der in die Eingangshalle rannte und dabei ununterbrochen schoß.

Ich folgte ihm. Aus irgendeinem Grunde schien es mir sicherer, ihm zu folgen, als draußen auf der Straße zu bleiben.

Durch eine Staubwolke sah ich, daß eine der Doppeltüren offenstand, und hörte, daß Goutard mir zuschrie, endlich zu kommen. Kein Mensch schoß auf uns. Ich brüllte den zwei *macaques* hinter mir zu, mir zu folgen, und rannte hinein.

Wir standen in einer Empfangshalle mit einem Tisch und einem Stuhl in der Mitte und einem Treppenaufgang. Mehr zu erkennen hatte ich keine Zeit. Goutard war die Treppe bereits zur Hälfte hinaufgelaufen; er nahm zwei Stufen auf einmal und brüllte wie blödsinnig. Die *maca-*

ques fingen ebenfalls an zu brüllen. Sie waren unmittelbar hinter mir, die Seitengewehre aufgepflanzt. Ich hatte keine andere Wahl, als vor ihnen die Treppe hinaufzurennen.

Oben war ein langer Korridor, der nach rechts und links parallel zur Front des Gebäudes verlief. Goutard hatte sich nach rechts gewandt, also in jene Richtung, die zum Ufer führte. Als ich ihm folgen wollte, kam zu dem Lärm eines draußen schießenden Maschinengewehrs das Krachen von Schüssen, die im Gebäude, ganz nahe, abgegeben wurden. Im gleichen Augenblick zog Goutard eine weitere Handgranate hervor, warf sie in das andere Ende des Korridors und verschwand seitlich durch eine Tür.

Die Handgranate landete unter einem Fenster, dessen Läden geschlossen waren, und als sie explodierte, flogen die Läden auf.

Ich stand immer noch da, von der Detonation wie betäubt, als ein Mann in einem kurzärmeligen weißen Hemd ins Licht stolperte, das durch das Fenster fiel. In der Hand hielt er ein Gewehr.

Als er mich sah, ließ er sofort das Gewehr fallen und hob die Hände. Dann mußte er wegen der Wolke von Gipsstaub husten.

»Schon gut, in Ordnung«, krächzte er zwischendurch. »Kamerad, *pal,* Kamerad. *Guerre finie.* Wir geben auf.«

Ich erkannte seine Stimme. Es war der Funker, der die Meldung von Willens aufgenommen hatte.

Goutard drängte sich an ihm vorbei in das letzte Zimmer. Im nächsten Augenblick stolperten hintereinander immer mehr Männer in kurzärmeligen weißen Hemden heraus. Sie zögerten, als sie mich sahen. Ich war entsetzt, und weil ich entsetzt war, hielt ich meine Uzi wahrscheinlich so, als könnte ich es kaum erwarten, sie zu benutzen.

Goutard kam hinter ihnen.

»Das wäre erledigt, Arthur«, sagte er. »Übernimm du jetzt hier den Befehl. Durchsuche alle anderen Zimmer. Wenn jemand versucht, dir komisch zu kommen, kastrierst du ihn. Ich werde jetzt Ruys und Barrière helfen.«

Dann verschwand er.

Ich war auf mich allein angewiesen.

6

In meinem bisherigen Leben hat man mir schon eine ganze Menge vorgeworfen, und ein paar von den Vorwürfen waren auch berechtigt. Ich habe gar nicht die Absicht, es zu bestreiten; ich behaupte auch nicht, ein Heiliger zu sein. Aber die Behauptung, daß ich mich in der Präfektur von Amari der Plünderung schuldig gemacht hätte, ist vollkommen falsch. Ohne schuldhafte Absicht kann es keine Schuld geben. Das Äußerste, was man mir vorwerfen kann, ist Vergeßlichkeit.

Goutard hatte gesagt, ich sollte den Befehl übernehmen und alle Zimmer durchsuchen. Genau das tat ich. Ich führte einen Befehl aus.

Erst befahl ich den beiden *macaques,* sämtliche Flinten und Gewehre aus dem Zimmer am Ende des Korridors zu holen. Dann schickte ich die Gefangenen wieder hinein und befahl den *macaques,* sie zu bewachen.

Danach erst hatte ich Zeit, die anderen Zimmer zu durchsuchen.

Das erste, das ich betrat, war glücklicherweise ein Lokus. Dafür hatte ich Verwendung. Dann ging ich weiter. Sämtliche übrigen Räume des Stockwerkes waren Büros und, mit einer Ausnahme, ziemlich klein und dreckig.

Die Ausnahme war das Büro des Präfekten, das sich in der Mitte des Korridors, der Treppe genau gegenüber, befand. Es war ziemlich groß und hatte einen unebenen gebohnerten Fußboden, und in der Mitte, unter dem Schreibtisch, lag ein schäbiger viereckiger Teppich. Außerdem besaß das Zimmer zwei Türen, von denen die eine auf den Korridor führte, während die andere das Zimmer mit dem Büro verband, das der *adjoint* des Präfekten benutzt hatte.

Und im Büro des *adjoint* entdeckte ich den Safe.

Dieser Safe hatte nichts Besonderes oder Imponierendes an sich. Es war lediglich ein Bürosafe, ein ziemlich alter von der Sorte, die Einbrecher angeblich mit einer zurechtgebogenen Büroklammer öffnen können.

Natürlich drehte ich am Griff, um zu sehen, ob er verschlossen war. Unglaublicherweise war er es nicht. Der *adjoint* war offenbar derart eilig aufgebrochen, daß er darüber vergessen hatte, den Safe abzuschließen.

Ebenso natürlich war es, daß ich mir ansah, was der Safe enthielt.

In der oberen Hälfte war ein Regal für Rechnungsbücher. Unten waren einige Fächer und auch eine Schublade.

Zuerst öffnete ich die Schublade und entdeckte etwas, das wie eine Menge Geld aussah. Ich sage ›aussah‹, weil ich mir natürlich nicht die Mühe machte, es zu zählen.

Dann fiel mir etwas in einem der Fächer auf. Es war ein Bündel Pässe.

Insgesamt waren es sechzehn, und zusammengehalten wurden sie von einem Gummiband. Unter dem Gummiband, auf dem obersten Paß, einem westdeutschen, steckte ein Zettel, auf dem in großen Buchstaben mit roter Tinte UMAD geschrieben stand. Neben den Pässen lag ein Stapel Karten, ebenfalls von einem Gummiband zusammengehalten, und wie sich herausstellte, waren es *cartes d'identité*, die der Präfekt im Namen der Republik Ugazi für ansässige Ausländer ausgestellt hatte. Es bestand kein Zweifel darüber, was passiert war. Die UMAD hatte diese Karten für sechzehn ihrer Angestellten *en bloc* beantragt. Karten und Pässe warteten nur darauf, abgeholt zu werden.

Niemand weiß besser als ich, ein wie wertvolles Dokument so ein Paß ist. Sechzehn Pässe dort liegenzulassen, wo sie möglicherweise gestohlen oder verlegt werden konnten, war in meinen Augen ein ausgesprochen verbrecherisches Unterfangen.

Deshalb tat ich, was ich unter diesen Umständen für das einzig Richtige hielt.

Zuerst durchsuchte ich das Büro sehr sorgfältig, um festzustellen, ob der *adjoint*, der in zu großer Eile aufgebrochen war, um seinen Safe abzuschließen, vielleicht auch die Schlüssel zurückgelassen hatte. Hätte er die Schlüssel vergessen, hätte ich den Safe natürlich abgeschlossen und die Schlüssel irgendeiner entsprechend ausgewiesenen Behörde übergeben, sobald wieder eine existierte.

Wie sich jedoch herausstellte, konnte ich die Schlüssel nirgends finden.

Unter diesen Umständen schienen mir Pässe und Geld in meinem Rucksack doch sicherer aufgehoben.

Und da wanderten sie auch hinein.

Dann vergaß ich sie einfach. Verständlicherweise, muß ich sagen. Wenn man um sein Leben kämpft, ist man leicht geneigt, Belanglosigkeiten zu vergessen.

7

Kinck und das Gros trafen kurz nach vier in der Stadt ein.

Eine Stunde später kapitulierte die Garnison formell. Die schweren Maschinengewehre wurden den Leuten abgenommen, und man wies sie an, bis zu einem Waffenstillstand mit der Regierung von Ugazi das Kasernengelände nicht zu verlassen.

Danach lief alles ungefähr so ab, wie Goutard es vorausgesagt hatte.

Am gleichen Abend traf ein *macaque*-Colonel, als Vertreter des Emirs von Kundi, mit einem Haufen Rowdys von der Palastwache aus Fort Grebanier ein und beschlagnahmte das Hotel.

Außerdem übernahm er den Befehl über die Truppen und alle Transportfahrzeuge der Kompanien. Daraufhin zogen die europäischen Offiziere sofort in die Präfektur und brachten sämtliche Maschinengewehre, die Granatwerfer und Uzis mit. Das UMAD-Personal, und zwar sowohl Europäer als *évolués,* die sich ergeben hatten, beschloß, bei uns zu bleiben; später kamen noch drei weitere UMAD-Leute dazu, die man aus dem Hotel hinausgeworfen hatte. Und zuletzt erschienen ferner der verwundete Barrière und der Doktor. Jetzt, da die Schlacht vorüber war, betrank sich die ganze Stadt, und so wurde es in diesem Nest noch gefährlicher, als es bisher schon gewesen war. Die Leute von der UMAD waren zwar nicht ausgesprochen freundlich, und zuerst gab es eine Menge gegenseitiger Beschuldigungen und wütender Diskussionen; aber sie konnten es sich nicht leisten, allzu unfreundlich zu sein, und als jemandem einfiel, daß in einem UMAD-Büro jenseits des Platzes noch einige Kisten Gin ständen, wurde von beiden Seiten ein bewaffneter Trupp zusammengestellt, der die Kisten befreien sollte. Sie trösteten uns darüber hinweg, daß es in der Präfektur keine Küche gab und wir unsere Verpflegung kalt aus den Konservendosen essen mußten.

Aber meinem Magen war sowieso nicht nach Essen zumute. Die Reaktion hatte eingesetzt. Meine Beine versagten vollständig, und gegen das Zittern im Innern konnte ich erst recht nichts tun. Ich hatte das gräßliche Bedürfnis, laut zu lachen, wußte jedoch, daß ich schließlich heulen würde, wenn ich mich gehenließ. Es war ein gespenstisches Gefühl, und ich brauchte wirklich dringend einen Schluck Gin.

Aber selbst dann konnte ich mich noch nicht völlig entspannen. Mochte Goutard sich auch nicht mehr für eine Rückversicherung interessieren – jedenfalls hatte er seinen Kopf auch nicht so riskiert wie ich. Ich hatte immer noch das Gefühl, meine Gedanken zusammenhalten zu müssen. Und, heiliger Himmel, wie recht ich hatte!

Aus dem kühlen Blick, mit dem Willens mich angesehen hatte, als er in der Präfektur auftauchte, ging deutlich hervor, daß er sich mit Captain Velay zusammengesetzt und sie ihre Aufzeichnungen verglichen hatten. Damit war klar, daß Willens jetzt den Zeitpunkt wußte, zu dem ich seine Meldung durchgegeben hatte. Allerdings konnte er nicht mit Sicherheit wissen, daß ich die Durchsage absichtlich hinausgezögert hatte. Er mochte mit meiner Leistung nicht überaus zufrieden sein – ich war nicht dumm genug anzunehmen, daß er noch die Absicht hatte, seinen Schuldschein einzulösen –, aber solange er glaubte, ich hätte mein Möglichstes getan, hatte ich immer noch einen Fuß oder wenigstens eine Zehe im feindlichen Lager. Für eine Weile war das ein tröstlicher Gedanke, wenn auch kein vollkommen beruhigender.

Aber plötzlich gab es nicht einmal mehr einen tröstlichen Gedanken, nur noch einen Alptraum.

Was passierte, ging allein auf Goutards Konto, obwohl der verdammte Funker sein Teil dazu beitrug.

An jenem Abend war in Amari der Strom ausgefallen, und der größte Teil der Präfektur lag im Dunkeln. Wir hatten ein paar Petroleumlampen, und sie dienten vor allem dazu, den Sitzungssaal im Erdgeschoß zu beleuchten. Dort standen auch die Kisten mit Gin, und damit war das der Ort, wo wir uns in erster Linie aufhielten.

Als der Ballon platzte, war es gegen zehn Uhr dreißig.

Draußen auf dem Platz waren Schüsse gefallen, und fast alle waren einen Moment verstummt, um zu horchen. Zwei der Kompanie-Offiziere bewachten den Eingang, Troppmann und Velay waren hinausgegangen, um nachzusehen, was los war.

Einer, der sich nicht hatte stören lassen, war Goutard. Er stritt mit dem Funker und redete mit größter Lautstärke weiter.

»Du hast keine Ahnung, wovon du sprichst«, brüllte er. »Wenn man bei diesem Spiel Glück braucht, sollte man gar nicht erst anfangen. Feuerkraft und Tempo, das allein zählt. Wenn du auch noch Glück brauchst, kannst du gleich den lieben Gott bitten, dir in den Hintern zu kriechen. Heutzutage kriecht dir keiner in den Hintern, bilde dir das bloß nicht ein. Wir . . .«

Er verstummte und hob verzweifelt die Hände. Er hatte in seinem schauderhaften Marseiller Französisch gesprochen, und der fassungslose Blick des Funkers hatte ihm plötzlich klargemacht, daß sein Gesprächspartner kaum ein Wort verstand.

»Erzähl du es ihm, Arthur«, sagte er. »Erzähle es diesem Idioten auf englisch.«

Zu sehr hatte ich mich daran gewöhnt, Goutard zu gehorchen, um es jetzt plötzlich nicht mehr zu tun; aber kaum hatte ich den Mund aufgemacht, wußte ich bereits, daß ich einen Fehler begangen hatte. Bis zu diesem Augenblick war ich dem Funker überhaupt nicht aufgefallen. Ich war lediglich der Mann mit der Maschinenpistole gewesen, dem er sich zufällig ergeben mußte. Jetzt hörte er mich englisch reden. Seine Augen wurden groß, als er meine Stimme wiedererkannte, und verengten sich dann boshaft. Er wartete nicht einmal ab, bis ich fertig war.

»Ach so«, sagte er laut. »Du also bist der Hund, mit dem ich heute morgen über Funk geredet habe.«

Kinck, Ruys und Willens – alle saßen in Hörweite. Ruys hatte vorher schon dem Streit zugehört. Ich war beinahe sicher, daß Kinck Englisch verstand. Von Ruys wußte ich es.

Goutard schüttelte meinen Arm. »Was hat er gesagt? Was hat er gesagt?«

Ruys sah mich komisch an. »Die Frage ist, was er damit meint?« sagte er auf englisch.

Der Funker war ein kleiner, schmalköpfiger, hohlwangiger Mann und ziemlich betrunken. Wäre er nicht betrunken gewesen, wäre er vielleicht so vernünftig gewesen, an diesem Punkt die Schnauze zu halten. Aber das tat er nicht.

Wütend deutete er auf mich. »Der da weiß genau, was ich meine. Ich könnte ihn kreuzweise, hat er gesagt. Dieser unverschämte Hund! Fragt ihn doch.«

Ich wußte, daß Willens zuhörte. Aus den Augenwinkeln sah ich, wie er aufstand. Ich hoffte, er würde eingreifen. Statt dessen ging er unauffällig weg, als wollte er sich sein Glas wieder füllen.

Goutard, der natürlich kein Wort verstanden hatte, zog mich immer noch am Arm, aber ich kümmerte mich nicht darum. Wer mir Angst einjagte, war jetzt der Funker.

»Ich habe keine Ahnung, wovon Sie reden«, sagte ich, und es gelang mir sogar, zu lächeln.

»Willst du etwa sagen, daß ich lüge?« fragte er. »Wenn ich eine Stimme gehört habe, erkenne ich sie wieder.« Plötzlich imitierte er meine Stimme. »›Sie haben jetzt Ihre verdammte Meldung. Der Rest liegt bei Ihnen.‹ Du Hund!«

Ich wußte genau, daß ich jetzt nichts sagen oder tun konnte, was ihn zum Schweigen brachte. Er gehörte zu dem Typ, der, wenn er betrunken ist, in seiner Dummheit immer weiterredet, bis er alles verraten hat. Vielleicht hätte Captain Velay, sein Boss, ihn daran hindern können, aber Velay war nicht da. Mir blieb nichts anderes übrig, als zu verschwinden, bevor alles noch schlimmer wurde und Kinck anfing, ihm Fragen zu stellen.

Ich stand auf und sah lächelnd auf ihn hinunter. »Jeder kann sich irren«, sagte ich. »Aber jetzt muß ich erst den Gin wieder loswerden. Wenn ich zurück bin, reden wir weiter.«

Als ich hinausging, sagte er noch einmal: »Du Hund!« Aber ich nahm davon keine Notiz. Ich spürte genau, daß Kincks Blick mir folgte. Mein einziger Wunsch war, die Dunkelheit der Eingangshalle zu erreichen.

Niemand kam hinter mir her. Später, wenn ich nicht wieder zurückkam, wenn die Fragen gestellt und beantwortet worden waren und aus Argwohn Gewißheit geworden war – dann würde die Jagd beginnen. Damit blieben mir noch ein paar Minuten, um mir einen Ausweg einfallen zu lassen.

Mein Feldbett und der Rest meiner Sachen standen in einem der Büros im Erdgeschoß. Ich mußte meine Taschenlampe anknipsen, um hinzufinden. Immer noch hatte ich keine Ahnung, was ich tun sollte. Der Befehlswagen stand im Hof hinter der Präfektur, und ich hatte den Zündschlüssel. Wenn ich es bis zum Wagen schaffte, konnte ich vielleicht wegfahren. Aber wohin? Das Maschinengewehr war abmontiert worden, und so, wie es auf den Straßen aussah, mußte ich schon sehr viel Glück haben, um aus Amari überhaupt hinauszukommen. Angenommen, ich hatte Glück – was dann? Über die Flußstraße zurück nach Matata und Sikafu? Wohin dann? Nach Fort Grebanier, wo ich vielleicht ein Flugzeug erwischen konnte? Das würde Stunden dauern – Stunden, in denen

Kinck über Funk Befehl geben konnte, mich anzuhalten, wenn er wollte. Und dann? Hackten die *macaques* mich nicht vorher in Stücke, würde man mich ins Gefängnis stecken und beschuldigen, einen Lastwagen der SMMAC gestohlen zu haben. Wahrscheinlich wäre das typisch Kincks Art, mich zu bestrafen. Andererseits mochte ich gar nicht daran denken, was mit mir passierte, wenn ich blieb. Troppmann würde keinen Moment zögern, mir eine Kugel in den Kopf zu jagen, auch Ruys nicht. Aber vorher konnten noch andere und höchst unerfreuliche Dinge passieren.

Es war fürchterlich schwer zu überlegen. Ich war so müde. Ich wußte, daß ich etwas tun mußte, irgend etwas unternehmen mußte, statt im Dunkeln auf meinem Bett zu sitzen. Aber anscheinend konnte ich mich dazu nicht überwinden. Ich war verstört und wußte genau, daß ich fliehen mußte; dabei hatte ich nur den einen Wunsch, mich auf mein Bett zu legen und zu schlafen.

Irgend jemand war an der Tür, und dann leuchtete mir eine grelle Taschenlampe in das Gesicht.

Mein Magen krampfte sich zusammen, und der Gin, den ich vorhin gekippt hatte, kam mir sauer hoch und ließ mich fast ersticken.

Dann wanderte der Schein weiter, und ich erkannte Willens, der im Türrahmen stand. Er hatte sich den Rucksack über die eine, seine Uzi über die andere Schulter gehängt.

»Nehmen Sie Ihre Sachen, Arthur«, sagte er. »Für uns wird es Zeit zu verschwinden.«

VI

Ich setze mich ab

I

Einfältig starrte ich ihn an.

»Kommen Sie«, wiederholte er. »Hierbleiben wollen Sie doch wohl nicht, oder? Diese Leute können Ihnen und mir ziemlich gefährlich werden.«

»Das weiß ich.«

»Dann trödeln Sie nicht herum. Wo steht Ihr Lastwagen?«

»Im Hof.«

»Ist das Funkgerät noch drauf?«

»Ja. Es ist eingeschlossen.«

»Haben Sie den Schlüssel?«

»Ja.«

»Dann los.«

Ich griff nach meinem Rucksack und wollte zur Tür.

»Vergessen Sie Ihre Maschinenpistole nicht. Vielleicht brauchen Sie sie noch.«

Ich kehrte um, nahm die Uzi und folgte ihm aus dem Zimmer und den Korridor entlang.

Der Hof der Präfektur bestand aus einer kleinen, von einer Mauer umgebenen Fläche hinter dem Gebäude. Ein Teil davon war ein Garten; aber zum Flußufer führte ein Tor hinaus, und der Hof war offenbar hauptsächlich als Parkplatz benutzt worden. Unter einem Wellblechdach stand ein Fahrradständer, während unter einem anderen Platz für zwei Wagen war.

Mir fiel ein, daß ich den Befehlswagen unter das Wellblechdach für Fahrzeuge gefahren hatte. Aber jetzt fiel mir auch wieder ein, daß ich meinen Wagen als erster abgestellt hatte und die vier Gruppenwagen nach mir in den Hof gefahren waren.

Ich holte Willens ein; gemeinsam erreichten wir die Hintertür, die auf den Hof führte.

»Es hat keinen Sinn«, sagte ich. »Ich kriege den Wagen nicht 'raus. Die anderen stehen davor.«

»Reden Sie nicht«, war alles, was er sagte. Er blieb nicht einmal stehen.

Mittlerweile waren wir im Hof. Auf den Lastwagen befand sich nichts mehr, was beweglich war und gestohlen werden konnte, und deshalb war auch kein Posten im Hof. Auf dem Platz wurde immer noch herumgeschrien, aber im Hof hörte es sich an, als wäre es sehr weit entfernt.

»Wo steht er?« fragte Willens.

»Links – direkt in der Ecke.«

Er schlängelte sich zwischen den Lastwagen hindurch, wobei er seine Taschenlampe eingeschaltet hatte.

»Mich interessiert nur das Funkgerät«, sagte er, ohne sich umzudrehen. »Wenn wir Glück haben, brauchen wir keinen Wagen. Wenn wir kein Glück haben und einen Wagen brauchen, nehmen wir einen anderen.«

Dann hatten wir den Befehlswagen erreicht, und er schwang sich auf die Pritsche.

»Wo ist der Schlüssel?«

Ich gab ihm den Schlüssel zum Vorhängeschloß, und er machte sich an die Arbeit. Wenige Minuten später begann der Generator in seinem Gehäuse zu jaulen.

Es klang so laut, daß man meinte, die ganze Welt müßte es hören.

»Verdammt«, murmelte er, »ist das ein Lärm.«

Diese Chance konnte ich mir wirklich nicht entgehen lassen.

»Deswegen konnte ich auch Ihre Meldung nicht früher durchgeben«, sagte ich, »wegen des Lärms.«

»Mein Gott, das ist vorbei und vergessen.« Seine Finger hantierten mit den Schaltern. Dann begann er zu rufen: »Janson Drei, Fielder ruft Janson Drei, Fielder ruft Janson Drei. Ende.«

Janson Zwei war die UMAD in Amari gewesen – und zwar dieser Idiot von Funker, der sich drinnen jetzt den Mund fusselig redete. Ich hatte keine Ahnung, wer Janson Drei war. Im Augenblick interessierte es mich auch nicht. Mein einziger Wunsch war, hier wegzukommen, bevor Janson Zwei mich endgültig hochgehen ließ.

Zweimal mußte Willens rufen, bevor er Antwort bekam.

»Hier Janson Drei, Fielder. Schön, Sie wieder zu hören. Ende.«

Die Stimme klang leicht kehlig.

Mehr verstand ich von der Unterhaltung nicht. Willens fing an, in einer Sprache zu reden, die ich noch nie gehört hatte, und die Antworten kamen in derselben Sprache. Ein bißchen klang es wie Holländisch, aber wahrscheinlich wird es Afrikaans gewesen sein. Nach einigem Hin und Her redete vor allem Janson Drei. Willens schien irgendwelche Anweisungen zu bekommen. Es schien kein Ende zu nehmen.

Dann hörte ich, wie Willens »Ende« sagte, und plötzlich erstarb das Jaulen des Generators.

»Los jetzt«, sagte er zu mir. »Einen Wagen brauchen wir nicht, aber wir müssen ein ganzes Stück laufen.«

Er bewegte sich bereits zwischen den Lastwagen in Richtung Hoftor. Ich wollte ihm gerade folgen. Um zum Tor zu kommen, mußten wir an der Hintertür der Präfektur vorbei. Als Willens auf ihrer Höhe war, öffnete jemand die Tür und kam mit einer Taschenlampe heraus.

Willens stand mitten auf der freien Fläche und wurde sofort vom Lichtstrahl erfaßt. Er blieb stehen. Ich auch, aber ich war einige Schritte hinter ihm und von einem Lastwagen verdeckt. Wer die Lampe hielt, konnte ich nicht sehen; ich horchte.

Einen Moment herrschte Stille. Dann sagte der Mann mit der Lampe: »Na, na!« Und dann kicherte er.

Es war Goutard.

Willens sagte nichts.

»Wo steckt er? Ist er hier?« Der Schein der Taschenlampe wanderte über den Hof.

»Wen meinen Sie?« fragte Willens.

»Unseren kleinen Arthur natürlich. Wen sonst? Kinck möchte ihn sprechen. Der Funker hat ziemlich viel geredet. Jetzt möchte man Arthur hören.«

»Vorausgesetzt, Sie finden ihn.«

»Ach, wir werden ihn schon finden. Einer von uns wird diesen fetten Trottel bestimmt finden. Sicher steht er in irgendeiner Ecke und macht in die Hosen. Weit kommt er nicht.«

»Machen Sie sich eigentlich keine Sorgen, Goutard?«

»Ich?« Wieder kicherte Goutard. »Was kann dieser *macaque* schon über mich erzählen, das die anderen glauben! Ich habe den Zettel, den Sie mir gegeben haben, schon vor Stunden verbrannt. Ich bin nie in der Nähe des Funkgeräts gewesen. Eigentlich sollten Sie sich Sorgen machen, würde ich sagen.«

Er war näher an Willens herangetreten, und ich wich noch ein Stück weiter zurück.

»Ich mache mir keine Sorgen«, sagte Willens. »Ich haue ab.«

»Was springt für mich heraus, wenn ich Sie abhauen lasse?«

»Wie wollen Sie mich daran hindern?«

»Indem ich ins Haus gehe und Alarm schlage.« Der Schein seiner Taschenlampe richtete sich verächtlich auf die Uzi, die Willens in der Hand hielt. »Das Ding können Sie nicht benutzen. Der Krach bringt die anderen schneller her, als wenn ich Alarm schlüge. Wieviel Geld haben Sie bekommen? Wieviel in bar?«

»Nicht so viel, wie Sie möchten. Das meiste ist bei meiner Frau.«

Darauf folgte eine kurze Pause. Als Goutard wieder anfing zu reden, hatte sich der Ton seiner Stimme verändert. Langsam verlor er die Beherrschung.

»Überlegen Sie sich's, Willens. Streng genommen schulden Sie mir bereits tausend Dollar. Aber mir genügt die Hälfte der Summe in Francs. Für einen Mann in Ihrer Lage ist das ein Geschäft – ein gutes Geschäft«, wiederholte er.

Ich sah förmlich, wie sein Gesicht diesen verkniffenen Ausdruck bekam.

»Seien Sie vernünftig«, sagte Willens. »So viel Geld habe ich nicht bei mir.«

»Ach!« Das war wieder dieser gurgelnde Ton. Jetzt wußte ich, daß er jeden Augenblick endgültig die Beherrschung verlieren würde, und das wäre mein Ende gewesen.

Inzwischen war ich um den Lastwagen herumgegangen, so daß ich ziemlich dicht hinter ihm stand.

»Erzählen Sie keinen Mist«, fauchte er. »Her mit dem Geld!«

Dann konnte ich beide sehen, Willens vor dem Lastwagen, mit dem Gesicht zu mir, Goutard mit dem Rücken zu mir, den Schein seiner Taschenlampe auf Willens' Gesicht gerichtet.

»Her damit!« bellte er. »Her damit!«

Ich war in einer verzweifelten Lage. Um ihn zum Schweigen zu bringen, blieb nur eines. Ich nahm die Uzi von der Schulter, machte drei schnelle Schritte nach vorn und schlug ihm die Maschinenpistole so kräftig, wie ich nur konnte, auf den Kopf.

Im letzten Augenblick hatte er mich kommen hören, und fuhr herum. Aber er war doch nicht schnell genug, um mir zuvorzukommen. Die Uzi wiegt vier Kilo, und ich schlug mit aller Kraft zu.

Er ging vornüber in die Knie. Dann versetzte Willens ihm einen Tritt, und Goutard lag platt auf dem Boden.

Mit offenem Mund stand ich da. Ich konnte nicht fassen, daß es tatsächlich passiert war.

»Schnell«, fauchte Willens. »Helfen Sie mir, ihn hinter den Wagen zu bringen.«

Jeder von uns packte einen Arm, und dann schleiften wir ihn zwischen zwei Lastwagen, wo er nicht zu sehen war, wenn jemand den Hof flüchtig inspizieren sollte. Anschließend rannten wir zum Tor.

Die beiden Flügel waren von innen verriegelt, hatten jedoch kein Schloß. Wenige Sekunden später waren wir am Flußufer und gingen mit schnellen Schritten in Richtung Süden, vom Hauptplatz weg. Vor uns war ein Feuerschein zu sehen.

»Und wohin jetzt?« fragte ich.

»Über den Fluß, wenn wir es schaffen. Changa schickt uns ein Motorboot.«

»Ist Janson Drei in Changa?«

»Ja. Sie holen uns an einer Stelle außerhalb von Amari ab. Wir brauchen diese Stelle nur noch zu erreichen. Bevor Kinck das Kommando übergab, schickte er unseren Trupp hier an das Ufer. Sollten wir einer Patrouille begegnen, müssen wir versuchen, sie zu bluffen. Aber wenn wir nur eine Spur Glück haben, werden die Kerle zu besoffen sein, um uns aufzuhalten.«

Die meisten waren es tatsächlich; trotzdem erlebten wir einige unangenehme Augenblicke.

Am schlimmsten war es, als wir an dem Feuer vorbei mußten. Der Brand wütete in einem Lagerhaus am Flußufer. Wahrscheinlich hatten die Patrouillen es vorher geplündert. Der Feuerschein erhellte die ganze Gegend; wir hielten uns, so weit es ging, aus seinem Umkreis, hatten aber wenig Deckung und keine Möglichkeit, einen Umweg zu machen. Wie Wahnsinnige hüpften die Kerle auf der Straße herum und feuerten mit ihren Gewehren in das brennende Gebäude. Dann sah uns einer und brüllte den anderen etwas zu.

Ein paar drehten sich auf der Stelle um und fingen an, auf uns zu schießen. Es waren Soldaten, die noch vor wenigen Stunden zu uns gehört hatten. Ich habe keine Ahnung, ob sie uns erkannten oder nicht. Wahrscheinlich nicht. In diesem Augenblick waren sie bereit, auf alles zu schießen, was sich bewegte.

Willens antwortete mit einem Feuerstoß aus seiner Uzi, und dann rannten wir um unser Leben. Getroffen hatte er niemanden. Mit dem Feuerstoß wollte er sie nur an den Lärm einer automatischen Waffe erinnern. Die Kerle kannten diesen Lärm und versuchten nicht, uns zu verfolgen.

Der nächste Verein, den wir sahen, hatte einen *macaque*-Offizier bei sich und war weniger betrunken als die anderen. Quer über die Straße hatten sie eine Sperre aus Ölfässern errichtet, und unten am Flußufer brannte ein kleines Feuer. Ganz in der Nähe war die Stelle, wo die Stämme, die man mit Lastwagen von den Hügeln herschaffte, auf Kähne verladen wurden. Weiter rechts lag ein Betonpier mit einem großen Kran.

Der Offizier sah uns triefäugig entgegen, als wir näher kamen, und zwei seiner Männer senkten drohend ihre Bajonette.

Willens nahm keine Notiz von ihnen. Er behielt lediglich den Offizier im Auge.

»Alles in Ordnung?« fragte er in seinem miserablen Französisch.

Der Offizier zögerte. Willens ließ sich nicht aufhalten.

»Gut«, sagte er. »Der Kommandant wird in Kürze hier sein, um Ihren Posten zu inspizieren.«

Der Offizier erwiderte sogar Willens' lässigen Gruß, während wir weiter drauflos marschierten.

Damit lag Amari hinter uns.

Etwa einen halben Kilometer gingen wir noch. Die Straße führte bergauf und entfernte sich langsam vom Fluß. Es war dieselbe Straße, über welche die Lastwagen mit den Baumstämmen herunterkamen, und wären wir weiter gegangen, wären wir zu der Gabelung der Hauptstraße gelangt, wo die Brauerei lag.

Willens blieb stehen und holte seine Taschenlampe hervor.

Rechts von der Straße ging es ziemlich steil zum Ufer hinunter, und der ganze Hang war mit übel aussehendem Gestrüpp bedeckt.

»Sehr bequem wird es nicht sein«, sagte Willens, »aber anders geht es nicht.«

Er fing an hinunterzuklettern, und ich folgte ihm, auf dem Hintern rutschend, mit den Füßen nach einem Halt suchend und mich blindlings an Zweige klammernd, die meine Hände aufrissen. Ein Ast schlug mir den Hut vom Kopf, und ich machte gar nicht erst den Versuch, ihn wiederzufinden. Ich hörte, wie Willens irgendwo unter mir fluchte und schimpfte. Dann rief er zu mir herauf.

»Festhalten! Nicht zu schnell, oder Sie landen in der Soße.«

Verzweifelt griff ich nach einem Ast.

Der Gurt meines Brotbeutels wickelte sich um meinen Hals. Und dann saß ich in der Soße, jedenfalls bis zu den Knien. Was von oben wie das Flußufer ausgesehen hatte, war ein Streifen Sumpf. Er stank zum Gotterbarmen.

Willens steckte ebenfalls mittendrin. Er hatte wieder seine Taschenlampe angeknipst, und ich sah, wie er auf einen modernden Baumstamm kletterte. Als ich triefend neben ihm hockte, begann er, über den Fluß hinweg ein Lichtsignal zu geben.

2

Endlich tauchte das Motorboot auf, der Auspuff blubberte ruhig vor sich hin, als der Mann am Steuer versuchte, es näher ans Ufer heran zu manövrieren. Am Bug stand ein zweiter Mann mit einer Maschinenpistole.

Willens rief ihn an.

»Bist du das, Jan?«

»Ja. Alles in Ordnung?«

»Alles in Ordnung. Kommt nicht näher ran. Hier ist alles voller Seegras. Wir kommen lieber zu euch.«

Ich hatte noch die Geistesgegenwart, meinen Brotbeutel mit beiden Händen hochzuhalten, als wir, bis zur Brust im Wasser, zum Motorboot wateten. Aber ich hatte dann nicht mehr die Kraft, selbst ins Motorboot zu klettern. Willens und dieser Jan mußten mich hineinhieven.

Dann, glaube ich, war ich eine Weile ohnmächtig.

Ich erinnere mich nur noch, wie das Boot abdrehte, und an den Lärm, als der Motor auf Touren kam; dann weiß ich nichts mehr, bis Willens mich an der Schulter schüttelte.

»Los, Arthur«, sagte er. »Halten Sie noch kurze Zeit durch. Schlafen Sie jetzt nicht ein. Wir sind gleich da.«

Ich schlug die Augen auf.

Das Motorboot hatte ein ziemliches Tempo drauf und schoß klatschend über die schnelle Strömung in der Flußmitte auf eine Lichterreihe am jenseitigen Ufer zu.

»Changa?« fragte ich.

»Ja, Changa.« Er hob die Hand und nahm das Zeichen der Republik Mahindi von seinem Hemd. »Wir sind jetzt in Ugazi«, sagte er. »Es ist besser, wenn wir das Zeug abnehmen. Außerdem brauchen wir es nicht mehr.«

Er warf sein Abzeichen über Bord.

Ich nahm meines auch ab. Aber ich warf es nicht weg, sondern steckte es in die Tasche. Man weiß nie, ob solche Sachen nicht irgendwann plötzlich wieder ganz nützlich sind. Abgesehen davon war es immerhin ein Offiziersabzeichen.

Die Lichter kamen näher, und das Boot änderte leicht seine Richtung.

»Was machen wir damit?« Ich zeigte auf die Uzis.

»Die lassen wir lieber im Boot.« Er grinste mich an. »Zum Glück habe ich Sie noch erinnert, Ihre mitzunehmen. Sie kam sehr gelegen.«

Das war sein ganzer Dank dafür, daß ich ihn vor Goutard gerettet hatte.

Mir war es ziemlich egal. Wie mein Vater zu sagen pflegte: »Wenn ein Mann sagt, er sei dir dankbar, mußt du verdammt aufpassen. Dann will der Lump nämlich bald wiederkommen.«

Viel wichtiger war, daß der ›kleine Arthur‹, der weiße *macaque,* der ›fette Trottel‹ nicht ›in einer Ecke gestanden und in die Hosen gemacht hatte‹, als der entscheidende Augenblick kam. Er war mit seiner Maschinenpistole in der Nähe gewesen und hatte genug Verstand besessen, das Ding auch zu gebrauchen.

Jetzt hatte der ›alte Mann vom Meer‹ einen Brummschädel, und Sindbad war wieder frei.

3

In Changa wohnte ich eine Woche im Hotel.

Die Stadt war voll von Ugazi-Soldaten, und jeden Tag schienen neue dazuzukommen. Einige hatten automatische Waffen, und es gab sogar ein paar gepanzerte Mannschaftstransportwagen. Aber nichts passierte, was die Lage änderte. Weder gab es einen Waffenstillstand noch einen Gefangenenaustausch, wie Kinck ihn sich vorgestellt hatte. Die Garnison von Amari blieb in ihrer Kaserne, und die übrigen Ugazi-Truppen blieben auf ihrer Seite des Flusses. Wie Velay vorausgesagt hatte, wurden die SMMAC-Transporte von Matendo durch die Ugazis gestoppt. Zwei Kähne waren durch Maschinengewehrfeuer versenkt worden, einen Schlepper hatte man beschädigt. Danach blieben die Kähne in Matendo, und der Erztransport von Kawaida kam zum Stillstand. Sowohl Ugazi als auch Mahindi hatten beim Sicherheitsrat der Vereinten Nationen protestiert. Anscheinend war die ganze Geschichte festgefahren.

Willens hatte durchgesetzt, daß die UMAD meine Hotelkosten übernahm, aber außerdem besaß ich immer noch seinen Schuldschein. Als ich ihn daran erinnerte, hatte er leichthin erwidert, daß die Geschichte erst geregelt werden könne, wenn die ganze Situation geklärt sei.

Das faßte ich so auf, daß ich mein Geld vielleicht bekommen würde, wenn die UMAD Sieger blieb, daß ich aber garantiert nichts bekäme, wenn die SMMAC behielt, was sie sich geschnappt hatte.

Zuerst kümmerte er sich überhaupt nicht um mich. Er

war viel zu sehr damit beschäftigt, seine Frau zurückzuholen. Genau weiß ich nicht, wie er es schaffte, aber vorstellen kann ich es mir. In Changa waren nämlich Reporter einer Nachrichtenagentur aufgetaucht, und ich glaube, daß Willens Kinck irgendwie wissen ließ, er werde den Agenturleuten die ganze Geschichte im Detail erzählen, wenn man seine Frau nicht sofort zu ihm ließe. Für die SMMAC, der im Augenblick ungeheuer viel an der öffentlichen Meinung lag und die sich fast überschlug, um mit sanfter Unschuldsmiene aus der Affäre wieder herauszukommen, war das eine ernsthafte Drohung.

An welchen Drähten er zog – jedenfalls klappte es. Drei Tage später war Barbara Willens da. Sie war über die Zone B gekommen, deren Räumung, wie sie erzählte, noch nicht abgeschlossen war.

Und ausgerechnet von ihr erhielt ich, gegen Ende der Woche, jene kleine Lektion in geschäftlicher Moral, die möglicherweise mein ganzes Leben verändert hat.

Ihr Mann war zu einer Besprechung in die Hauptstadt gefahren, und wir beide saßen mit einem Drink auf der Veranda des Hotels. Zum ersten Mal seit jenem Abend im Bereitstellungslager war ich mit ihr allein.

»Es tut mir leid, Arthur, daß die Sache nicht ganz so geklappt hat wie geplant«, sagte sie.

»Ich habe mein Möglichstes getan, Mrs Willens.«

»Das hat Adrian mir erzählt. Schade, daß es nicht genügte.«

Ich fand das ziemlich kühl. Schließlich war sie diejenige gewesen, die versprochen hatte, daß die Sache sich für mich lohnen würde.

»Ja, wirklich schade«, sagte ich trocken. »Hätte ich weniger getan oder überhaupt nichts, wäre ich jetzt auf der Seite der Sieger.«

»Sicher – sofern es sich gelohnt hätte.« Sie lächelte freundlich. »Sie sind wohl nicht oft auf der Seite der Sieger gewesen, was, Arthur?«

Welche Frage an einen Mann!

»Ich habe immer überlebt.«

Sie schien belustigt. »Ja, das ist wohl auch eine Art Sieg. Aber wenn es Ihnen ein Trost ist – diesmal haben Sie wenigstens nicht verloren.«

»Nur meinen Job bei der SMMAC.«

»Den hätten Sie sowieso nicht mehr lange gehabt. Sie wissen doch, was hier geschehen wird, oder?«

»Ugazi und Mahindi werden die Geschichte wahrscheinlich bis zu einer Entscheidung durchkämpfen.«

Sie schüttelte den Kopf. »Nein. Da gibt's nichts mehr durchzukämpfen. Das Spiel ist aus. UMAD und SMMAC haben sich geeinigt.«

»Geeinigt?« Ich dachte, sie mache einen Witz.

»Vielleicht dauert es noch eine Weile, bis die Einzelheiten in Genf ausgearbeitet worden sind, aber alles andere steht bereits fest. Den kleinen Fleck seltener Erde werden sie gemeinsam ausbeuten. Ugazi und Mahindi werden sich den Gewinn teilen. Als Ausgleich wird die UMAD an der Kassiteritgewinnung der SMMAC beteiligt.«

»Und was ist mit der Regierung von Ugazi?«

»Wer schert sich um die Regierung von Ugazi? Sie hat einen kleinen Gebietsstreifen verloren und einen anderen dafür bekommen. Wer sollte die Situation rückgängig machen? Die Streitkräfte von Ugazi? Wie denn? Die Vereinten Nationen? Reden wir nicht davon. Der Internationale Gerichtshof in Den Haag? Seit mehr als fünfzig Jahren gibt es zwischen Venezuela und dem, was früher einmal Britisch-Guayana hieß, einen Grenzstreit, bei dem es um Mineralvorkommen geht. Der Internationale Gerichtshof hat den Streit immer noch nicht entschieden. Unserer hier wird keine fünfzig Tage dauern. Und aus einem sehr einfachen Grunde: SMMAC und UMAD haben so entschieden.«

»Und mit welchem Recht?« Nach allem, was ich durchgemacht hatte, brachte die Vorstellung, daß diese Hunde in aller Gemütsruhe in einem Genfer Büro saßen und sich die Beute teilten, mein Blut zum Kochen.

»Wer ist denn sonst noch da?«

»Die seltene Erde gehört den Ugazis. Sie ist ihnen gestohlen worden.«

Mrs Willens seufzte geduldig. »Wir sprechen von Geschäftsleuten, Arthur, nicht von Pfadfindern. Die UMAD besaß etwas, von dem die SMMAC auch ein Stück wollte. Deshalb machte die SMMAC eine Art Angebot, und es klappte. Jetzt hat jeder seinen Anteil, und alle sind zufrieden. Möglicherweise werden die Ugazis zuerst murren, aber wenn sie erst ihren Gewinnanteil einstreichen, werden auch sie zufrieden sein. Was ist da Unrechtes dabei?«

»Nichts, Mrs Willens«, sagte ich steif. »Das wäre übrigens eine gute Verteidigung für einen Raubüberfall am hellichten Tag.«

Sie lachte. »Sie sind ein Moralist, Arthur«, sagte sie. »Wollen wir uns noch einen Drink bestellen?«

Im Laufe meines Lebens hat man mich schon viel genannt, aber einen Moralisten noch nie. Ich wußte nicht recht, ob es mir gefiel. Irgendwie kam ich mir ein bißchen albern vor.

4

Es ist zu komisch mit mir. Wenn eine Frau dafür gesorgt hat, daß ich mir lächerlich vorkomme, besonders eine sexy aussehende Frau, dann fange ich an, ernsthaft zu überlegen und Pläne zu schmieden. Damit meine ich nicht irgendwelche Pläne, um mich an sie heranzumachen, sondern Pläne, um mich wieder in der Welt zurechtzufinden und mich zu bessern.

Merkwürdigerweise war es das Bündel Pässe, das ich zufällig in meinem Rucksack hatte, das mich auf die tolle Idee brachte.

Vorher hatte ich mich verschiedenes gefragt.

Zum Beispiel: wenn ich in einem Waschraum eine Brieftasche klaue, dann ist das Diebstahl und alle schreien Zeter und Mordio; wenn aber die SMMAC oder die UMAD seltene Erde im Wert von zweihundert Millionen Dollar klauen, dann ist das ›Wahrnehmung von Interessen‹, und kein Mensch verliert darüber ein Wort. Warum?

Wie schafften sie es, ungeschoren davonzukommen?

Wie konnte ich bei einer ähnlichen Geschichte ungeschoren davonkommen?

Ich dachte natürlich nicht an eine Sache im gleichen Umfang – Millionen interessieren mich nicht –, sondern an das, was ein Mann mit meinen Kenntnissen zustande bringen konnte, ohne daß er die Polizei dauernd auf dem Hals hatte.

Zuerst waren die Pässe für mich bloß eine potentielle

Einnahmequelle gewesen. Natürlich hatte ich auch daran gedacht, sie nach Amari zurückzuschicken, aber offensichtlich gab es dafür keine Möglichkeit. Abgesehen davon wußte ich, daß die betreffenden UMAD-Leute ihre Konsulate leicht dazu bringen konnten, ihnen neue Pässe auszustellen. Schädigen tat ich also niemanden.

Aber Aussehen und Art der Pässe, die ich besaß, und zwar aller sechzehn zusammen – das brachte mich auf den Gedanken, in ihnen nicht nur eine Einnahmequelle, sondern eine Art von Kapital zu sehen.

Im Grunde waren sie ziemlich gleich: dünne Hefte mit farbigen Umschlägen, auf die ein Wappen gestanzt oder gestempelt war. Innen waren sie mehr oder weniger kostspielig bedruckt, das Papier hatte Wasserzeichen oder war überdruckt, aber die meisten waren doch ganz schlicht. Bei zweien entdeckte ich auf der Innenseite des hinteren Deckels in winziger Schrift den Namen der Druckerei. Es war eine Firma in Frankfurt, Westdeutschland, obgleich es keine westdeutschen Pässe waren.

Auf die Idee, Pässe zu fälschen, kam ich natürlich gar nicht erst. Leute wie die von der SMMAC oder der UMAD kommen ungeschoren davon, weil sie über dem Gesetz oder außerhalb des Gesetzes stehen und weil es keinen Polizisten gibt, der ihnen auf den Hals rücken kann. Wenn ich also ungeschoren davonkommen wollte, mußte ich ihrem Beispiel folgen.

Was mich – abgesehen von ihrem Wert auf dem schwarzen Markt – an diesen Pässen wirklich interessierte, war, daß alle, obgleich sie sechs verschiedene Nationalitäten repräsentierten, sich so ähnlich waren. Zwei der sechs hatten sogar dieselbe Farbe.

Und dann fielen mir die vielen Länder ein, die es auf der Welt gibt und die neue Namen tragen, Namen wie Botswana oder Lesotho oder Malagasy oder Rwanda, von denen die meisten Leute noch nie etwas gehört haben. Bezeichnet man sie mit ihren früheren Namen – Betschuanaland, Basutoland, Madagaskar und Ruanda-Urundi –, gibt es immer noch eine ganze Menge Leute, die damit nichts anzufangen wissen.

Alle diese neuen Länder, die niemand kennt, stellen Pässe aus. Das gehört nun einmal zur unabhängigen Souveränität, daß man Pässe ausstellen kann.

Und ich fragte mich noch einiges mehr.

Heutzutage gibt es auf der Welt mehr als hundertvierzig souveräne Staaten. Warum sollte es nicht noch einen weiteren souveränen Staat geben, von dem kein Mensch bisher etwas gehört hatte? Und warum sollte dieser Staat nicht auch Pässe ausstellen?

Was passiert denn, wenn ein Paßbeamter einen Paß prüft?

Zuerst sieht er nach, ob das Bild da drin dir einigermaßen ähnlich ist. Dann sieht er nach, ob der Paß noch gültig ist und ob die Angaben noch stimmen. Wenn man in ein Land einreist, für das man ein Visum benötigt, prüft er auch das nach. Schließlich, wenn er zu den Hunden gehört, auf deren Tisch eine schwarze Liste liegt, sieht er nach, ob du auf dieser Liste stehst.

Aber damit hat sich's. Er fragt nicht nach dem Land. Wenn du aus Burundi oder Bhutan oder Malawi oder Gabun kommst, sagt er nicht, daß er noch nie davon gehört hat, und er will auch nicht wissen, ob dieses Land zu den Vereinten Nationen gehört. Das interessiert ihn nicht.

Du hast einen Paß, der gültig zu sein scheint. Seine Aufgabe ist es, den Paß abzustempeln, und so stempelt er.

Als Willens aus der Hauptstadt zurückkam, hatte ich mir alles mehr oder weniger zurechtgelegt.

»Ich habe keine Lust mehr, in diesem verdammten Nest herumzusitzen«, sagte ich zu ihm. »Ich brauche ein bißchen Abwechslung. Wenn die UMAD mir einen Flugschein besorgt, bin ich bereit, den Schuldschein zu vergessen.«

Willens machte ein erleichtertes, wenn auch mißtrauisches Gesicht.

»Eine Flugkarte – wohin?«

»Nach Tanger.«

Er lächelte dünn. »In Tanger geht es nicht mehr so frei und lustig zu wie in der guten alten Zeit – das wissen Sie hoffentlich. Seit die Marokkaner die Stadt übernommen haben, hat sich einiges geändert.«

»Mir soll's recht sein«, sagte ich. »Ich brauche Luftveränderung.«

Zwei Tage später verließ ich die Republik Ugazi.

5

Ich hatte doch recht mit Tanger. Es hat sich nicht sehr verändert. Elf der sechzehn Pässe habe ich ziemlich leicht und zu einem guten Preis verkaufen können.

Morgen fliege ich nach Frankfurt.

Ich habe jetzt eine Aufgabe im Leben.

Auf dieser Welt gibt es immer noch viele Menschen, die ohne eigenes Verschulden staatenlos sind.

Ich weiß es selbst am besten.

Und diesen Leuten möchte ich helfen.

Den Nansenpaß gibt es nicht mehr. Ich glaube aber, daß ein souveräner Staat mit eigenen Pässen, der einzig und allein gegründet wurde, um den Staatenlosen bei ihrer Suche nach offizieller Identität und bei ihrem Kampf gegen die derzeitigen Mächte zu helfen, seit langem überfällig ist. Aus Gründen, die klar sein dürften, muß der Name dieses Staates im Augenblick noch vertraulich behandelt werden; aber ich bin überzeugt, der Menschheit durch die Gründung eines solchen Staates einen Dienst zu erweisen. Wenn der Name Arthur Abdel Simpson in späteren Jahren als der Name jenes Mannes gelten wird, der den Ausgestoßenen unter seinen Mitmenschen geholfen hat, will ich zufrieden sein.

Der derzeitige Preis für einen Panlibhonco-Paß beläuft sich in Athen auf zwölfhundert US-Dollar.

Das finde ich schändlich.

Bei meinem neuen Paß beträgt der Preis nur fünfhundert US-Dollar oder deren Gegenwert in jeder frei konvertierbaren Währung.

Das finde ich fair und vernünftig.

Eric Ambler im Diogenes Verlag

Ambler by Ambler
Eric Ambler's Autobiographie. Aus dem Englischen von Matthias Fienbork. detebe 21589

Der dunkle Grenzbezirk
Roman. Deutsch von Walter Hertenstein und Ute Haffmans. detebe 20602

Ungewöhnliche Gefahr
Roman. Deutsch von Walter Hertenstein und Werner Morlang. detebe 20603

Nachruf auf einen Spion
Roman. Deutsch von Peter Fischer
detebe 20605

Anlaß zur Unruhe
Roman. Deutsch von Franz Cavigelli
detebe 20604

Die Maske des Dimitrios
Roman. Deutsch von Mary Brand und Walter Hertenstein. detebe 20137

Die Angst reist mit
Roman. Deutsch von Walter Hertenstein
detebe 20181

Der Fall Deltschev
Roman. Deutsch von Mary Brand und Walter Hertenstein. detebe 20178

Schirmers Erbschaft
Roman. Deutsch von Harry Reuß-Löwenstein, Th. A. Knust und Rudolf Barmettler.
detebe 20180

Besuch bei Nacht
Roman. Deutsch von Wulf Teichmann
detebe 20539

Waffenschmuggel
Roman. Deutsch von Tom Knoth
detebe 20364

Topkapi
Roman. Deutsch von Elsbeth Herlin
detebe 20536

Eine Art von Zorn
Roman. Deutsch von Susanne Feigl und Walter Hertenstein. detebe 20179

Schmutzige Geschichte
Roman. Deutsch von Günter Eichel
detebe 20537

Das Intercom-Komplott
Roman. Deutsch von Dietrich Stössel
detebe 20538

Der Levantiner
Roman. Deutsch von Tom Knoth
detebe 20223

Doktor Frigo
Roman. Deutsch von Tom Knoth und Judith Claassen
detebe 20606

Bitte keine Rosen mehr
Roman. Deutsch von Tom Knoth
detebe 20887

Mit der Zeit
Roman. Deutsch von Hans Hermann
detebe 21054

Die Begabung zu töten
Deutsch von Matthias Fienbork
detebe 21631

Als Ergänzungsband liegt vor:

Über Eric Ambler
Aufsätze von Alfred Hitchcock bis Helmut Heißenbüttel. Chronik und Bibliographie. Herausgegeben von Gerd Haffmans
detebe 20607

Patricia Highsmith im Diogenes Verlag

Ripley Under Water
Roman. Leinen

Carol
Roman einer ungewöhnlichen Liebe. Leinen

Der Stümper
Roman. detebe 20136

Zwei Fremde im Zug
Roman. detebe 20173

Der Geschichtenerzähler
Roman. detebe 20174

Der süße Wahn
Roman. detebe 20175

Die zwei Gesichter des Januars
Roman. detebe 20176

Der Schrei der Eule
Roman. detebe 20341

Tiefe Wasser
Roman. detebe 20342

Die gläserne Zelle
Roman. detebe 20343

Das Zittern des Fälschers
Roman. detebe 20344

Lösegeld für einen Hund
Roman. detebe 20345

Der talentierte Mr. Ripley
Roman. detebe 20481

Ripley Under Ground
Roman. detebe 20482

Ripley's Game
Roman. detebe 20346

Der Schneckenforscher
Gesammelte Geschichten. detebe 20347

Ein Spiel für die Lebenden
Roman. detebe 20348

Kleine Geschichten für Weiberfeinde
detebe 20349

Kleine Mordgeschichten für Tierfreunde
detebe 20483

Venedig kann sehr kalt sein
Roman. detebe 20484

Ediths Tagebuch
Roman. detebe 20485

Der Junge, der Ripley folgte
Roman. detebe 20649

Leise, leise im Wind
Erzählungen. detebe 21012

Keiner von uns
Erzählungen. detebe 21179

Leute, die an die Tür klopfen
Roman. detebe 21349

Nixen auf dem Golfplatz
Erzählungen. detebe 21517

Elsie's Lebenslust
Roman. detebe 21660

Meistererzählungen
Ausgewählt von Patricia Highsmith
detebe 21723

Geschichten von natürlichen und unnatürlichen Katastrophen
detebe 21868

Suspense
oder Wie man einen Thriller schreibt
detebe 21924

Als Ergänzungsband liegt vor:
Über Patricia Highsmith
Essays und Zeugnisse von Graham Greene bis Peter Handke. detebe 20818

Deutschsprachige Thriller im Diogenes Verlag

● Jakob Arjouni

Ein Mann, ein Mord
in Kayankaya-Roman. Leinen

appy birthday, Türke!
Kayankaya-Roman. detebe 21544

hr Bier
ayankaya-Roman. detebe 21545

bert Benesch

Kontrolle
detebe 21081

t Bracharz

ameraden
detebe 21475

ter Bradatsch

chen, Schneiden, Umlegen
Dutzend Kriminalgeschichten
tebe 21272

● Beat Brechbühl

Kneuss
Roman. detebe 21416

● Claude Cueni

Schneller als das Auge
Roman. detebe 21542

● Friedrich Dürrenmatt

Der Richter und sein Henker
Kriminalroman. detebe 21435

Der Verdacht
Kriminalroman. detebe 21436

Das Versprechen / Aufenthalt in einer kleinen Stadt
Erzählungen. detebe 20852

Justiz
Roman. detebe 21540

● Friedrich Glauser

Wachtmeister Studer
Roman. detebe 21733

Die Fieberkurve
Roman. detebe 21734

Matto regiert
Roman. detebe 21735

Der Chinese
Roman. detebe 21736

Krock & Co.
Roman. detebe 21737

Der Tee der drei alten Damen
Roman. detebe 21738

● E.W. Heine

Toppler
Ein Mordfall im Mittelalter. Mit zahlreichen Vignetten des Autors. Leinen

Kille Kille
Makabre Geschichten. detebe 21053

Hackepeter
Neue Kille Kille Geschichten. detebe 21219

Kuck Kuck
Noch mehr Kille Kille Geschichten
detebe 21692

Wer ermordete Mozart? Wer enthauptete Haydn?
Mordgeschichten für Musikfreunde
detebe 21437

Wie starb Wagner? Was geschah mit Glenn Miller?
Neue Geschichten für Musikfreunde
detebe 21514

Das Glasauge
Neue Kille Kille Geschichten. detebe 22471

● Otto Jägersberg

Der Herr der Regeln
Roman. detebe 21612

● Hans Werner Kettenbach

Minnie oder Ein Fall von Geringfügigkeit
Roman. detebe 21218

Schmatz oder Die Sackgasse
Roman. detebe 21732

● Jürgen Lodemann

Anita Drögemöller und Die Ruhe an der Ruhr
Roman. detebe 20283

Essen Viehofer Platz
Roman. detebe 21613

● Fanny Morweiser

Lalu lalula, arme kleine Ophelia
Eine unheimliche Liebesgeschichte
detebe 20608

La vie en rose
Ein romantischer Roman. detebe 20609

Die Kürbisdame
Eine Kleinstadt-Trilogie. detebe 20758

Indianer-Leo
und andere Geschichten aus dem Wilden Westdeutschland. detebe 20799

Ein Sommer in Davids Haus
Roman. detebe 21059

Voodoo-Emmi
Erzählungen. detebe 21541

Ein Winter ohne Schnee
Roman. detebe 21693

● Karl W. Schlegel

Richter wider Willen
Roman. detebe 21422

● Bernhard Schlink

Die gordische Schleife
Roman. detebe 21668

zusammen mit Walter Popp:
Selbs Justiz
Roman. detebe 21543

● Lydia Tews

Wer nicht träumt, ist tot
Roman. detebe 21513

● Susanne Thommes

Brüderchen und Schwester
Roman. detebe 21423

Totensonntag
Roman. detebe 21474

zusammen mit Roland Kramp:
Der falsche Freund
Roman. detebe 21380

● Hans Weigold

Eines der verwunschenen Häuser
Roman. detebe 21070